산월기

山月記 外

中島敦

나카지마 아쓰시 단편선

산월기

나카지마 아쓰시 | 김영식 옮김

문예출판사

차 례

중국의 고담 7

산월기 | 9   이릉 | 20   제자 | 80
영허 | 126   명인전 | 140   우인 | 151
요분록 | 160   문자화 | 170   호빙 | 181

식민지 조선의 풍경 191

범 사냥 | 193
순사가 있는 풍경 -1923년의 한 스케치 | 233
풀장 옆에서 | 252

해설 | 280
연보 | 290

일러두기

1. 《나카지마 아쓰시 전집》(지쿠마쇼보, 1993)에서 엄선한 작품들을 번역한 것입니다.

2. 옮긴이 주는 본문 중 [ ]와 각 작품 끝의 '주'로 표시했습니다.

중국의 고담

산월기 山月記

당 현종 때인 천보天寶(742~755년) 말년의 일이다. 농서隴西[1] 사람 이징李徵은 박학다식에 출중한 능력을 갖춘 인물로, 젊은 나이에 진사시進士試에 급제하여 강남위江南尉[2]로 임명되었다.

하지만 외고집에 자부심이 대단히 강한 그는, 자신의 능력에 비해 천한 직위에 안주하는 것을 수치스럽게 생각했다. 얼마 되지 않아 관직을 물러나고 고향 괵략虢略 땅에 칩거하며 남들과의 교제를 끊고 오로지 시작詩作에 몰두했다. 하급 관리가 되어 속물 상관 앞에 무릎을 꿇기보다는 시인으로서 이름을 사후 백 년에 남기고자 했다.

그러나 문명文名은 쉽사리 오르지 않았고, 생활은 날로 궁핍해지기만 했다. 이징은 점차 초조해졌다. 이 무렵부터 그의 용모가 험상 궂어지고 피골은 상접하여 눈빛만 날카롭게 번뜩이니, 과거 진사 급제 때의 아름다운 청년의 자취는 전혀 찾아볼 수 없었다.

몇 년 후, 빈곤을 견디지 못해 처자를 먹여 살려야겠다는 생각에 결국 그는 뜻을 꺾고 다시 동쪽으로 나아가 어느 지방의 관리직을 얻었다. 한편으로는 자신의 시업詩業에 거의 절망한 까닭이기도 했다. 과거의 동료는 이미 높은 지위에 올라 있으니, 그 자신이 옛날에 우둔하다고 깔보던 그들의 명령을 받아야 하는 것이 왕년의 준재 이징의 자존심에 얼마나 깊은 상처를 주었는지는 상상하기 어렵지 않다. 그는 늘 불만에 가득 차 마음이 즐거울 때가 없었으니, 괴팍한 그의 성질을 억누르기가 점점 힘들어졌다.

1년 후, 공무로 여행에 나서 여수汝水 강변에 묵었을 때 그는 결국 발광하고 말았다. 어느 깊은 밤, 갑자기 안색이 바뀌며 침상에서 일어나더니 뭔지 모를 말을 외치면서 그대로 아래로 뛰어내려 어둠 속으로 달려갔다. 그는 다시 돌아오지 않았다. 부근의 산야를 수색해도 아무런 단서를 찾을 수 없었다. 그 후 이징이 어떻게 되었는지 아는 자는 아무도 없었다.

이듬해에 진군陳郡 사람 원참袁傪이라는 감찰어사가 어명을 받들고 영남으로 파견되어 가는 길에 상오商於 땅에 묵게 되었다. 이튿날 새벽 원참이 아직 날도 밝지 않았는데 길을 나서려고 하자, 역참 관리가 말하길 가는 앞길에는 사람을 잡아먹는 호랑이가 출현하니 밝은 대낮에야 지나갈 수 있다고 한다. 아직 날이 새지 않았으니 좀 더 기다리는 것이 좋겠다는 말이다. 그러나 원참은 데리고 온 수행원의 숫자를 믿고, 그 말을 무시하고 길을 나섰다.

희미한 달빛에 의지하여 풀밭을 지나갈 때, 과연 그 말대로 맹호

한 마리가 숲 속에서 뛰쳐나왔다. 호랑이는 당장에라도 원참에게 달려드는가 싶더니, 갑자기 몸을 휙 돌려 원래의 숲 속으로 사라졌다. 숲 속에서는 사람 목소리로 "큰일 날 뻔했군" 하며 거듭 중얼거리는 소리가 들렸다. 원참은 그 목소리가 귀에 익은 듯했다. 놀라움 속에서도 그는 문득 짚이는 바가 있어서 외쳤다. "그 목소리는 내 친구 이징이 아닌가?" 이징과 원참은 같은 해에 진사에 급제했고, 친구가 별로 없던 이징에게 원참은 가장 친한 친구였다. 원참의 온화한 성격이 이징의 모난 성격과 충돌하지 않았기 때문이리라.

숲 속에서는 한동안 대답이 없었다. 때때로 흐느껴 우는 듯한 희미한 소리가 흘러나올 뿐이었다. 잠시 후, 나지막한 소리가 대답했다. "내가 바로 농서의 이징이라네."

원참은 두려움을 잊고 말에서 내리고는 숲으로 다가가 오랜만에 재회의 인사를 나누었다. 그리고 왜 숲에서 나오지 않느냐고 물었다. 이징의 목소리가 대답했다. 나는 지금 짐승의 몸을 하고 있다. 어찌 염치도 없이 옛 친구 앞에 비참한 모습을 보일 수 있겠는가. 그리고 또 내가 모습을 드러내면 필시 자네는 두렵고 혐오스러울 것이다. 그러나 지금 뜻밖에도 옛 친구를 만나게 되어 부끄러움을 잊을 정도로 기쁘다. 모쪼록 아주 잠깐만이라도 지금의 내 추악한 모습을 꺼리지 말고 옛 친구 이징이었던 나와 이야기를 나누어주지 않겠는가.

훗날 생각하니 이상한 일이었지만, 그때 원참은 이 초자연적인 괴이함을 실로 그대로 받아들이며 조금도 의심하지 않았다. 그는 부하에게 명하여 행렬을 멈추게 하고, 자신은 숲가에 서서 보이지 않는 목소리와 이야기를 나누었다. 장안의 소문, 옛 친구의 소식, 원참의 현재 지위, 그에 대한 이징의 축사. 젊은 시절에 가까이 지내던 동료로서 격의 없는 말투로 그런 대화를 나눈 후, 원참은 이징이 어떤 연유로 지금의 몸이 되었는지 물었다. 숲 속의 소리는 다음과 같이 말했다.

지금으로부터 1년 전쯤, 내가 여행을 떠나 여수 강변에 묵던 밤의 일이다. 한숨 자고 문득 눈을 떴는데, 문밖에서 누가 내 이름을 부르고 있었다. 그래서 밖으로 나가보니, 소리는 어둠 속에서 자꾸 나를 불렀다. 무의식중에 나는 소리를 쫓아 달리기 시작했다. 무아지경으로 달려가는 사이에 어느덧 길은 산속으로 이어지는데, 글쎄 어느새 나는 좌우 손을 땅에 짚고 네 발로 달리고 있는 게 아닌가. 왠지 온몸에 힘이 넘치는 느낌으로 바위도 가볍게 뛰어넘었다. 문득 정신이 들어 나를 돌아보니 손과 팔꿈치 주위에 털이 나 있는 것 같았다. 날이 좀 밝아져서 계곡 물에 다가가 모습을 비춰 보니, 나는 이미 호랑이로 변신한 모습이었다. 처음에는 내 눈을 의심했다. 꿈이 틀림없다고 생각했다. 꿈속에서 '이것은 꿈이야'라고 느끼는 꿈을 과거에도 꾼 적이 있으니까. 그러나 아무래도 꿈이 아니라고 깨닫게 되었을 때, 나는 완전히 망연자실했다. 그리고 두려웠다. 세상에는 이런 일도 일어날 수 있다고 생각하니, 정말로 무서웠다.

그런데 왜 이런 일이 일어났을까. 모르겠다. 우리는 전혀 아무것도 모른다. 이유도 모른 채 강요되는 것을 얌전히 받아들이며 이유도 모른 채 그저 살아가는 것이 우리 생물生物의 운명이 아닐까. 나는 곧 죽음을 생각했다. 그러나 그때 눈앞에 토끼 한 마리가 뛰어가는 것을 본 순간, 내 속의 인간은 순식간에 모습을 감추었다. 다시 내 안의 인간이 눈을 떴을 때, 내 입은 토끼 피로 범벅이 되고 여기저기 토끼털이 흩어져 있었다.

이것이 호랑이로서의 첫 경험이었다. 그로부터 지금까지 어떤 악업을 계속해왔는지, 그것은 차마 말할 수가 없다. 단지 하루에 몇 시간은 꼭 인간의 마음으로 돌아왔다. 그런 때는 예전처럼 인간의 말을 할 수 있고, 복잡한 사고도 할 수 있으며, 불경 구절도 암송할 수 있다. 그런 인간의 마음으로 호랑이로서의 내 잔학한 행위의 흔적을 보며 내 운명을 되돌아보는 때가 가장 비참하고 두렵고 분하다.

그러나 그렇게 인간으로 돌아가는 단 몇 시간마저도 날이 갈수록 점차 줄어든다. 예전에는 어째서 호랑이가 되었을까 괴이하게 생각했는데, 요즘은 문득 정신을 차려보면 내가 왜 이전에 인간이었던가 생각하게 된다. 참으로 두려운 일이다. 이제 조금만 더 지나면 내 속에 있는 인간의 마음이 짐승의 습관 속에 완전히 매몰되어 사라져버릴 것이다. 마치 옛 궁전의 초석이 점차 흙에 매몰되어 보이지 않게 되듯이. 그렇게 되면 결국 나는 과거를 까맣게 잊어버리고 한 마리의 호랑이로 미쳐 돌아다니다가, 오늘처럼 자네를 길에서 마주쳐도 알아보지 못하고 잡아먹고는 아무런 후회도 하지 않을 것이다.

애당초 짐승도 인간도 원래는 무언가 다른 존재가 아니었을까. 처음에는 그것을 느꼈으나 점차 잊어버려, 아예 처음부터 지금의 모습이라고 믿어버리게 된 것은 아닐까. 아니, 그런 것은 아무래도 좋다. 내 안에 있는 인간의 마음이 완전히 사라지면 아마 오히려 그쪽이 더 행복하지 않을까. 그런데도 내 속의 인간은 그것을 가장 두려워하고 있다. 아, 이 얼마나 두렵고 슬프고 안타까운 일인가! 내가 인간이었던 기억이 없어진다는 것. 이 기분을 누가 알 것인가. 아무도 모를 것이다. 나와 같은 신세가 된 자가 아니고서는. 아, 그런데 내 속의 인간이 완전히 사라지기 전에 하나 부탁해둘 일이 있다.

원참을 비롯한 일행은 숨을 멈추고 숲 속에서 전해 오는 불가사의한 소리에 귀를 기울였다. 소리는 계속 말했다.

다름이 아니라, 나는 원래 시인으로서 이름을 떨칠 생각이었다. 그런데 뜻을 채 이루기도 전에 이런 운명이 되었다. 예전에 지은 시 수백 편이 아직 세상에 알려지지 않은 것은 두말할 나위도 없다. 남긴 원고도 어디에 있는지 아는 사람이 아무도 없을 텐데, 그중에 내가 지금도 암송하는 시가 수십 편 있다. 나를 위해 이것을 옮겨 적어주었으면 한다. 이것으로 한 사람의 시인이라고 뻐길 마음은 없다. 작품의 우열을 떠나 어쨌든 전 재산을 날리며 미쳐버릴 때까지 내가 평생 집착한 것의 일부라도 후대에 전하지 못한다면, 나는 죽어서도 끝내 눈을 감지 못할 것 같다.

원참은 부하에게 붓을 들게 하여 숲 속의 소리를 그대로 받아 적게 했다. 이징의 목소리는 숲 속에서 낭랑하게 울렸다. 장단 대략 서른 편, 격조는 높고 우아하며 의미는 심장하니, 한 편 한 편 모두가 작자의 비범한 재능을 느끼게 해주었다. 그러나 원참은 감탄하면서도 막연하게 다음과 같이 생각했다. '과연 작자의 소질이 일류에 속하는 점은 의심치 않는다. 그러나 이대로는 일류 작품이 되기에 무언가 매우 미묘한 점에서 부족한 점이 있지 않은가.'

시를 다 토해낸 이징의 목소리는 돌연 어조를 바꾸어 자신을 비웃는 듯이 말했다.

부끄럽지만 지금이라도, 이렇게 천한 몸이 되어버린 지금이라도 나는 내 시집이 장안 풍류인사의 책상에 놓이는 모습을 꿈꾸기도 한다. 암굴 속에 드러누워 꾸는 꿈이다. 마음껏 비웃어달라, 시인이 되지 못하고 호랑이가 된 불쌍한 남자를. (원참은 옛날의 청년 이징이 늘 자신을 비웃던 모습을 떠올리면서 안타깝게 듣고 있었다.) 아, 그렇지. 웃음거리가 하나 더 있군. 지금의 심정을 즉흥적으로 읊어볼까. 이 호랑이 안에 과거의 이징이 아직 살아 있다는 증거로.

원참은 다시 부하에게 명하여 받아 적게 했다. 그 시는 이러했다.

偶因狂疾成殊類 災患相仍不可逃(우인광질성수류 재환상잉불가도)

今日爪牙誰敢敵 當時聲跡共相高(금일조아수감적 당시성적공상고)

我爲異物蓬茅下 君已乘軺氣勢豪(아위이물봉모하 군이승초기세호)

此夕溪山對明月 不成長嘯但成嘷(차석계산대명월 불성장소단성호)

어쩌다 미쳐버려 짐승이 되었도다

재앙과 우환이 겹쳐 벗어날 수가 없네

지금 나의 발톱과 이빨에 누가 감히 대적하리

옛날에는 자네와 나의 명성 드높았지
나는 한 마리 짐승 되어 숲 속에 있지만
자네는 가마 타고 세상을 호령하는구나
오늘 밤 산과 계곡을 비추는 밝은 달을 바라보며
시를 읊으려고 해도 단지 짐승의 울부짖음이라

때마침 흐린 달빛은 차고 흰 이슬은 땅에 가득하며, 나무 사이를 지나는 찬바람은 이미 새벽이 가까웠음을 알리고 있었다. 사람들은 어느새 기이한 상황도 잊고 숙연히 이 시인의 불행을 한탄했다. 이 징의 목소리는 다시 이어졌다.

아까는 왜 이런 운명이 되었는지 모르겠다고 말했지만, 곰곰이 생각해보면 짐작 가는 바가 전혀 없지는 않다. 인간이었을 때, 나는 애써 남들과의 교제를 피했다. 사람들은 나를 오만하다, 거만하다고 말했다. 그러나 실은 그것이 거의 수치심에 가까운 것이었다는 사실을 사람들은 알지 못했다. 물론 지난날 고향에서 귀재로 불린 내게 자존심이 없었다고는 말할 수 없으나, 그것은 소심한 자존심이라고 해야 할 성질의 것이었다.

나는 시로써 이름을 떨치려고 생각하면서도, 스스로 스승을 찾거나 기꺼이 시우詩友와 어울리며 절차탁마를 하는 노력도 하지 않았다. 그러면서도 또한 나는 속물들 사이에 끼는 것도 수치스럽게 생각했다. 이 모두가 나의 소심한 자존심과 거만한 수치심 탓이었다. 내가 옥구슬이 아닐지 모른다는 두려움 때문에 애써 각고하여 닦으려 하지 않았고, 또 내가 옥구슬임을 반쯤 믿는 까닭에 그저 줄줄이 늘어선 기왓장들 같은 평범한 속인들과 어울리지도 않았다.

나는 점차 세상에서 벗어나고 사람들과 멀어지며 번민과 수치와 분노로써 내 속의 소심한 자존심을 더욱 살찌게 했다. 인간은 누구나 맹수를 키우는 사육사이며, 그 맹수는 바로 각자의 성정性情이라고 한다. 나의 경우에는 거만한 수치심이 맹수였다. 호랑이였던 것이다. 이것이 나를 해치고 처자를 괴롭히며 친구에게 상처를 주고, 결국에는 내 외모를 이렇게 속마음과 어울리게 바꾸어버렸다.

지금 생각해보면, 나는 내가 가진 약간의 재능을 다 허비해버렸던 셈이다. 인생이란 아무것도 이루지 않기에는 너무나 길지만 무언가 이루기에는 너무나 짧다는 둥 입에 발린 경구를 지껄이면서도, 사실은 부족한 재능이 폭로될지도 모른다는 비겁한 두려움과 각고의 노력을 꺼린 나태함이 나의 모든 것이었다. 나보다 훨씬 재능이 부족한데도 오로지 그것을 열심히 갈고닦아서 이제는 당당한 시인이 된 자가 얼마든지 있지 않은가. 호랑이가 되어버린 지금에야 나는 겨우 그것을 깨달았다. 그런 생각을 하면 나는 지금도 가슴이 타는 듯한 후회를 느낀다.

나는 이미 인간으로서의 삶은 불가능하다. 설령 지금 내가 머릿속에서 어떤 뛰어난 시를 짓는다 해도 무슨 수단으로 발표할 수 있겠는가. 더욱이 내 머리는 나날이 호랑이에 가까워져간다. 어떻게 하면 좋겠는가. 내가 허비한 과거는? 이런 생각을 하면 나는 견딜 수가 없다. 그럴 때면 나는 저 건너 산꼭대기의 바위에 올라 텅 빈

계곡을 향해 울부짖는다. 가슴 타는 이 슬픔을 누군가에게 하소연하고 싶다. 나는 어젯밤에도 그곳에서 달을 바라보며 울부짖었다. 누가 이 괴로움을 알아주었으면 하는 심정으로. 그러나 짐승들은 내 소리를 듣고 단지 두려워하며 몸을 낮출 뿐. 산도 나무도 달도 이슬도, 그저 호랑이 한 마리가 분노에 날뛰며 울부짖는다고만 생각한다. 하늘로 뛰고 땅에 엎드려 한탄해도 누구 한 사람 내 마음을 알아주는 자 없다. 내가 인간이었을 때 내 상처 받기 쉬운 속마음을 아무도 알아주지 않았던 것과 마찬가지로. 내 털가죽이 젖은 것은 단지 밤이슬 때문만이 아니다.

점차 주위의 어둠이 엷어져갔다. 어디에선가 나무 사이로 새벽을 알리는 뿔피리 소리가 구슬프게 들려왔다.

이징의 목소리가 말했다. 이제 이별을 고해야 한다. 취해야 할 때가(호랑이로 돌아가야 할 때가) 가까이 왔다. 그러나 헤어지기 전에 부탁이 하나 더 있다. 내 처자에 관한 것이다. 그들은 아직 고향 괵략에 있다. 당연히 내 운명에 관해 알 리가 없다. 자네가 영남에서 고향으로 돌아가거든, 그들에게 내가 이미 죽었다고 전해주지 않겠나. 결코 오늘 일만은 밝히지 말아다오. 뻔뻔스러운 부탁이지만, 외롭고 약한 그들을 가련히 여겨 금후라도 길거리에서 굶어 죽지 않도록 보살펴준다면 그 이상 큰 은혜는 없겠다.

말이 끝나자 숲 속에서 통곡 소리가 들렸다. 원참도 눈물을 글썽거리며 기꺼이 이징의 뜻에 따르겠노라고 대답했다. 그러나 이징의 목소리는 곧 다시 아까의 자조적인 말투로 돌아가 이렇게 말했다.

실은 이것을 먼저 부탁했어야 한다. 내가 인간이었다면. 굶어 죽을지도 모를 처자보다도 나의 보잘것없는 시 따위를 먼저 염려하는 남자이니, 이런 짐승의 몸으로 전락한 것이다.

그리고 덧붙여 말하건대, 자네가 영남에서 돌아오는 길에는 결코 이 길을 지나지 말아주게. 그때는 내가 취해 있어 친구인 줄 모르고 덮칠지도 모르니까. 그리고 지금 헤어지고 나서 전방 백 보 앞에 있는 저 언덕에 오르거든 이쪽을 되돌아보았으면 한다. 지금의 내 모습을 다시 한 번 보여주고 싶다. 용맹을 자랑하고 싶어서가 아니다. 내 추악한 모습을 보임으로써 자네가 다시 여기를 지나쳐도 나를 만나고 싶은 마음이 생기지 않도록 하기 위함이다.

원참은 숲을 향해 절절한 이별의 말을 전하고 말에 올랐다. 숲 속에서는 다시 참을 수 없는 듯 슬퍼 우는 소리가 흘러나왔다. 원참은 몇 번인가 숲을 뒤돌아보면서 눈물 속에 길을 나섰다.

일행이 언덕 꼭대기에 닿았을 때, 그들은 이징의 말대로 뒤돌아서서 아까의 숲 사이 풀밭을 바라보았다. 곧 호랑이 한 마리가 무성한 숲 속에서 길로 뛰쳐나왔다. 호랑이는 이미 빛을 잃은 흰 달을 우러러 두세 번 포효하더니 다시 숲 속으로 뛰어 들어가 다시는 그 모습을 보이지 않았다.

주

1 농서 : 감숙성 서쪽, 황하 동쪽 지역.
2 강남위 : 강남은 양자강 하류 남쪽 지역, 위(尉)는 경찰 및 군사 담당 관리.

이릉 李陵

1

한나라 무제 때인 천한天漢 2년 9월, 기도위騎都尉[1] 이릉李陵은 보병 5천을 이끌고 변경의 요새 차로장遮虜鄣[2]을 출발하여 북으로 향했다. 알타이 산맥의 동남단이 고비 사막으로 이어지는 험준한 구릉지를 따라 북행하기를 30일. 싸늘한 삭풍이 불어 군복을 뚫고 들어오니 행렬은 만리고군萬里孤軍, 곧 이역만리의 길을 가는 외로운 군대의 모습이었다.

막북漠北[3]의 준계산浚稽山 기슭에 이르러, 군은 마침내 길을 멈추고 병영을 차렸다. 이미 적 흉노의 세력권에 깊이 진입한 것이다. 가을이라고는 하지만 북방이라 토끼풀도 마르고 느릅나무와 버드나무 잎도 벌써 다 떨어졌다. 숙영지 근처를 제외하고는 나뭇잎커녕

나무 하나 쉽사리 찾지 못할 정도로 모래와 바위와 자갈뿐, 물이 없는 강바닥의 황량한 풍경이다. 눈길 닿는 곳에 인가는 전혀 없고, 드물게 물을 찾아 광야를 헤매는 산양이 보일 뿐이다. 가을 하늘에 험준하게 솟은 먼 산 위로 기러기 떼가 높이 남쪽으로 날아가는 것이 보이지만, 장졸 일동 누구 하나 달콤한 향수에 젖는 이가 없다. 그만큼 그들은 매우 위험한 위치에 있었다.

기병을 주력으로 하는 흉노를 향해, 기마 부대 하나 데려가지 않고 보병만으로(말을 탄 자는 이릉과 막료 몇 명뿐이다) 오지 깊숙이 침입하는 것 자체가 극히 무모하다고 볼 수밖에 없다. 보병도 불과 5천이고, 후방의 지원도 전혀 없다. 게다가 준계산은 가장 가까운 한나라 요새인 거연居延에서도 1천5백 리는 족히 떨어져 있다. 오로지 통솔자 이릉에 대한 절대적 신뢰와 심복心服이 있었기에 지속 가능한 행군이었다.

해마다 가을바람이 불기 시작하면 한나라 북방에 말을 달리는 날쌘 대부대의 침략자가 어김없이 나타났다. 그들은 변경의 관리를 살해하고, 백성을 노략질하며 가축을 약탈해 갔다. 오원五原, 삭방朔方, 운중雲中, 상곡上谷, 안문雁門 등이 늘 피해를 보는 곳이었다. 대장군 위청衛靑과 표기장군驃騎將軍[4] 곽거병霍去病의 무략에 의해 한때 '막남漠南에 왕정王庭 없다'[5]라고 했던 원수元狩에서 원정元鼎에 걸친 몇 년[6]을 제외하고, 최근 30년 동안 빠짐없이 이러한 북방의 난이 이어졌다.

곽거병이 죽고 18년, 위청이 숨지고 7년. 착야후涑野侯 조파노趙破

奴[7]는 전군을 이끌고 항복해 포로가 되고, 광록훈光祿勳[8] 서자위徐自 爲가 장성 북쪽에 구축한 성벽도 곧 파괴됐다. 전군의 신뢰를 얻기 에 족한 장수로는 불과 지난해에 서역의 대원大宛에 원정해 무명을 올린 이사장군貳師將軍[9] 이광리李廣利밖에 없었다.

그해(천한 2년) 여름 5월, 흉노의 침략에 앞서 이사장군이 기병 3만 을 이끌고 주천酒泉을 출발했다. 빈번하게 서역을 노리는 흉노의 우 현왕右賢王[10]을 천산天山에서 치고자 함이었다. 무제는 이릉에게 이 부대의 군수품 수송을 맡기고자 했다. 그러나 미앙궁未央宮의 무대 전武臺殿으로 불려온 이릉은 그 임무를 면해주기를 극력으로 청했 다. 이릉은 비장군飛將軍이라 불리던 명장 이광李廣의 손자. 일찍이 조부를 닮았다는 평을 받은 기사騎射[말을 달리며 활을 쏘는 것]의 명수 로, 몇 년 전부터 기도위로서 서역의 주천과 장예張掖에서 궁술을 가 르치고 병을 훈련시키고 있었다. 나이도 이윽고 마흔에 가까운 혈기 왕성한 때라 수송의 임무는 그리 달갑지 않았던 것이 틀림없다.

신臣이 변경에서 양성하고 있는 병은 모두 형초荊楚[11] 지방 일기당 천의 용사이니, 바라옵건대 그들을 이끌고 토벌에 나가 측면에서 흉 노군을 견제하고자 합니다, 라는 이릉의 탄원에 무제도 수긍하는 바가 있었다. 그러나 연이은 각 지역으로의 파병으로 때마침 이릉의 군에 할당할 기마의 여력이 없었다. 이릉은 그래도 상관없다고 했 다. 확실히 무리라고는 생각했으나, 수송의 임무 따위를 맡기보다는 오히려 자신을 위해 목숨을 아끼지 않는 부하 5천과 함께 위험을 무 릅쓰는 쪽을 택하고자 했다. 신 바라옵건대 소少로써 중衆을 치겠나이다, 라는 이릉의 말에 용맹을 가상히 여긴 무제는 흔쾌히 청을 받아들였다.

이릉은 서부의 장예로 돌아와 부대를 정비하고, 곧바로 북쪽을 향해 출발했다. 당시 거연에 주둔하던 강노도위彊弩都尉 노박덕路博德이 어명을 받아 이릉의 군을 도중에서 맞이하기 위해 나갔다. 거기까지는 좋았으나 그 후로 상황이 나쁘게 틀어졌다. 원래 노박덕이란 자는 과거 곽거병의 부하로 종군해 비리후邳離侯까지 봉해지고, 특히 12년 전에는 복파장군伏波將軍[12]으로서 10만의 병을 이끌고 남월南越[13]을 정복했던 노장이다. 그 후로 법을 어겨 후侯를 잃고 현재의 지위로 떨어져 서방을 지키고 있었다. 나이를 보더라도 이릉과는 부자지간의 차이다. 과거 후侯에 봉해지기도 했던 노장은 지금 젊은 이릉 같은 후배를 따르는 것이 아무래도 불쾌했다.

그는 이릉의 군을 맞이하자마자 곧장 도성으로 사자를 보내 상주문을 올렸다. 지금은 가을이라 흉노의 말이 살쪄 있어 소수의 군사로는 아무래도 기마전에 능한 그들의 예봉을 당하기 어려우므로, 이릉과 함께 이곳에서 해를 넘겨 새봄을 기다린 후 주천과 장예의 기병 각 5천을 데리고 출격하는 편이 득책이라고 믿는다, 라는 상주문이었다.

물론 이릉은 이 사실을 몰랐다. 무제는 이것을 보고 매우 진노했다. 이릉이 노박덕과 모의한 후에 보낸 상서라고 생각했다. 내 앞에서는 그처럼 호언장담하고는 이제 와서 변방에 도착해 갑자기 겁을 집어먹다니, 도대체 어인 일인가. 곧바로 도성의 사자가 노박덕과 이릉이 있는 곳으로 달려갔다.

이릉은 소少로써 중衆을 치겠다고 내 앞에서 장담했기에 너는 이릉과 협력할 필요가 없다, 지금 흉노가 서하西河에 침입했다고 하니 너는 이릉을 놔두고 당장 서하로 달려가 적의 길을 차단하라, 라는 것이 노박덕에 대한 조서였다.

그리고 동시에 이릉에게 보낸 조서에는, 곧바로 막북으로 가서 동쪽 준계산부터 남쪽 용륵수龍勒水 근방까지 정찰 관망하여 만약 이상이 없으면 과거 착야후 조파노가 개척한 길을 따라가 수항성受降城에 이르러 병사를 쉬게 하라고 적혀 있었다. 노박덕과 상의하여 보낸 그 상서는 도대체 무엇이냐, 라고 격하게 힐문한 것은 말할 나위도 없다. 적은 병사로 적지를 배회하는 위험은 차치하더라도, 지시된 수천 리의 행정行程은 기마 없는 군대로서는 매우 힘든 일이다. 도보로만 나아가는 행군의 속도와 인력에 의한 수레 이동, 한겨울 오랑캐 땅의 날씨를 생각한다면 누구에게도 명백한 일이었다.

무제는 결코 평범한 왕이 아니었지만, 똑같이 평범치 않은 수隋 양제나 진秦 시황 등과 공통된 장점과 단점이 있었다. 비할 바 없이 총애하는 후궁 이李씨의 오라비 되는 이사장군 이광리가 병력 부족으로 일단 대원에서 철수하려고 하자, 무제는 진노하여 옥문관玉門關[14]을 폐쇄해 돌아오지 못하게 했다. 그 대원 정벌도 기껏해야 좋은 말을 얻고 싶다는 무제의 생각에서 이루어졌던 것이다. 무제는 일단 말을 꺼내면 어떤 억지라도 반드시 관철하고자 했다. 하물며 이릉의 경우는 애초부터 스스로 청한 역할이기도 했다. 단지 계절과 거리가 상당히 무리한 주문이었지만 주저할 이유는 없었다. 그는 이렇게 '기병 없는 북벌'에 나서게 된 것이었다.

준계산 계곡에서는 열흘쯤 머물렀다. 그동안 매일 척후를 멀리 보내 적정敵情을 염탐한 것은 물론, 부근의 산천 지형을 꼼꼼히 지도로 그려 도성에 보고했다. 휘하의 진보락陳步樂이라는 자가 보고서를 몸에 지니고 혼자 도성으로 말을 달렸다. 선발된 사자는 이릉에게 절한 후 채 열 마리도 못 되는 말들 중 한 마리에 올라타고 채찍을 치며 언덕을 달려 내려갔다. 잿빛으로 마른 막막한 풍경 속에 그 모습이 점차 작아져가는 것을 일군의 장졸은 왠지 불안한 마음으로 지켜보았다.

열흘이 지나도 준계산 동서 30리 안에는 단 한 명의 호병胡兵(오랑캐 군사)도 보이지 않았다.

이릉 군에 앞서 지난여름에 천산으로 출격한 이사장군 이광리는 일단 우현왕을 토벌했으나 귀로에 다른 흉노의 대군에 포위되어 참패했다. 한병漢兵은 열에 예닐곱이 토벌되고, 장군의 몸조차 위험했다고 한다. 소문은 이릉 군의 귀로도 들어왔다. 이광리를 격파한 적의 주력은 지금 어디에 있는가.

지금 인우장군因杅將軍[15] 공손오公孫敖가 서하와 삭방 부근에서 방어하고 있다는(이릉과 갈라진 노박덕은 그쪽을 지원하러 달려갔던 것이나) 적군은 거리와 시간을 재어보건대 아무래도 문제의 주력군은 아닌 듯했다. 천산에서 그렇게 빨리 동방 4천 리의 하남河南[16] 땅까지 갈

수는 없다. 아무래도 흉노의 주력은 현재 이릉 군 숙영지와 북방 질거수郅居水 사이쯤에 주둔하고 있다는 계산이 나온다.

이릉은 직접 매일 산꼭대기에 올라 사방을 바라보았다. 그러나 동쪽에서 북쪽에 걸쳐서는 단지 막막하게 평탄한 사막, 서쪽에서 북쪽에 걸쳐서는 수목이 듬성한 구릉 같은 산들이 이어져 있을 뿐, 가을 구름 사이로 때때로 매나 솔개 같은 새들의 모습은 볼 수 있어도 지상에는 일기一騎의 호병도 보이지 않았다.

산골짜기 듬성한 숲의 외곽에 병거兵車를 빙 둘러치고 그 안에 천막을 줄지어 세운 진영이다. 밤이 되면 기온이 급히 내려가 병사들은 얼마 안 되는 나무들을 베어다가 불을 피워 몸을 녹였다. 열흘이나 주둔하는 사이에 달은 사라졌다. 공기가 건조한 탓인지 별은 더욱 아름다웠다. 매일 밤 반짝이는 천랑성天狼星〔시리우스(Sirius)〕의 창백한 빛줄기가 새카만 산에 닿을락 말락 하게 비스듬히 내리비쳤다.

십 며칠 동안 아무 일 없이 지내고 나서, 내일은 이윽고 이곳을 물러나 예정된 진로대로 동남쪽으로 가기로 결정한 밤의 일이었다. 보초 한 명이 무심코 반짝이는 천랑성을 쳐다보고 있는데, 그 별 바로 아래쪽에 돌연 굉장히 큰 적황색의 별이 나타났다. 어! 하는 사이에 그 생소한 커다란 별이 붉고 굵은 꼬리를 끌며 움직였다. 그러자 이어서 두세 개, 네다섯 개, 비슷한 빛이 주위에 나타나 움직였다. 엉겁결에 보초가 소리를 지르려고 할 때, 그 먼 불빛들은 일시에 휙 꺼졌다. 마치 지금 본 것이 꿈이었다는 듯이.

보초의 보고를 받은 이릉은 내일 아침 날이 밝자마자 곧바로 전투에 들어갈 태세를 갖추라고 전군에 명했다. 밖에 나가 일단 각 부서를 점검하고, 다시 막사로 들어와 우레같이 코를 골며 숙면을 취했다.

이튿날 아침 이릉이 일어나 나가 보니, 전군은 이미 어젯밤 명령한 대로 진형을 갖춘 뒤 조용히 적을 기다리고 있었다. 둘러싼 병거의 바깥쪽으로 전군이 나아가, 창과 방패를 든 자가 앞줄에, 활과 쇠뇌〔석궁〕를 든 자가 뒷줄에 배치되었다. 계곡을 사이에 둔 두 개의 산은 아직 새벽어둠 속에서 고요하지만, 곳곳의 바위 뒤에는 무언가 숨어 있는 낌새가 느껴졌다.

아침 해가 계곡에 내리비치기 시작함과 동시에(흉노는 선우가 먼저 아침 해에 절을 한 후에 모든 일을 시작한다) 지금까지 아무것도 보이지 않던 두 산의 꼭대기에서 산비탈에 걸쳐 무수한 호병이 일시에 튀어나왔다. 호병은 천지를 뒤흔드는 함성과 함께 산 밑으로 쇄도했다. 호병의 선두가 20보 앞에 다가왔을 때, 그때까지 소리를 죽이고 있던 한의 진영에서 비로소 북소리가 울렸다. 곧 천여 개의 쇠뇌가 동시에 발사되니, 활시위 소리에 뒤이어 수백의 호병이 일제히 쓰러졌다. 허둥지둥하는 다른 호병을 향해 간발을 두지 않고 한군 앞줄의 창 부대가 달려들었다. 흉노군은 완전히 궤멸되어 산 위로 도망쳤다. 한군은 이를 추격하여, 사로잡거나 벤 자가 수천이었다.

분명한 완승이었지만, 집념 강한 적이 결코 이대로 물러날 리 없다. 오늘의 적군만 해도 족히 3만은 될 것이다. 게다가 산 위에 휘날리는 깃발을 보면 선우의 친위군이 틀림없다. 선우가 이끄는 군이라면 8만이나 10만의 후진이 계속 투입된다고 각오해야 한다. 이릉은 즉각 이 지역에서 철수하여 남쪽으로 옮기기로 했다. 이곳에서 동남 2천 리의 수항성으로 간다는 전일까지의 예정을 바꾸어, 보름 전에 남쪽에서 올라온 그 길을 돌아가 하루라도 빨리 거연새巨延塞(그곳도 천 수백 리는 떨어져 있으나)로 들어가기로 했다.

남행 사흘째의 대낮, 한군의 후방 멀리 북쪽 지평선에 누런 먼지가 구름처럼 피어오르는 것이 보였다. 흉노 기병의 추격이다. 이튿날은 이미 8만의 호병이 기마의 쾌속을 이용하여 한군의 전후좌우를 빈틈없이 포위해버렸다. 하지만 지난날의 패배에 겁먹은 듯 지근거리까지는 다가오지 않았다. 남으로 행진하는 한군을 멀리서 포위하며 말 위에서 화살을 날렸다. 이릉이 전군을 멈추고 전투 대형을 갖추면 적군은 말을 달려 멀리 물러나 접전을 피했고, 행군을 시작하면 다시 다가와 활을 쐈다. 행군 속도가 현저히 떨어지는 것은 물론, 사상자도 매일 꼬박꼬박 늘어나기만 했다. 지친 나그네의 뒤를 쫓는 광야의 이리처럼, 흉노병은 이 전법을 반복하며 끈질기게 쫓아왔다. 조금씩 상처를 입히고 돌아가다가 언젠가는 최후의 숨통을 찌를 기회를 노리고 있는 것이다.

싸우고 물러남을 반복하며 남행하기를 다시 며칠, 어느 계곡에서 한군은 하루의 휴식을 취했다. 부상자는 이미 상당수에 이르렀다. 이릉은 전원을 점호하여 피해 상황을 조사한 뒤에 부상이 약한 자는 평소대로 병기를 들고 싸우게 하고, 부상이 중간인 자는 병거를 미는 것을 돕게 하고, 부상이 심한 자는 손수레에 실어 나르기로 했다. 수송력이 딸려 시체는 모두 광야에 버릴 수밖에 없었다.

그 밤의 진중 시찰 때, 이릉은 어느 병거 안에서 남장을 한 여자를 발견했다. 그래서 전군의 수레를 일일이 조사해보니, 이처럼 숨어 있는 10여 명의 여자가 발견되었다. 과거 관동에서 도둑떼가 일시에 참륙되었을 때 그 처자들이 쫓기어 서쪽 변방으로 가서 살았는데, 그 과부들 가운데 의식衣食이 궁해 변경 수비병의 처가 되거나 그들을 손님으로 맞는 창부가 된 자가 적지 않았다. 병거 안에 숨어서 머나먼 막북까지 따라온 것은 그러한 여자들이었다. 이릉은 단호하게 여자들을 베라고 막료에게 명령했다. 그녀들을 데리고 온 병사들에게는 한마디도 하지 않았다. 계곡의 웅덩이 옆으로 끌려 나온 여자들의 높은 울음소리가 한동안 이어지다가 돌연 밤의 침묵 속으로 삼켜진 듯 휙 꺼져가는 것을, 군막 안의 장졸 일동은 숙연하게 듣고 있었다.

다음 날 아침, 오랜만에 다가와 공격해온 적을 맞아 한의 전군은 과감히 결전을 벌였다. 적의 유기 시체 3천여 구. 연일의 집요한 게릴라 전술로 오랫동안 초조하게 억제되었던 사기가 갑자기 떨쳐 일어난 모습이었다.

이튿날부터 다시 원래의 용성龍城 길을 따라 남쪽으로의 퇴각이 시작되었다. 흉노는 또다시 원래의 원거리 포위 전술로 돌아갔다. 닷새째에 한군은 평탄한 사막에서 간혹 발견되는 어느 늪지로 들어섰다. 물은 반쯤 얼어 있고 진창이 정강이까지 빠지는 깊이로, 가도 가도 마른 갈대밭이 끝없이 이어졌다. 바람이 불어오는 쪽으로 우회한 흉노의 한 부대가 불을 놓았다. 삭풍이 불길을 부채질하니 대낮의 하늘 아래 희읍스름한 빛의 불은 엄청난 속도를 내며 한군 쪽으로 다가왔다. 이릉은 곧바로 부근의 갈대에 마중 불을 놓게 하여 간신히 이를 막았다. 불은 막았지만, 습지에서 수레의 진행이 곤란한 것은 말할 것도 없었다.

휴식할 땅도 없어 한밤에 진창 속을 걸어 통과한 후 이튿날 아침 겨우 구릉지에 다다른 순간, 먼저 다른 길로 둘러 와 매복하고 있던 적의 주력이 습격해왔다. 인마가 서로 뒤엉킨 백병전이었다. 이릉은 기마대의 거센 돌격을 피하기 위해 수레를 버리고 산기슭의 성긴 숲 속으로 전투 장소를 옮겼다. 숲에서 맹렬히 쏜 화살은 대단한 효과를 거두었다. 마침 진두에 모습을 나타낸 선우와 친위대를 향해 일시에 쇠뇌가 난사되었을 때, 선우의 백마가 갑자기 앞다리를 높이 들며 우뚝 서자 청포를 입은 선우가 곧장 땅으로 떨어졌다. 친위대 두 기가 말을 탄 채로 좌우에서 선우를 휙 낚아채더니 전 부대가 곧바로 이를 에워싸고 재빨리 퇴각했다. 몇 시간의 난투 끝에 이윽고 집요한 적을 격퇴할 수 있었으나, 확실히 지금까지 없던 난전이었다. 남겨진 적의 시체는 또다시 수천을 헤아렸고, 한군도 천에 가까운 전사자를 냈다.

이날 사로잡은 포로의 입을 통해 적정의 일단을 알 수 있었다. 선우는 한군의 막강함에 경탄하며, 한군보다 스무 배나 되는 대군을 두려워하지 않고 매일 남하하며 자신들을 유혹하는 듯 보이는 것은 어딘가 가까운 데 숨은 복병을 믿고 있기 때문이 아닐까 의심하고 있다. 전날 밤 그런 의혹에 대해 선우가 간부 장수들에게 말하고 모의한 결과, 확실히 그럴 수도 있으나 어쨌든 선우가 몸소 수만 기를 이끌고 열세의 한군을 멸하지 않으면 면목이 서지 않는다는 주전론이 우세하여, 앞으로 남쪽으로 사오십 리 산골짜기가 이어지는데 그 사이에 전력 맹공을 가하고 마지막으로 평지로 나와 일전을 벌이고도 끝내 격파하지 못한다면 그때에 가서 병사를 북쪽으로 돌리자는 결정이 내려졌다고 한다.

이 말을 들은 교위校尉 한연년韓延年 이하 한군 막료들의 머리에는 어쩌면 살아날지도 모른다는 희망 같은 것이 희미하게 솟아났다.

이튿날부터 호군의 공격은 극히 맹렬해졌다. 포로의 입에서 나온 최후의 맹공이라는 것을 시작했으리라. 습격은 하루에 열 몇 차례 거듭되었다. 한군은 강하게 반격하면서 서서히 남으로 이동했다. 사흘이 지나자 평지로 나왔다. 평지전에서 배가되는 기마대의 위력을 앞세운 흉노군은 한군을 제압하고자 마구 달려들었으나, 결국 다시 2천의 시체를 남기고 퇴각했다. 포로의 말이 거짓이 아니라면, 이것으로 호군은 추격을 멈출 터였다. 기껏 일개 병졸의 말이니 크게 신뢰할 수는 없지만, 그래도 막료 일동 다소나마 숨을 돌린 것은 사실이었다.

그날 밤, 한의 척후병인 관감管敢이라는 자가 진영을 벗어나 흉노군으로 도망쳤다. 과거 장안 거리의 불량배였던 자인데, 전날 밤 척후의 실수에 관해 교위 한연년에게 많은 사람들 앞에서 욕을 듣고 채찍을 맞은 데 원한을 품고 도망간 것이었다. 전일 계곡에서 처형당한 여자들 중 하나가 그의 처였다는 말도 있었다. 관감은 흉노 포로가 자백한 말을 알고 있었다. 그래서 흉노 진영으로 도망가 선우 앞에 끌려 나온 그는 복병을 두려워하여 철수할 필요가 없다고 역설했다.

말하건대, 한군에는 후방의 원군이 없다. 화살도 거의 다 떨어지려고 한다. 부상자도 속출해 행군은 극히 곤란하다. 한군의 중심을 이루는 자는 이 장군과 성안후成安侯 한연년이 이끄는 각 8백 명인데, 각각 황과 백의 깃발로 구분하고 있으니, 내일 기병의 정예로 하여금 그곳을 집중 공격해 격파하게 한다면 다른 쪽은 쉽사리 궤멸될 것이다, 운운. 선우는 크게 기뻐하며 관감을 후히 대접하고, 곧바로 북방으로의 철수 명령을 취소했다.

이튿날 호군의 최정예는 이릉과 한연년은 속히 항복하라고 외치면서, 황과 백의 깃발을 목표로 덤벼들었다. 그 기세에 한군은 점차 평지에서 서쪽의 산지로 밀려갔고, 이윽고 길에서 한참 떨어진 산골짜기로 처박히게 되었다. 적은 사방의 산 위에서 화살을 비처럼 쏟아부었다. 한군이 응전하려 해도 이제는 화살이 다 떨어졌다. 차로장을 출발할 때 각자 백 개씩 휴대한 50만 개의 화살이 모두 소진되었다. 화살뿐이 아니다. 전군의 칼과 창 등도 절반은 부러지고 망가졌다. 도절시진刀折矢盡, 문자 그대로 칼은 부러지고 화살은 다한 것이다. 그래도 창을 잃은 자는 수레 바퀴살을 잘라 들고, 군리軍吏는 단도를 들고 항전했다. 안쪽으로 들어감에 따라 계곡은 더욱 좁아졌다. 호병은 절벽 위 여기저기에서 큰 돌을 투하하기 시작했다. 화살보다도 이쪽이 확실히 한군의 사상자를 늘렸다. 사체와 떨어진 돌 때문에 이미 전진도 불가능해졌다.

그날 밤, 이릉은 간단한 옷차림으로 아무도 따라오지 말라고 한 뒤 혼자 막영 밖으로 나갔다. 계곡 사이로 뜬 달이 땅에 쌓인 시체를 비췄다. 준계산의 진을 철수할 때는 밤이 어두웠지만, 다시 달이 밝아지기 시작한 것이다. 달빛과 땅에 가득한 서리로 언덕의 비탈은 물에 젖은 듯했다. 막영에 남은 장졸은 이릉의 옷차림으로 미루어 그가 단신으로 적진을 엿보다가 상황이 좋으면 선우를 찌를 생각으로 나갔다고 짐작했다. 이릉은 시간이 흘러도 돌아오지 않았다. 그들은 숨을 죽이고 한동안 밖의 동정을 살폈다. 멀리 산 위 적의 보루에서 풀잎피리 소리가 들려왔다. 꽤 오랜 시간이 지난 후, 소리도 없이 장막을 젖히고 이릉이 막사 안으로 들어왔다.

다 틀렸다, 라고 뱉는 듯 말하고는 걸상에 앉았다. 그리고 아무도 쳐다보지 않은 채, 전군 참사全軍斬死 이외의 길은 없는 듯하군, 하고 말했다. 입을 여는 자는 아무도 없었다. 잠시 후 군리 한 사람이 입을 열어, 작년에 호군에게 생포되었던 착야후 조파노가 몇 년 만에 한으로 도망쳐 온 때도 무제가 벌하지 않았던 것을 말했다. 이 같은 선례만 봐도, 소수의 군사로 이렇게까지 흉노를 놀라게 한 이릉이라면, 설령 도망쳐 도성으로 돌아가도 천자는 이를 선처해주리라는 말이었다.

이릉은 그 말을 막고 이렇게 말했다. 일신一身의 문제는 일단 차치하고, 어쨌든 지금 수십 개의 화살이나마 있다면 일단 포위를 뚫고 탈출할 수도 있겠지만, 화살이 하나도 없는 마당에 내일 아침에는 전군이 앉아서 오랏줄을 받을 수밖에 없다. 단 하나, 오늘 밤중에 포위망을 뚫고 나가 각자 조수鳥獸처럼 흩어져 달린다면, 누구 하나가 변방 요새에 닿아 천자에게 상황을 보고할 수 있지 않을까. 현재의 지점은 제한산鞮汗山 북방의 산지가 틀림없으니, 거연까지는 아직 며칠의 행정이 남아 있어 성공 여부가 의심스럽긴 하지만, 어쨌든 지금은 이것밖에 남은 길이 없지 않은가. 모든 장수와 막료도 이에 고개를 끄덕였다.

전군의 장졸에게 말린 밥 두 되와 얼음 한 조각씩이 배분되고, 죽을힘을 다해 무조건 차로장을 향해 달려가라는 명령이 하달되었다. 한편으로는 모두 한의 깃발을 쓰러뜨려 잘라서 땅속에 묻은 후, 무기와 병거 등 적에 이용될 우려가 있는 것도 전부 깨부수었다.

한밤중에 북을 쳐서 병사를 깨웠다. 참담하게도 북마저 소리를 죽였다. 이릉은 한韓 교위와 함께 말을 타고 장졸 십여 명을 데리고 선두에 섰다. 이날 쫓겨온 협곡의 동쪽 길로 돌격하여 평지로 나간 후, 남쪽을 향해 달릴 셈이었다.

이른 달은 이미 떨어졌다. 흉노의 허점을 찔러 어쨌든 전군의 3분의 2는 예정대로 협곡의 동쪽 길을 돌파했다. 그러나 곧 적 기마병이 추격해왔다. 도보의 병졸은 대부분 베이거나 잡힌 듯했으나, 혼전을 틈타 적의 말을 빼앗아 탄 몇십 명은 말에 채찍을 가해 남쪽으로 달렸다. 적의 추격을 물리치고 밤중에도 뿌옇게 보이는 사막 위로 도망친 부하 숫자를 세어보고 분명 백 명은 넘는 것을 확인한 이릉은, 다시 협곡 입구의 수라장으로 되돌아왔다.

몸에 많은 상처를 입은 이릉의 군복은 자신과 적의 피로 온통 물들었다. 그의 옆에 있던 한연년은 이미 칼을 맞고 전사했다. 휘하를 잃고 전군을 잃어 이미 천자를 알현할 면목은 없다. 그는 창을 고쳐 들고 다시 호군 속으로 말을 달렸다. 어둠 가운데 우군과 적군을 구별하지 못할 정도의 난투 속에 이릉의 말이 어디선가 날아온 화살을 맞았는지 갑자기 앞으로 꼬꾸라졌다. 그와 동시에 앞의 적을 찌르려고 창을 든 이릉은 돌연 후두부에 묵직한 타격을 느끼고 실신했다. 말에서 떨어진 이릉을 생포하려고 호병들이 열 겹, 스무 겹으로 앞다투어 달려들었다.

2

9월에 북으로 떠난 한군 5천은 장수를 잃고 상처 입은 지친 몸으로 4백 명도 안 되는 패잔병이 되어 11월에야 변경의 요새에 도착했다. 패배의 보고는 곧 파발마로 장안 도성에 전달됐다.

무제는 뜻밖에 화를 내지 않았다. 본군인 이광리의 대군조차 참패했으니, 일개 지대支隊에 불과한 이릉의 소군에 대한 기대가 있을 리 없었다. 게다가 그는 이릉이 필시 전사했으리라 생각했다. 단지 얼마 전 막북에서 이릉의 사자로 '전선 이상 무, 사기는 매우 왕성'이라는 보고를 가져온 진보락만은 관례상 아무래도 자결하지 않을 수 없었다(그는 길보의 사자라 하여 칭찬을 받고 낭郞(시종관)이 되어 그대로 장안에 머물고 있었다). 가련하지만 어쩔 수 없는 일이었다.

이듬해 천한 3년의 봄, 이릉은 전사한 것이 아니라 포로로 잡혀 항복했다고 하는 정확한 보고가 도착했다. 무제는 비로소 격노했다. 즉위한 지 40여 년, 황제는 이미 환갑이 얼마 남지 않았으나 격한 성격은 원기 왕성한 때보다 더했다. 신선술神仙術을 좋아해 방사무격方士巫覡[17] 같은 사람을 믿은 무제는 그때까지 그렇게 절대 신뢰하던 방사들에게 몇 번인가 배신을 당했다.

한의 위세가 절정에 달한 50여 년 동안 군림한 대황제 무제는 중년 이후 끊임없이 영혼 세계에 대한 불안한 관심을 집요하게 이어갔다. 그런 만큼 그 방면에서의 실망은 그에게 큰 타격이 되었다. 이러한 타격은 세월과 함께 원래 활달했던 그의 마음에 군신群臣에 대한 어두운 시기와 의심을 더해갔다. 이채, 청적, 조주 등의 승상은 연이어 사죄死罪를 받았다. 지금의 승상인 공손하公孫賀 같은 이는 어떤 명을 받을 때 자신의 운명을 두려워하여 황제 앞에서 펑펑 울어댈 정도였다. 올곧은 신하 급암까지 물러난 뒤로 황제 주위에 남은 자라곤 간신이나 혹리酷吏(혹독하고 무자비한 관리)뿐이었다.

무제는 모든 중신을 불러 이릉의 처치에 관해 상의했다. 이릉의 몸은 장안에 없으나 그 죄에 따라 가족과 재산 등에 대한 처분이 행해지는 것이다. 혹리로 알려진 어느 정위廷尉(형벌 담당)는 늘 무제의 안색을 살피며 합법적으로 법을 왜곡하여 황제의 뜻에 영합하는 데 능했다. 어떤 사람이 법의 권위를 들며 이를 힐난하자 이렇게 대답했다고 한다. "전前 군주가 바르다고 한 바가 율律이 되며, 후後의 군주가 바르다고 한 바가 영令이 된다. 당시 군주의 뜻 말고 무슨 법이 있겠는가.”

모든 신하가 이 정위와 같은 부류였다. 승상 공손하, 어사대부御史大夫 두주, 태상太常 조제 이하 누구 하나 황제의 진노를 사면서까지 이릉을 변호하려는 자가 없었다. 그들은 온갖 말로 이릉의 매국적 행위를 매도했다. 이릉 같은 변절자와 어깨를 나란히 하고 조정을 섬겼던 것을 이제 다시 생각하면 수치스럽다고 말했다. 평소 이릉의 행동 하나하나가 모두 의심스러웠다는 데 의견이 일치했다. 이릉의 숙부 이감李敢이 태자의 총애를 업고 방자한 것까지 이릉에 대한 비방의 재료가 되었다. 입을 다물고 의견을 말하지 않는 자가 결국 이릉에 대해 최대의 호의를 가진 자였으나, 그마저도 손가락으로 꼽을 정도였다.

단 한 사람, 못마땅한 얼굴로 상황을 지켜보던 남자가 있었다. 지금 온갖 말을 다하여 이릉을 모함하는 자들은 몇 개월 전 이릉이 장안을 떠날 때 잔을 높이 들고 장도壯途를 축하한 무리가 아니었던가. 막북에서 사자가 당도해 이릉 군의 건재를 전했을 때, 과연 명장 이광의 손자라며 이릉의 고군분투를 칭찬했던 것 또한 같은 무리가 아니었던가.

이 남자는 태연히 과거를 잊은 체할 수 있는 고관들이나, 그들의 아첨을 꿰뚫어볼 정도로 총명하지만 진실에는 귀 기울이려 하지 않는 군주를 의아스럽게 생각했다. 아니, 의아스러울 것도 없었다. 인간은 원래 그런 존재라는 것을 옛날부터 절절히 경험해 알고는 있었다. 하지만 여전히 불쾌함은 가시지 않았다. 하대부下大夫[18]의 한 사람으로서 조정에 서 있으므로 그 역시 하문을 받았다. 그때 이 남자는 분명하게 이릉을 두둔했다.

말하건대, 평소의 이릉을 봐왔던바, 부모를 효로 섬기고 선비와 믿음으로 교제하며 늘 자신의 몸을 돌보지 않고 국가의 위급에 몸을 바치는 것은 실로 충신의 모습 그 자체라 할 것이다. 지금 불행히도 전쟁에 한 번 패했지만, 몸을 보전하고 처자를 지키는 것만을 단지 염원하는 간신들이, 이릉의 이번 한 번의 실패를 과대 왜곡하여 황제의 총명을 가리려고 하는 것은 극히 유감이 아닐 수 없다. 애초 5천도 안 되는 보병을 이끌고 이릉은 적진 깊이 들어가 흉노 수만의 병사를 크게 괴롭히고, 천 리에 걸친 전장의 이동에 화살이 소진되고 길이 막혔어도 전군이 끝까지 화살 없는 쇠뇌를 무기로 휘두르고 적의 칼날을 피하며 사투했다. 부하의 신망을 얻어 사력을 다하게 하는 것은 옛날의 명장이라 해도 그 이상 할 수 없을 것이다. 전쟁에 패했다고는 하나, 그 선전善戰의 모습은 실로 천하에 알려 표창하기에 족하다. 생각건대, 그가 죽지 않고 포로가 되었다고 하는 것도, 그 땅에 있으면서 은밀히 무언가 나라를 위한 행동을 기약한 것은 아닐까…….

옆에 늘어선 신하들은 놀랐다. 이런 말을 감히 내뱉는 자가 세상에 있으리라고는 생각지 못했다. 그들은 관자놀이의 핏줄을 꿈틀거리는 무제의 얼굴을 두렵게 쳐다보았다. 그리고 자신들을 감히 전구보처자신全軀保妻子臣, 즉 오로지 자신과 처자식의 안위만 생각하는 신하라고 말한 이 남자에게 다가올 운명이 무엇인가를 예기하고 싱긋이 웃었다.

참으로 무모한 그 남자, 태사령太史令[19] 사마천司馬遷이 무제 앞에서 물러나자, 곧바로 '전구보처자신'의 한 사람이 사마천과 이릉의 친한 관계를 무제에게 아뢰었다.

태사령은 까닭이 있어 이사장군 이광리와 사이가 좋지 않은데, 사마천이 이릉을 두둔하는 것은 이번에 이릉에 앞서 나가 싸웠으나 공을 세우지 못한 이사장군을 모함하기 위함이라고 말하는 자도 나왔다. 어쨌든 기껏해야 천문역법과 제사를 관장하는 태사령이라는 신분치고 너무 불손한 태도라는 것이 일동의 일치된 의견이었다. 어처구니없게도 이릉의 가족보다 사마천이 먼저 벌을 받게 되었다. 이튿날 그는 정위廷尉로 강등되었고, 형은 궁宮으로 결정되었다.

중국에서 옛날부터 행해진 주요 체형으로는 네 가지가 있었다. 얼굴에 먹으로 글자를 새기는 경黥, 코를 자르는 의劓, 발을 자르는 비剕, 생식기를 절단하는 궁宮이다. 넷 중 셋은 무제의 조부인 문제 때 폐지되었으나 궁형만은 그대로 남았다. 궁형이란 물론 남자를 남자가 아니게 하는 기괴한 형벌이다. 이것을 부형腐刑이라고도 하는 것은 상처가 썩는 냄새를 풍기기 때문이라고도 하고, 열매를 맺지 못하는 썩은 나무처럼 완전한 남자가 아니기 때문이라고도 한다. 이 형을 받은 자를 엄인閹人이라고 칭하며, 궁정의 환관 대부분이 이들이었다.

다른 사람도 아니고 사마천이 이 형을 받았다. 후대의 우리가 《사기《史記》의 저자로 알고 있는 사마천은 위대한 이름이지만, 당시의 태사령 사마천은 하찮은 일개 문관에 지나지 않았다. 두뇌가 명석한 것은 확실해도 자기 두뇌를 과신한, 인간관계가 나쁜 남자, 논쟁에는 결코 남에게 지지 않는 남자, 기껏해야 고집불통에 오만하고 괴팍한 사람으로만 알려졌다. 그가 부형을 당했다고 해서 그리 놀라는 사람도 없었다.

사마씨司馬氏는 원래 주나라의 사관이었다. 후에 진晉을 거쳐 진秦에서 일했고, 한漢 대가 되고 나서 4대째의 사마담司馬談이 무제를 섬겨 건원建元 시절에 태사령을 지냈다. 사마담이 사마천의 부친이다. 전문인 율律, 역曆, 역易 이외에 도가道家[20]의 가르침에도 정통하고 또 널리 유儒, 묵墨, 법法, 명名 등 제가諸家[21]의 설에도 정통했는데, 그것들에 모두 일가견을 가지고 자기의 것으로 정립하고 있었다. 자신의 두뇌와 정신력에 대한 강한 자신감은 그대로 아들 사마천에게도 이어졌다. 그가 자식에게 베푼 최대의 교육은 제학諸學의 전수를 마친 후에 전국을 여행케 한 것이었다. 당시로서는 별난 교육법이었으나, 이것이 후년의 역사가 사마천에게 크게 이바지한 것은 말할 것도 없다.

원봉元封 원년, 무제가 동쪽 태산泰山에 올라 하늘에 제사를 지냈는데, 그때 사마담은 주남周南(낙양)에서 병상에 있었다. 열혈한 사마담은 천자를 모시고 한나라 왕가의 첫 번째 제사를 지내는 경사스런 때 자기 혼자 따라가지 못한 것을 분통해하다가 그 때문에 죽었다. 고금을 일관하는 통사通史의 편술이야말로 그의 일생의 염원이었으나, 단지 재료의 수집만으로 끝나고 말았다.

임종의 광경은 자식 사마천의 붓에 의해《사기》의 마지막 장에 상세히 묘사되었다. 그에 따르면, 사마담은 자신이 다시 일어나기 어려운 것을 알자 사마천을 불러 손을 잡고 간절히 수사修史〔사서 편찬〕의 필요성을 말하고, 자신이 태사太史가 되었음에도 일에 착수하지 못하고 현군 충신의 사적을 헛되이 지하에 묻히게 하는 안타까움을 한탄하며 울었다. 내가 죽으면 너는 반드시 태사가 되어라, 태사가 되면 내가 쓰고자 하는 바를 잊지 마라, 이것이야말로 나에 대한 가장 큰 효도이니 너는 그것을 생각하라, 라고 거듭 말했다. 이때 사마천은 머리 숙여 눈물을 흘리며 유언을 지킬 것을 맹세했다.

부친의 사망 2년 후에 이윽고 사마천은 태사령의 직을 잇게 되었다. 부친이 수집한 자료와 궁정 소장 서적을 이용하여 곧 부자대대父子代代의 천직에 착수하고자 했으나, 임관 후의 그에게 먼저 부과된 것은 역법曆法의 개정이라는 큰 사업이었다. 이 일에 몰두하기를 만 4년. 태초太初 원년에 이윽고 완성했고, 그는 곧《사기》의 편찬에 착수했다. 그때가 그의 나이 마흔둘.

복안은 이미 완성되어 있었다. 복안에 의한 사서의 형식은 종래의 사서와는 전혀 달랐다. 그는 도의적 비판의 기준을 나타낸 것으로는《춘추春秋》[22]를 추천했으나,《춘추》가 사실을 전하는 사서로서는 아무래도 만족스럽지 못했다. 사실이 더욱 필요하다. 교훈보다는 사실이.

《좌전左傳》[23]이나《국어國語》[24]에는 과연 사실이 있다.《좌전》의 교묘한 서사에는 감탄하지 않을 수 없다. 그러나 사실을 만들어내는 사람 각자에 대한 인간적 탐구가 없다. 사건에서의 그들의 모습에 대한 묘사는 선명해도, 그러한 일을 하기에 이른 그들 각자의 신상 조사가 결여된 것이 사마천은 불만이었다. 게다가 종래의 사서는 모두 당대 사람에게 과거를 알리는 것이 주안점으로 되어 있어, 미래의 사람에게 당대를 알리기 위한 것으로는 준비가 매우 부족한 듯했다.

요컨대 사마천이 바라는 것은 기존의 사서에서는 얻을 수 없었다. 어떠한 점에서 기존 사서가 부족한지는, 그 자신도 스스로 쓰고자 하는 바를 써봐야 비로소 분명해지리라 생각했다. 그의 흉중에 몽롱하게 쌓인 것을 일단 써서 드러내는 것이, 재래의 사서에 대한 비판보다 우선이었다. 아니, 그의 비판은 스스로 새로운 것을 창조하는 형태로만 드러낼 수 있는 것이었다.

자신이 오랜 기간 머릿속에서 그려온 구상을 사史라고 할 수 있을 것인가. 그도 자신은 없었다. 그러나 사史라고 할 수 있는지는 차치하고, 어쨌든 (세상 사람을 위해, 후대를 위해, 특히 자기 자신을 위해) 그러한 것을 우선 써야 한다는 점에 관해서는 자신이 있었다.

그도 공자를 따라 술이부작述而不作, 즉 서술하되 새 말을 만들지 않겠다는 방침을 취했으나 공자의 그것과는 분명 내용을 달리한 술이부작이다. 사마천에게 단순한 편년체의 사건 나열은 아직 '술述'에 들어가지 않는 것이며, 또 후세인이 사실 그 자체를 아는 것을 막는 너무나 도의적인 단안은 오히려 '작作'의 부류에 들어간다고 생각했다.

한나라가 천하를 평정한 지 이미 5대, 백 년. 시황제의 반문화 정책에 의해 인멸되거나 은닉된 서책이 이윽고 세상에 나오기 시작하여, 문文이 부흥하려는 기운이 왕성하게 느껴졌다. 한나라 조정뿐 아니라 시대가 사서의 출현을 요구하는 때였다.

사마천 개인적으로는 부친의 유언에 따른 감격이 충실한 학식, 관찰력, 필력을 동반하여 이윽고 완벽한 것을 만들 수 있을 정도로 발효되기 시작했다. 그의 일은 실로 기분 좋게 진척되었다. 오히려 너무 쾌조로 나아가 곤란할 지경이었다. 왜냐하면 처음의 오제본기五帝本紀에서 하은주진본기夏殷周秦本紀 부분까지는 그도 재료를 안배하여 기술의 정확성과 엄밀성을 기하는 한 서술가에 불과했으나, 시황제를 거쳐 항우본기項羽本紀에 들어간 때부터 서술가의 냉정함이 다소 흔들렸다. 걸핏하면 항우가 그에게, 혹은 그가 항우에게 투영되었다.

항왕項王(항우)이 밤에 일어나 막사에서 술을 먹었다. 그 자리에 미인이 있었으니, 이름은 우虞라 했다. 항왕의 사랑을 받으며 늘 옆에 있었다. 준마의 이름은 추騅, 늘 이 말을 탔다. 이때 항왕은 비분강개하여 시를 지었다. "내 힘은 산을 뽑고 천하를 덮을 수 있다. 때를 잘못 만나 추騅는 달리지 않도다. 추가 달리지 않으니 어쩔 수 없지만, 우虞야, 우야, 너는 어쩌면 좋을꼬." 시 읊기를 여러 차례, 우도 이에 화답했다. 항왕은 크게 울었다. 좌우 모두 울며 누구 하나 차마 주군을 쳐다보지 못했다……

이렇게 써도 좋을까. 사마천은 의심했다. 이렇게 열정적인 서술 방식으로 괜찮을 것인가. 그는 '작作'을 극도로 경계했다. 그의 작업은 오로지 '술述'이다. 사실 그는 서술했을 뿐이다. 그러나 얼마나 생기발랄한 서술 방식인가. 비상한 상상의 시각을 가지지 못했으면 도저히 불가능한 기술이다. 그는 '작'을 꺼린 나머지, 때로 이미 쓴 부분을 다시 읽어보고는 역사상 인물을 현실의 인물처럼 약동하게 하는 문구를 삭제했다. 그러자 확실히 인물은 활달한 호흡을 멈추었다. 이것으로 '작'이 될 걱정은 없다.

그러나 사마천은 생각하길, 이것으로는 항우는 항우가 아니지 않은가. 항우도, 시황제도, 초나라의 장왕莊王도 모두 같은 사람이 되어버린다. 다른 사람과 똑같은 사람으로 기술하는 것이 어찌 '술'인가. '술'이란 다른 사람은 다르게 서술하는 것이 아닌가. 그렇게 생각되자 아무래도 그는 삭제한 문구를 다시 살리지 않을 수 없었다. 원래대로 고쳐 다시 일독해보고 나서야 그는 비로소 안심했다. 아니, 그뿐만이 아니었다. 그곳에 적힌 역사상의 인물이, 항우나 번쾌樊噲〔유방의 무장〕나 범증范增〔항우의 참모〕이 모두 이제는 안심하고 각각 제자리를 잡은 듯했다.

심신이 건강했을 때의 무제는 실로 총명하고 이해 깊은 문교文敎의 보호자였으며, 태사령이라는 관직은 평범하며 특수한 기능을 요하는 직이므로 관료 세계에서 늘 있기 마련인 붕당의 모함에 의한 지위 혹은 생명의 불안정을 면할 수 있었다.

몇 년간 사마천은 충실하고 행복하다고 해도 좋은 나날을 보냈다. 당시의 인간이 생각하는 행복이란 지금 사람들의 그것과 매우 다른 내용이었으나, 그것을 추구하는 데 변함은 없다. 타협성은 없었지만 어디까지나 쾌활하게 잘 논하고 잘 화내며 잘 웃고, 특히 철저히 논적論敵을 설파하는 것을 가장 잘했다. 그런데 그러한 수년이 지난 후 돌연 이런 재앙이 내린 것이다.

부형 시술 후 당분간 바람을 피해야 하므로, 안에 불을 피워 보온한 밀폐 암실을 만들어 그곳에 시술 후의 수형자를 들여 며칠 동안 신체를 보양하게 했다. 따뜻하게 어두운 곳이 누에를 키우는 방과 비슷하므로, 그곳을 잠실蠶室이라고 칭했다. 어두컴컴한 잠실 안에서 차마 말로 표현할 수 없는 극한의 혼돈에 빠져 그는 멍하게 벽에 기대어 있었다.

분노보다는 먼저 놀라움 같은 것을 느꼈다. 그는 참형을 당하는 것, 죽임을 당하는 것에 대해서라면 평소 각오는 했다. 형을 받아 죽는 자신의 모습이라면 상상해볼 수도 있었으며, 무제의 심기를 거스르며 이릉을 두둔할 때도 자칫하면 사형을 받게 될지도 모른다는 우려는 자신에게도 있었다. 그런데 형벌도 그 많은 가운데 하필이면 가장 추하고 천한 궁형일 줄이야!

사형을 예기할 정도라면 당연히 다른 모든 형벌도 예기했어야 하니, 멍청하다고 할 수도 있다. 그는 자신의 운명 속에 예기치 못한 죽음이 기다리고 있을지도 모른다는 생각은 했지만, 이처럼 추한 것이 돌연 나타나리라고는 전혀 생각지도 못했다.

그는 늘 인간에게는 각각 그 인간에 어울리는 사건이 일어난다고 하는 일종의 확신 같은 것을 갖고 있었다. 이것은 오랫동안 역사를 다루면서 자연히 키워진 생각이었다. 같은 역경 속에서도 강개한 선비에게는 격하고 통렬한 괴로움이, 연약한 하인에게는 느슨하고 구질구질한 괴로움이 찾아온다는 식이었다. 설령 처음에는 일견 어울리지 않는 것처럼 보여도, 적어도 그 후의 대처 방식에 따라 그 운명은 그 인간에게 어울린다는 것을 깨닫게 된다고.

사마천은 자신을 남자라고 믿었다. 문필의 관리이기는 해도 당대의 어떤 무인보다도 남자라고 확신했다. 자기뿐만이 아니었다. 그에게 아무리 호의를 갖지 않는 자라도 이것만큼은 인정하지 않을 수 없었다. 그러므로 그는 자신의 지론에 따라, 수레에 사지를 찢기는 형벌이라면 그게 바로 자신이 갈 길이라고 생각할 수 있었다. 그런데 나이 쉰에 가까운 몸으로 이런 치욕을 당할 줄이야!

그는 지금 자기가 잠실 안에 있다는 것이 꿈만 같았다. 꿈이라고 생각하고 싶었다. 그러나 폐쇄된 방 안에서 눈을 뜨면 어두컴컴한 가운데 생기 없는, 혼까지 빠진 듯한 얼굴의 남자 서넛이 구접스럽게 드러눕거나 앉아 있는 모습이 눈에 들어왔다. 그 모습이 바로 지금의 자기라고 생각했을 때, 오열인지 노호怒號인지 모를 외침이 그의 목을 뚫고 나왔다.

통분과 번민의 며칠 동안, 때로는 학자로서의 습관에서 오는 사색과 반성이 찾아왔다. 도대체 이번 사건에서 무엇이, 누가, 누구의 어떤 점이 잘못되었는가 하는 생각이다. 일본의 군신도君臣道와는 근저부터 다른 이 나라의 일이므로, 당연히 그는 우선 무제를 원망했다. 한때는 원망만으로 일절 다른 데 눈을 돌릴 여유가 없다는 것이 실제였다.

그러나 한동안 광란의 시기가 지난 후에는 역사가로서의 그가 눈을 뜨기 시작했다. 유학자와는 달리 선왕先王〔이상적인 요·순 시대의 황제들〕의 가치에 대해서도 역사가적으로 낮게 평가했던 그는, 후왕後王인 무제의 평가에도 사적인 원한 때문에 잘못된 판단은 하지 않았다. 무어라 해도 무제는 대군주이다. 모든 결점에도 불구하고, 이 군주가 있는 한 한나라의 천하는 미동도 하지 않는다. 고조는 잠시 차치하더라도, 인군仁君 문제文帝나 명군名君 경제景帝도 이 군주에 비하면 아무래도 작다. 큰 인물은 결점까지도 크게 보이는 것은 어쩔 수 없다.

사마천은 극도의 분노와 원한 속에서도 이것을 잊지 않았다. 이번 일은 요컨대 하늘이 만든 질풍, 폭우, 벽력을 맞이한 것으로 여겨야 한다는 것이 그를 더욱 절망적인 분노로 몰아갔으나, 또 한편으로는 반대로 체념으로 돌리려고도 했다.

원한이 계속 군주를 향할 수 없게 되자, 자연히 군주 옆의 간신에게로 향했다. 그들이 악惡이다. 확실히 그렇다. 그러나 이 악은 매우 부차적인 악이다. 게다가 자긍심이 높은 그에게, 그들 소인배는 원한의 대상으로도 부족하다는 생각이 들었다.

그는 이번처럼 허약한 호인물이라는 자에 대해 분노를 느낀 적이 없었다. 이들은 간신이나 혹리보다도 처치 곤란이다. 옆에서 보고 있으면 화가 난다. 천박한 양심으로 안심하고 있어 남들도 안심시킬 뿐이니 한층 괘씸하다. 변호도 하지 않으며, 반박도 하지 않는다. 마음속으로 반성도 없으며, 자책도 없다. 승상 공손하 같은 이가 대표적인 사람이다. 똑같은 아첨과 영합을 하더라도 (최근 전임자 왕경을 몰아내고 버젓이 어사대부가 된) 두주杜周 같은 자는 스스로 그것을 알고 있는 게 틀림없으나, 사람 좋은 이 승상은 그런 자각조차 없다. 이런 부류의 사람은 '전구보처자의 신하'라는 말을 들어도 화조차 내지 않을 것이다. 이런 부류에는 원한을 품을 가치조차 없다.

사마천은 마지막으로 자기 자신에게서 울분을 터뜨릴 곳을 구하기로 했다. 실제로 무언가에 대하여 화를 내야 한다면, 결국 자신에 대한 것 말고는 없었다.

그러나 자기의 어디가 나빴던가. 이릉을 변호했던 것, 이 일은 아무리 생각해보아도 잘못한 것 같지 않았다. 방법적으로도 그리 서툴렀다고 생각하지 않았다. 아첨에 빠지는 것에 안주하지 않는 한, 그것은 달리 어쩔 수가 없었다. 그렇다면 스스로 되돌아보아 떳떳하다면 그 떳떳한 행위가 어떠한 결과를 초래할지라도 선비인 자는 그것을 감수해야 한다. 과연 그것은 일단 그러함이 틀림없다. 그러므로 나 역시 팔다리가 찢겨도, 허리를 잘리게 되더라도 기꺼이 받아들일 생각이었다.

그러나 궁형은, 그 결과로 이렇게 되어버린 내 몸의 모습이라는 것은 또 다른 문제다. 같은 불구라도 다리가 잘리거나 코가 잘린 것과는 전혀 다른 종류이다. 이것만은, 신체가 이러한 상태라는 것은 어떠한 각도에서 보아도 완전한 악이다. 말을 둘러댈 여지가 없다. 마음의 상처뿐이라면 세월이 지나면서 치유되기도 할 터이나, 내 신체의 추악한 현실은 죽을 때까지 지속할 것이다. 동기가 어쨌거나 이런 결과를 초래한 것은 결국 '잘못되었다'고 해야 한다. 그러나 어디가 잘못되었나. 나의 어디가? 어디도 잘못되지 않았다. 나는 바른 일밖에 하지 않았다. 굳이 말하자면, 단지 '내가 있다'는 사실만이 잘못된 것이다.

망연한 허탈 상태에서 앉아 있는가 싶더니, 돌연 뛰어올라 상처 입은 짐승처럼 울부짖으면서 어둡고 따뜻한 방 안을 배회한다. 그러한 행동을 무의식으로 반복하면서, 그의 생각 또한 언제나 같은 곳을 빙빙 돌 뿐 귀결되는 곳을 찾지 못하는 것이다.

자신을 잊고 벽에 머리를 부딪쳐 피를 흘린 몇 번을 제외하면, 그는 자신을 죽이려고 시도하지 않았다. 죽고 싶었다. 죽었다면 얼마나 좋았을까. 더욱 무서운 치욕에 쫓기고 있어 죽음을 두려워하는 마음은 전혀 없었다. 왜 죽지 못했던가. 옥 안에서 자기를 죽일 수 있는 도구가 없었던 탓도 있으리라. 그러나 그 밖의 무언가가 내부에서 그를 저지했다. 처음에는 그것이 무엇인지 눈치채지 못했다. 단지 광란과 울분 속에서 끊임없이 발작적으로 죽음에 대한 유혹을 느꼈음에도 불구하고, 한편으로 그의 마음을 자살 쪽으로 몰고 가지 않은 무언가를 막연하게 느꼈다. 그것이 무엇인지는 확실치 않으나, 어쨌든 무언가 잊은 듯한 느낌이었다. 꼭 그런 심정이었다.

석방되어 자택으로 돌아와 근신하게 된 후, 비로소 그는 자기가 한 달 동안 광란에 정신을 빼앗겨 필생의 사업인 수사修史의 일을 완전히 잊어버렸던 것, 그러나 표면은 잊고 있음에도 불구하고 그 일에 대한 무의식의 관심이 은연중에 그를 자살로부터 막아내는 역할을 해왔다는 것을 느끼게 되었다.

10년 전 임종의 자리에서 자신의 손을 잡고 울면서 유언으로 남긴 부친의 사무치는 말은 아직도 귓속에 남아 있다. 그러나 지금 극히 참담한 고통을 겪은 그의 마음속에서 아직 수사의 일에 대한 생각을 끊이지 않게 한 것은 부친의 말뿐만이 아니었다. 그것은 무엇보다도 그 일 자체였다. 일의 매력이라거나 일에 대한 열정이라고 하는 즐거운 형태의 것은 아니다. 수사라고 하는 사명의 자각은 틀림없지만, 더욱 의기양양하게 자기를 자부하는 자각은 아니다. 매우 자아가 강한 사람이었으나, 이번 일로 자신이 얼마나 하잘것없는 자인가를 절실히 생각하게 되었다. 이상이다, 포부다, 라며 뻐겨봤자 어차피 나는 소에 짓밟히는 길가의 벌레에 지나지 않는다. '아我'는 비참하게 밟혔으나 수사라는 일의 의의는 의심할 수 없었다. 이와 같은 천박한 몸이 되어 자긍도 자신도 잃어버린 후, 그래도 아직 세상에 살며 이 일에 종사하는 것은 아무리 생각해도 즐거울 수 없었다. 그것은 아무리 번거로워도 최후까지 관계를 단절하는 것이 허용되지 않은 인간들처럼 숙명적인 인연에 가까운 것이라는 느낌이었다. 어쨌든 이 일 때문에 자살을 할 수가 없다. 그것도 의무감에서가 아니라, 더욱 육체적인 이 일과의 연결에 의해서인 것이다. 이 점만은 분명해졌다.

당장 맹목적인 짐승의 울부짖는 괴로움 대신에 더욱 의식적인 인간의 고통이 시작되었다. 곤란한 것은, 자살할 수 없음이 명백해짐에 따라 자살 말고 달리 고뇌와 치욕에서 벗어날 길이 없음이 더욱 명백해진 것이었다. 일개 장부인 태사령 사마천은 천한 3년의 봄에 이미 죽었다. 그리고 그 후, 그가 쓰던 사史를 계속하는 자는 지각도 의식도 없는 하나의 서사 기계에 불과했다. 스스로 그렇게 생각하는 것 말고 길은 없었다. 무리해서라도 그는 그렇게 생각하려고 했다. 수사의 일은 반드시 계속되어야 한다. 이것은 그에게 절대였다. 수사의 일을 계속하려면 아무리 견디기 어려워도 오래 살아야 한다. 오래 살기 위해서는 아무래도 이 몸은 완전히 죽은 것이라고 굳게 생각할 필요가 있었다.

다섯 달 후에 사마천은 다시 붓을 들었다. 기쁨도 흥분도 없었다. 단지 일의 완성에 대한 의지에 채찍을 가하며, 상처 받은 다리를 질질 끌면서 목적지로 향하는 나그네처럼 또박또박 원고를 이어갔다. 이미 태사령의 직책은 면해졌다. 무제는 좀 후회스러웠는지 얼마 후에 그를 중서령中書令[25]으로 발탁했으나, 관직의 상하 같은 것은 이미 그에게 아무런 의미가 없었다. 이전의 논객 사마천은 일절 입을 열지 않았다. 웃거나 화를 내지도 않았다. 그러나 결코 초연한 자세는 아니었다. 오히려 악령에라도 들린 듯한 섬뜩함을, 사람들은 함구한 그의 풍모 속에서 보았다. 밤에 자는 시간도 아까워하며 그는 일을 계속했다. 가족들에게는 그가 일각이라도 빨리 일을 완성한 후에 하루속히 자살의 자유를 얻고자 안달하는 사람처럼 보였다.

처참한 노력을 1년 정도 계속한 후, 이윽고 그는 삶의 기쁨을 잃어버려도 표현의 기쁨만은 남을 수 있다는 것을 발견했다. 그러나 그즈음에도 여전히 그의 완전한 침묵은 깨지지 않았으며, 풍모 속의 섬뜩함도 전혀 누그러지지 않았다. 원고를 계속 이어가는 중에 환관이라든가 엄노閹奴라는 단어를 써야 하는 부분에 이르면, 그는 자기도 모르게 신음을 내뱉었다. 혼자 마루에 있을 때도, 밤에 침상에 누웠을 때도 문득 이 굴욕의 생각이 싹트면 곧 인두로 지지는 듯한 뜨거운 통증이 전신을 스쳐 지나갔다. 그는 벌떡 일어나 기성을 지르고 신음하면서 사방을 돌아다니다가, 잠시 후 이를 악물고 애써 자신을 진정시키려고 했다.

3

전투 중에 정신을 잃은 이릉은, 짐승 기름으로 불을 밝히고 짐승 똥으로 불을 피운 선우의 천막 안에서 눈을 떴을 때 순간적으로 결심했다. 스스로 목을 잘라 치욕을 면할 것인가, 그렇지 않으면 지금은 일단 적에게 순종하고 나중에 기회를 봐서 패전의 책임을 보상하기에 충분한 공을 선물로 들고 탈주할 것인가. 이 두 가지 이외의 길은 없을 것인데, 이릉은 후자를 택했다.

선우는 손수 이릉의 포승을 풀어주었다. 그 후의 대우도 극히 정중했다. 차제후且鞮侯 선우는 선대의 구리호呴犁湖 선우의 동생인데, 체격이 늠름하고 눈이 크며 붉은 수염을 기른 중년 대장부다. 몇 대의 선우를 따라다니며 한나라와 싸워왔으나 아직 이릉만큼 강한 적을 만난 적이 없다고 솔직하게 말하고, 이릉의 조부 이광의 이름과 견주며 이릉의 선전을 칭찬했다. 호랑이를 맨손으로 때려잡고 바위에 화살을 꽂았다는 용맹한 비장군飛將軍 이광의 이름은 지금껏 이곳에 전해 내려오고 있었다. 이릉이 후대를 받은 것은 그가 강한 자의 자손이며, 또 그 자신도 강했기 때문이다. 음식을 나눌 때도 강자가 맛있는 부분을 먹고 노약자에게 나머지를 주는 것이 흉노의 풍습이었다. 여기서는 강한 자가 모욕을 당하는 일이 결코 없었다. 항복한 장수 이릉은 한 채의 천막과 수십 명의 종자從者가 딸린 빈객의 예로 대우받았다.

이릉에게는 기이한 생활이 시작됐다. 집은 융장(모직 장막)의 천막, 음식은 생양고기, 음료는 양젖과 우유 발효주. 옷은 늑대, 양, 곰의 가죽으로 만든 것. 목축과 수렵과 약탈이 그들 생활의 전부다. 그러나 끝없이 펼쳐진 고원에도 강과 호수와 산에 의한 경계가 있어, 선우 직할지 외로는 좌현왕, 우현왕, 좌곡려왕左谷蠡王, 우곡려왕 이하의 제왕후의 영지로 나뉘었고, 목민의 이주는 각각 그 경계로 한정되었다. 성곽도 없으며 전답도 없는 나라. 촌락은 있어도, 계절에 따라 풀을 쫓아다니면서 사는 땅을 바꿨다.

이릉에게 땅은 주어지지 않았다. 선우 휘하의 장수들과 함께 이릉은 늘 선우를 따라다녔다. 틈이 난다면 선우의 목이라도, 하고 이릉은 노리고 있었으나 쉽사리 기회가 오지 않았다. 설령 선우를 찔렀다고 해도, 그 머리를 가지고 탈출하는 것은 어떤 특별한 기회가 오지 않는 한 우선 불가능했다. 이 땅에서 선우와 맞찌르고 죽는다면 흉노는 틀림없이 그들의 불명예를 적당히 묻어버릴 테니, 필시 한나라에 사실이 전해지지 않을 것이다. 이릉은 불가능하다고 생각되는 기회의 도래를 끈기 있게 기다렸다.

선우의 막하에는 이릉 말고도 한에서 투항한 자가 몇 명인가 있었다. 그중 위율衛律이라는 자는 군인은 아니지만 정령왕丁靈王의 지위를 얻은, 선우의 가장 중요한 부하 중 한 사람이었다. 그의 부친은 호인胡人이었으나, 어떤 연유로 위율은 한의 수도에서 태어나 성장했다. 무제를 섬겼으나 몇 해 전 협율도위協律都尉[26] 이연년의 사건에 연좌될 위기를 피해 흉노로 귀의했다. 피가 피인 만큼 호풍胡風(흉노의 풍습)에 익숙해지는 것도 빠르고 상당한 재인이기도 하여, 늘 차제 후 선우의 참모로 모든 획책을 맡고 있었다.

이릉은 위율을 비롯하여 흉노에 투항한 한인들과는 거의 말을 나누지 않았다. 그의 머릿속에 계획된 일을 함께 도모할 인물이 없다고 생각했다. 그러고 보니 다른 한인들끼리도 역시 서로 묘하게 어색함을 느끼는 듯, 친하게 교제하는 모습은 보이지 않았다.

어느 날 선우는 이릉을 불러 군략상의 조언을 청했다. 그것은 동호東胡에 대한 전투였으므로 이릉은 기꺼이 자신의 의견을 말했다. 다음에 선우가 비슷한 조언을 청했을 때, 그것은 한군에 대한 책략이었다. 이릉은 분명하게 거북한 표정을 보이며 입을 열려고 하지 않았다. 선우는 굳이 대답을 요구하지 않았다.

그리고 오랜 시간이 지난 후, 대군代郡과 상군上郡을 약탈하는 군대의 한 장수로서 남행할 것을 요구했다. 이때는 한에 대한 전투에는 나가지 않겠다는 뜻을 밝히며 확실히 거부했다. 이후 선우는 이릉에게 다시 이러한 요구를 하지 않았다. 대우는 그래도 변하지 않았다. 달리 이용하려는 목적도 없이 단지 선비를 대우하는 것뿐이라고 생각되었다. 어쨌든 이릉은 선우가 남자답다고 생각했다.

선우의 장자인 좌현왕이 묘하게 이릉에게 호감을 보이기 시작했다. 호감이라기보다는 존경에 가까웠다. 거칠기는 하지만 용감하고 성실한 갓 스물의 청년이었다. 강한 자에 대한 찬미가 실로 순수하고 강렬했다.

처음에는 이릉에게 와서 기사騎射를 가르쳐달라고 했다. 기사라고 해도 말 타기는 이릉에 뒤떨어지지 않을 정도로 잘하고 특히 안장 없이 말을 타는 기술은 이릉을 훨씬 능가하므로, 이릉은 단지 궁술만 가르치기로 했다.

좌현왕은 성실한 제자가 되었다. 이릉의 조부 이광의 신들린 궁술 실력 등을 이야기할 때, 번족蕃族[오랑캐 족] 청년은 눈동자를 반짝이며 열심히 들었다. 두 사람은 자주 함께 사냥을 하러 나갔다. 아주 소수의 부하만 따르게 하고 두 사람은 종횡으로 광야를 질주하면서 여우와 늑대, 산양이나 독수리, 꿩 등을 쏘았다. 어느 때는 석양 무렵 화살이 거의 다 떨어진 두 사람이 (두 사람의 말은 종자들보다 멀리 와 있었으므로) 일군의 늑대에 둘러싸인 적이 있었다. 말에 채찍을 가하며 전속력으로 달려 늑대 무리에서 빠져나와 도망쳤으나, 그때 이릉의 말 꼬리로 뛰어든 한 마리를 뒤에서 따라오던 청년 좌현왕이 칼로 멋지게 몸통을 잘랐다. 나중에 살펴보니, 두 사람의 말은 늑대들에게 물어뜯겨서 피투성이가 되어 있었다. 그러한 하루가 끝나고 천막 안에서 그날 잡은 것들을 집어넣어 뜨거운 탕으로 끓여 후후 불면서 마실 때, 이릉은 불빛에 얼굴이 비친 번왕의 젊은 아들에게 문득 우정 같은 것을 느끼기도 했다.

천한 3년의 가을에 흉노가 다시 안문雁門을 침략했다. 이에 보복하고자 다음 해인 천한 4년에 한나라는 이사장군 이광리에게 기병 6만에 보병 7만의 대군을 주어 북방으로 출진케 하고, 보병 1만을 이끈 강노도위強弩都尉 노박덕路博德에게 이를 지원하게 했다. 나아가 인우장군因杅將軍 공손오公孫敖는 기병 1만 3천을 데리고 안문으로, 유격장군游擊將軍 한열韓說은 보병 3만을 이끌고 오원五原으로 각기 출진했다. 근래에 없던 대북벌이었다.

선우는 소식을 접하자마자 곧바로 부녀, 노소, 가축, 재물 등을 모두 여오수余吾水(케룰렌 강) 북방의 땅으로 옮기고, 직접 10만의 정예 기병을 이끌고 여오수 남쪽의 대초원에서 이광리·노박덕 군을 맞아 싸웠다. 연이은 전투 10여 일. 한군은 결국 퇴각하지 않을 수 없었다. 이릉을 스승으로 하여 지도를 받은 젊은 좌현왕은 별도로 한 부대를 이끌고 동방으로 향하여 인우장군 공손오를 맞아 철저히 격파했다. 한군의 좌익인 한열의 군대도 전과를 얻지 못하고 퇴각했다.

북벌은 완전한 실패였다.

이릉은 예전처럼 한군과의 전투에는 진두에 나타나지 않고 여오수 북쪽으로 물러나 있었으나, 좌현왕의 전과를 은근히 걱정하는 자신을 발견하고 놀랐다. 물론 전체적으로는 한군의 성공과 흉노의 패전을 원하는 것이 틀림없으나, 그래도 좌현왕만은 왠지 지지 않았으면 하는 생각이었다. 이릉은 이런 자신을 깨닫자 스스로를 크게 질책했다.

좌현왕에 패배하고 수도로 돌아간 공손오는 병사를 크게 잃고 공이 없다는 이유로 옥에 갇히자 묘한 변명을 했다. 적의 포로에게 들은바, 흉노군이 강한 것은 한에서 투항한 이 장군이 항상 병을 훈련하고 군략을 가르쳐주며 한군에 대비시키고 있기 때문이라는 것이었다. 그렇다고 해서 자기 군대가 패한 것의 변명은 되지 않으니 인우장군의 죄는 용서받지 못했지만, 이 말을 들은 무제가 이릉에게 격노한 것은 말할 것도 없다.

예전에 풀려나 집에 돌아와 있던 이릉의 일족은 다시 옥에 갇히고, 이번에는 이릉의 노모부터 처자식과 동생에 이르기까지 모두 처형당했다. 경박한 세인이 늘 그러하듯, 당시 농서隴西의 사대부들 모두 이씨 가문이 배출된 것을 수치로 생각했다고 기록되어 있다(이릉의 가문은 농서 출신이다).

이 소식이 이릉의 귀에 들어온 것은 반년 후의 일로, 변경에서 납치된 어느 한군의 입을 통해서였다. 그 말을 들었을 때, 이릉은 일어나서 그 남자의 멱살을 붙잡고 거칠게 흔들면서 사건의 진위를 다시 한 번 확인했다. 확실히 틀림없는 사실임을 알자, 그는 이를 악물고 무의식중에 양손에 힘을 주었다. 남자는 몸부림치면서 고통의 신음을 뱉었다. 이릉의 손이 무의식중에 그 남자의 목을 누르고 있었다. 이릉이 손을 떼자 남자는 털썩 땅에 쓰러졌다. 그 모습을 쳐다보지도 않고 이릉은 막사 밖으로 뛰쳐나갔다.

그는 정처 없이 들판을 걸었다. 격한 분노가 머릿속에서 소용돌이쳤다. 노모와 어린 자식을 생각하면 가슴이 타는 듯했으나, 눈물은 한 방울도 나오지 않았다. 너무 강한 분노는 눈물을 고갈시켜버리는 것이리라.

이번 경우만이 아니다. 지금까지 내 가문은 나라에서 어떠한 대접을 받아왔던가. 그는 조부 이광의 최후를 생각했다. 이릉의 부친 이당호李當戶는 그가 태어나기 몇 개월 전에 죽었다. 이릉은 소위 유복자다. 그러므로 소년 시절에 그를 교육하고 단련시킨 것은 유명한 조부 이광이었다.

명장 이광은 몇 차례의 북벌에 큰 공을 세웠어도 군주 측근 간신의 방해로 무엇 하나 은상恩賞을 받지 못했다. 부하 장수들이 계속 작위爵位를 받고 봉후封侯가 되는데도 청렴한 장군은 봉후는커녕 시종 변하지 않는 청빈에 만족해야만 했다. 마지막으로 그는 대장군 위청과 충돌했다. 위청은 노장 이광을 위로하려는 마음이 있었으나, 위청 휘하의 일개 군리軍吏가 대장군의 위세를 등에 업고 이광을 모욕했다. 격노한 노장군은 곧 그 자리에서, 진영 안에서 스스로 목을 잘랐다. 조부의 죽음을 듣고 큰 소리로 울던 소년 때의 자신을 이릉은 지금까지도 또렷이 기억한다…….

이광의 차남이요 이릉의 숙부인 이감李敢의 최후는 또한 어떠했던가. 이감은 부친의 비참한 죽음으로 위청에게 원한을 품고, 스스로 대장군의 저택으로 찾아가 그를 모욕했다. 대장군의 조카인 표기장군 곽거병이 이에 분노하여, 감천궁甘泉宮[27]에서 사냥을 할 때 이감을 활로 쏘아 죽였다. 무제는 그것을 알면서도, 표기장군을 감싸려고 이감이 사슴뿔에 받혀 죽었다고 공표하게 했다…….

사마천과 달리 이릉의 경우는 간단했다. 분노가 전부였다. 무리해서라도 좀 더 빨리 (선우의 목이라도 가지고 호지胡地를 탈출한다고 하는) 그 계획을 실행하면 좋았을 텐데 하는 후회를 제외하면, 단지 그 분노를 어떤 식으로 나타낼 것인지가 문제였다.

그는 '호지에서 이 장군이 병을 가르쳐 한에 대비하게 했다고 들어 폐하가 격노했다'는 한군 포로의 말을 떠올렸다. 이윽고 짐작되는 바가 있다. 물론 자신에게 그런 기억은 없으나, 투항한 한의 장수 중 이서李緖라는 자가 있다. 원래 새외도위塞外都尉로 해후성奚侯城을 지키던 장수였는데, 이자가 흉노에 투항하고 나서 항상 호군에게 군략을 가르치고 병을 훈련시켰다. 실제로 반년 전의 원정 때도 선우를 수행하여 (문제의 공손오 군대는 아니지만) 한군과 전투를 벌였다. 바로 이자라고 이릉은 생각했다. 같은 이 장군이니 이서가 이릉으로 오해된 것이 틀림없었다.

그날 밤, 그는 단신으로 이서의 막사로 찾아갔다. 한마디도 하지 않고, 한마디도 말하게 하지 않았다. 단지 한 번의 찌름으로 이서는 쓰러졌다.

이튿날 아침, 이릉은 선우 앞에 나와 사정을 밝혔다. 선우는 염려할 것 없다고 말했다. 그러나 선우의 모친 대연지大閼氏[28]가 적잖이 불평했다. 왜냐하면 상당한 노령이면서도 선우의 모친은 이서와 추한 관계가 있는 듯했다. 선우는 그것을 알고 있었다. 흉노에게는 부친이 죽으면 장남이 망부의 처첩 모두를 그대로 자신의 처첩으로 삼는 풍습이 있었지만, 아무래도 생모만은 여기에 포함되지 않았다. 생모에 대한 존경만은 극단적인 남존여비의 그들에게도 있었다.

그래서 선우는 모친의 흥분이 가라앉으면 다시 부르겠노라며 이릉에게 잠시 북방에 은신해 있으라고 했다. 그 말에 따라 이릉은 종자를 데리고 서북의 두함산兜衛山 기슭으로 몸을 피했다.

얼마 후 문제의 대연지가 병사하여 선우에게 돌아온 이릉은 인간이 바뀐 것처럼 보였다. 지금까지 한에 대한 군략만큼은 절대 가르치지 않던 그가 스스로 나서서 조언에 응하겠다고 말했기 때문이다. 선우는 이 변화를 보고 크게 기뻐했다. 그는 이릉을 우교왕右校王으로 임명하고, 자기 딸과 짝지어주었다. 딸을 아내로 주겠다는 이야기는 이전에도 있었으나, 지금까지 이릉이 계속 거부해왔다. 그런데 이번에는 주저 없이 아내로 받은 것이다.

때마침 주천과 장예 지방을 약탈하기 위해 남으로 나가는 일군이 있어, 이릉은 스스로 청하여 그 군을 따랐다. 그러나 서남으로 잡은 진로가 우연히 준계산 기슭을 지날 때 이릉의 마음은 어두워졌다. 과거 이 땅에서 자기를 따라 전사한 부하들을 생각하고, 그들의 뼈가 묻히고 그들의 피가 스며든 모래 위를 걸으면서 지금의 신세를 생각하니, 그는 이미 남행하여 한군과 싸울 용기를 잃었다. 그는 병을 칭하고 혼자 북방으로 말을 돌렸다.

이듬해 태시太始 원년, 차제후 선우가 죽고 이릉과 가까운 좌현왕이 뒤를 이었다. 고록고孤鹿姑 선우가 바로 이자이다.

흉노의 우교왕인 이릉의 마음은 아직도 확실치 않았다. 모친과 처자가 모두 처형된 원한은 골수에 사무치지만, 직접 병사를 이끌고 한과 싸우는 것이 불가능하다는 것은 지난번 경험에서 밝혀졌다. 다시 한의 땅을 밟지 않겠다고 맹세했으나, 이곳 흉노의 사람이 되어 평생 안주할 수 있을지는, 새 선우에 대한 우정이 있더라도 아직 자신이 없었다.

생각하는 것을 싫어하는 그는, 초조해지면 곧 혼자 준마를 몰고 광야로 달려갔다. 구름 한 점 없는 파란 가을 하늘 아래 말발굽 소리를 울리며 초원과 구릉을 미친 듯이 달렸다. 몇십 리인가 달린 후 말도 사람도 지치면 고원高原 안의 개울을 찾아가 말에게 물을 먹였다. 그리고 자신은 유쾌한 피로감에 젖은 채 멍하니 풀 위에 드러누워 맑고 높고 넓은 창공을 바라보았다. 아아, 나도 천지간 하나의 입자일 뿐, 왜 한漢도 호胡도 아닌가. 문득 그런 생각이 들곤 했다. 한바탕 쉬고 다시 말에 올라 무턱대고 달리기 시작했다. 종일 달리다 지쳐서, 노란 흙먼지가 저녁 햇빛을 흐리게 할 때가 되어서야 그는 막영으로 돌아왔다. 피로만이 그의 유일한 구원이었다.

사마천이 이릉을 변호하다 죄를 얻었다는 이야기를 전해준 자가 있었다. 이릉은 그다지 고맙다거나 불쌍하다고 생각지 않았다. 사마천과는 서로 안면이 있어 인사를 한 적은 있어도 특별히 교제했다고 할 정도의 사이는 아니었다. 오히려 쓸데없이 이론만 떠들어대는 사람이라는 기억만 남아 있었다. 게다가 현재의 이릉은 자신 하나의 괴로움과 싸우는 것도 힘들어 타인의 불행을 실감할 여유가 없었다. 사마천의 변호가 쓸데없는 배려라고는 생각하지 않았지만, 그렇다고 특별히 미안하다는 감정을 느끼지도 않았다.

처음에는 참으로 천하고 우습게만 비치던 호지의 풍속이, 이 땅의 실제 풍토와 기후 등을 배경으로 생각해보면 결코 천하지도 불합리하지도 않다는 것을 이릉은 점차 이해하게 되었다. 두꺼운 가죽의 호복胡服이 아니면 북방의 겨울을 견디기 어렵고, 육식이 아니면 호지의 추위를 견뎌낼 힘을 얻지 못했다. 고정된 가옥을 짓지 않는 것도 그들 생활 형태에서 비롯된 필연으로, 무조건 저급하다고 비방하는 것은 잘못이다. 한인의 풍습을 끝내 지키려고 한다면, 호지의 자연 속 생활은 하루도 지속할 수가 없다.

이릉은 지난날 선대 차제후 선우가 한 말을 기억했다. 선우는 한나라 사람이 입버릇처럼 자기 나라는 예의의 나라이며 흉노의 행위는 금수에 가깝다고 말하는 것을 꾸짖었다. 한인이 말하는 예의라는 것은 무엇인가. 추한 것을 표면만 아름답게 꾸미는 허식을 말함이 아닌가. 이익을 취하고 사람을 질투하는 것, 한인과 호인 중 어느 쪽이 심한가. 색에 빠지고 재를 탐하는 것, 또 어느 쪽이 심한가. 껍데기를 벗기면 필경 아무런 차이도 없을 터. 단지 한인은 이것을 속임수로 장식하는 것을 알고 우리는 모를 뿐이다.

　한나라 초부터 시작된 골육상쟁의 내란과 공신들의 이전투구를 예로 들며 이렇게 말했을 때, 이릉은 대답할 말을 찾지 못했다. 실제로 무인인 그는 지금까지 번잡한 예를 위한 예에 대해 의문을 가진 적이 한두 번이 아니었다. 확실히 호속胡俗의 거친 정직이 미명의 그늘에 가린 한인의 음흉보다 훨씬 좋은 경우가 때때로 있다고 생각했다. 제후국들의 풍속은 바르고 흉노의 풍속은 비천하다고 간주하는 것은 너무나도 한인적인 편견이 아닌가 하는 생각이 들기 시작했다. 예를 들어 지금까지 인간에게는 이름 이외에 자字[29]가 있어야 한다고 그저 굳게 믿어왔으나, 생각해보면 자字가 반드시 필요한 이유는 어디에도 없었다.

　그의 아내는 매우 얌전한 여자였다. 아직도 남편 앞에서는 우물쭈물하며 말도 제대로 하지 못했다. 그러나 그들 사이에 생긴 아들은 부친을 전혀 두려워하지 않고 아장아장 걸어 이릉의 무릎으로 기어올랐다. 아이의 얼굴을 바라보던 이릉은 몇 년 전 장안에 두고 온, 그리고 결국 할머니와 어머니와 함께 죽임을 당한 아이의 모습을 문득 떠올리고는 자기도 모르게 망연자실했다.

　이릉이 흉노에 항복하기 1년 전부터 한의 중랑장中郎將[30] 소무蘇武가 호지에 억류되어 있었다.

　원래 소무는 평화 사절로서 포로 교환을 위해 파견되었는데, 부사副使 아무개가 그때 흉노의 내분에 연루되는 바람에 사절단 전원이 포로가 되어버렸다. 선우는 그들을 죽이려 하지 않고 죽음으로 협박하여 항복하게 했다. 단지 소무 한 사람은 항복을 받아들이지 않을 뿐 아니라 굴욕을 피하고자 스스로 검을 들어 자기의 가슴을 찔렀다.

기절한 소무에 대한 흉노 의사의 처치라는 것이 매우 독특했다. 땅에 구멍을 파서 숯불을 묻고 그 위에 환자를 누인 다음 등을 밟아 피를 내게 했다고 《한서》에는 적혀 있다. 이 거친 치료 덕분에 불행히도 소무는 반나절의 혼절 끝에 다시 숨을 돌이켰다. 차제후 선우는 그에게 감복했다. 수십일 후 이윽고 소무의 몸이 회복되자, 근신 위율을 보내 다시 간곡히 항복을 권유했다. 그러나 위율은 소무의 불같은 호통에 창피만 당하고 물러났다.

그 후 소무가 굴속에 유폐되었을 때 동물의 털을 눈에 뭉쳐 먹으며 배고픔을 견뎠다는 이야기나, 아무도 살지 않는 북해(바이칼 호)의 땅으로 옮겨져 숫양이 젖을 내면 돌려보내주겠다는 말을 들은 이야기는 절개 19년의 그의 이름과 함께 너무나 유명하므로 여기에서는 말하지 않겠다. 어쨌든 이릉이 번민의 여생을 호지에 묻고자 결심을 하게 된 때, 소무는 이미 오랫동안 북해 기슭에서 혼자 양을 치고 있었다.

이릉과 소무는 20년 지기였다. 과거 같은 시기에 시중侍中[31]으로 근무한 적도 있다. 외고집에 융통성 없는 성격이긴 하지만 확실히 드물게 보는 경골硬骨의 무사인 것은 의심할 바 없다고 이릉은 생각했다. 천한 원년에 소무가 북으로 떠난 뒤 얼마 되지 않아 소무의 노모가 병사했을 때도 이릉은 양릉陽陵의 장지까지 따라갔다. 소무의 처가 남편이 다시 돌아올 가망이 없음을 알고 집을 떠나 다른 곳으로 시집갔다는 소식을 들은 것은, 이릉이 북벌에 나서기 직전의 일이었다. 그때 이릉은 친구를 위해 그 처의 경박한 행동에 대해 크게 화를 냈다.

그러나 뜻하지 않게 자신이 흉노에 항복하게 된 후, 이릉은 소무를 만나려고 생각지 않았다. 소무가 멀리 북방으로 옮겨져 얼굴을 마주치지 않게 된 것을 오히려 다행이라고 생각했다. 특히 자기 가족이 참살당해 다시 한나라로 돌아갈 마음을 잃고 나서는 일층 이 '한절漢節〔한나라 사신의 증표〕을 지닌 양치기'와의 대면을 피하고 싶었다.

고록고 선우가 아버지의 뒤를 잇고 수년이 지난 후, 한때 소무가 생사 불명이라는 소문이 들려왔다. 부친 선우가 끝내 항복시키지 못했던 불굴의 한나라 사신의 존재를 떠올린 고록고 선우는, 소무의 안부를 확인함과 동시에 만약 건재하다면 다시 한 번 항복을 권고하기를 이릉에게 부탁했다. 이릉이 소무의 친구라는 이야기를 들었던 것이다. 할 수 없이 이릉은 북으로 향했다.

고차수姑且水를 북으로 거슬러 올라가 질거수郅居水와의 합류점에서 다시 서북으로 삼림지대를 뚫고 지나갔다. 아직 곳곳에 눈이 남아 있는 강가를 나아가길 며칠, 이윽고 숲과 들의 건너편에 북해의 푸른 물이 보이기 시작할 때, 이 지방 주민인 정령족丁零族[32] 안내인은 이릉 일행을 한 채의 초라한 통나무집으로 안내했다.

느닷없는 사람 소리에 놀란 오두막의 주인은 활을 들고 밖으로 나왔다. 머리부터 모피를 뒤집어쓰고 수염이 가득한 곰 같은 산사나이의 얼굴에서 이릉이 과거 이중구감移中厩監³³ 소자경蘇子卿('자경'은 소무의 자)의 모습을 발견하고 나서도, 상대가 호복의 대관을 과거 기도위騎都尉 이소경李少卿('소경'은 이릉의 자)임을 알아보기까지는 좀 더 시간이 필요했다. 소무는 흉노를 섬기고 있는 이릉에 대해 전혀 들은 바가 없었다.

갑자기 밀려오는 감동으로, 지금까지 소무와의 대면을 꺼리게 했던 이릉 내부의 무언가가 순식간에 무너졌다. 두 사람 모두 처음에는 거의 아무 말도 할 수 없었다.

이릉 종자들의 천막이 몇 개 주위에 세워져, 무인지경이 갑자기 번화해졌다. 준비해 온 술과 음식이 곧바로 오두막으로 옮겨져, 밤에는 오랜만에 기쁜 웃음소리가 숲 속의 새와 짐승을 놀라게 했다. 체재는 며칠간 이어졌다.

자신이 호복을 입게 된 사정을 말할 때는 자못 괴로웠다. 그러나 이릉은 조금도 변명의 말을 섞지 않고 사실만 말했다. 소무가 태연하게 말하는 몇 년간의 생활은 정말로 참담했던 듯했다. 몇 년 전 흉노의 어간왕於軒王이 사냥을 한다며 우연히 여기를 지나다가 소무를 동정하여 3년간 계속 의복과 식량 등을 보내주었으나, 어간왕 사후에는 얼어붙은 땅에서 들쥐를 파내어 굶주림을 해결하는 처지였다고 했다. 그가 생사 불명이라는 소문은 그가 기르던 가축들을 한 마리도 남김없이 다 도둑맞은 것이 잘못 전해진 듯했다. 이릉은 소무의 모친이 사망한 것을 알렸으나, 아내가 자식을 버리고 다른 곳으로 시집갔다는 말은 차마 하지 못했다.

이 사람은 무엇을 목표로 살고 있는지 이릉은 의아했다. 아직도 한나라로 돌아갈 날을 기다리고 있는 것일까. 소무의 말투에서 추측건대, 지금에 와서 그런 기대는 조금도 갖고 있지 않은 듯했다. 그렇다면 무엇 때문에 이렇게 참담한 나날을 견디고 있는 것인가. 선우에게 항복한다면 틀림없이 중용될 터이나 그렇게 할 소무가 아닌 것은 처음부터 잘 알고 있었다.

이릉이 의아하게 생각한 것은, 왜 일찌감치 스스로 생명을 끊지 않았는가 하는 점이었다. 이릉 자신이 희망 없는 생활을 자기 손으로 끊지 못하는 것은 어느새 이 땅에 뿌리를 내려버린 많은 은애恩愛와 의리 때문이며, 또 이제 와서 죽는다 한들 한漢을 위하여 의를 세우는 것도 되지 않기 때문이다. 소무의 경우는 다르다. 그에게는 이 땅에 얽매일 가족도 없다. 한조漢朝에 대한 충신이라는 점에서 생각한다면, 언제까지나 절모節旄(천자가 내린 사신의 깃발)를 지니고 광야에서 굶는 것이나 곧바로 절모를 태운 후에 스스로 목을 날리는 것이나 별로 차이 없지 않을까 생각했다.

처음에 포로가 되었을 때 느닷없이 자기 가슴을 찌른 소무에게, 지금 와서 갑자기 죽음을 두려워하는 마음이 싹텄다고는 생각되지 않는다. 이릉은 젊은 시절 소무의 외고집을, 우스울 정도로 강인한 고집을 떠올렸다. 선우는 영화를 미끼로 극도의 곤궁에 처한 소무를 낚으려고 시도한다. 미끼에 낚이는 것은 물론이고 고난을 견디지 못하고 스스로 죽는 것 또한 선우에게, 혹은 그로 상징되는 운명에 지는 것이 된다. 소무는 그렇게 생각하는 게 아닐까.

그러나 운명과 대립하는 듯한 소무의 고집스러운 모습을 이릉은 우습다거나 한심하다고 생각지 않았다. 상상을 초월한 고생, 결핍, 혹한, 고독을 (게다가 앞으로 죽음에 이르기까지의 긴 시간을) 평온히 웃어넘기는 것이 고집이라고 한다면, 이 고집이야말로 실로 섬뜩하지만 장대한 것이라고 해야 한다. 옛날 다소 어른스럽지 않게 보였던 소무의 오기가 이처럼 커다란 인내로까지 성장한 것을 보고 이릉은 경탄했다.

게다가 이 남자는 자기의 행위가 한나라까지 알려지는 것을 예기하고 있지 않다. 자신이 다시 한에 받아들여지는 것은 물론, 자신이 이런 무인無人의 땅에서 곤궁과 싸우고 있는 것을 한나라는커녕 흉노의 선우에게도 전해줄 인간이 생길 것을 기대하고 있지도 않다. 아무도 모르는 사이에 혼자 죽어갈 것이 틀림없는 최후의 날에 스스로 되돌아보아 마지막까지 운명을 일소에 부칠 수 있었던 데 만족하고 죽는다는 것이다. 누구 하나 자신의 사적事績을 알아주지 않아도 관계없다는 것이다.

이릉은 지난날 선대 선우의 목을 노리면서, 그 목적을 달성한다고 해도 자기가 그것을 가지고 흉노의 땅에서 탈주할 수 없으면 모처럼의 행위가 공허하게 한나라에 전해지지 않을 것을 걱정하면서 결국 결행의 기회를 찾지 못했다. 남에게 알려지지 않을 것을 걱정하지 않는 소무를 앞에 두고 그는 남몰래 식은땀이 흐르는 느낌이었다.

처음의 감동이 지나고 2, 3일이 흐르는 가운데 이릉은 마음속에 아무래도 일종의 응어리가 생기는 것을 어쩔 수 없었다. 무엇을 이야기할 때마다 자신의 과거와 소무의 그것의 대비가 하나하나 마음에 걸렸다. 소무는 의인이고 자신은 매국노라는 식으로 잘라서 생각하지는 않았지만, 숲과 들과 물의 침묵에 의해 다년간 연마된 소무의 엄격함 앞에서는, 자신의 행위에 대한 유일한 변명이었던 지금까지의 고뇌 따위는 한 줌도 안 되게 압도되는 것을 느끼지 않을 수 없었다.

게다가 그렇게 느껴서일까, 날이 지남에 따라 소무가 자신을 대하는 태도에서 무언가 부자가 빈자를 대하는 듯한, 자신의 우월을 알고 난 후에 상대에게 관대해지는 사람의 태도를 느끼기 시작했다. 무언가 확실히 말할 수 없지만, 어느 순간에 문득 그러한 느낌을 받게 된다. 남루한 옷을 입은 소무의 눈에 때로 떠오르는 희미한 연민의 빛을, 호사스런 표피豹皮를 입은 우교왕 이릉은 무엇보다 두려워했다.

열흘쯤 머문 후에 이릉은 옛 친구와 헤어져 초연히 남쪽으로 떠났다. 식량과 의복 등은 충분히 숲의 통나무 오두막에 남겨두었다.

이릉은 선우에게 위촉받은 항복 권고에 관해서는 결국 말을 꺼내지 않았다. 소무의 대답은 물을 것도 없이 명백한 것을, 굳이 이제 그런 권고를 하여 소무도 자신도 모욕하는 것은 옳지 않다고 생각했다.

남쪽으로 돌아온 후에도 소무의 존재는 하루도 그의 머리에서 떠나지 않았다. 떠나온 후에 생각할 때, 소무의 모습은 오히려 한층 엄격하게 그의 앞에 우뚝 솟은 것 같았다.

이릉 스스로가 생각하기에 흉노에게 항복한 자신의 행위가 바르다고 하는 것은 아니나, 자기가 고국에 바친 것과 그에 대해 고국이 자기에게 보답한 바를 생각한다면, 아무리 무정한 비판자라고 해도 '어쩔 수 없었다'는 점을 인정해줄 것이라고 믿었다.

그런데 여기 한 남자가 있어, 아무리 '어쩔 수 없었다'고 생각되는 사정이 앞에 있어도 단연코 그런 생각 자체를 허용하지 않았다. 이 남자에게는 기아도 추위도, 고독의 괴로움이나 조국의 냉담도, 자기의 고절苦節은 결국 아무도 알지 못할 것이라는 거의 확정적인 사실까지도 평생의 절의를 꺾을 정도의 어쩔 수 없는 사정은 아니었다.

소무의 존재는 그에게 숭고한 훈계이기도 하지만 초조한 악몽이기도 했다. 때때로 그는 사람을 보내 소무의 안부를 묻고 음식, 산양, 융단을 보냈다. 소무를 보고 싶은 마음과 피하고 싶은 마음이 그의 마음속에서 늘 싸우고 있었다.

몇 년 후, 다시 한 번 이릉은 북해의 통나무집을 찾았다. 그때 도중에 운중雲中 북방을 지키는 위병들을 만나, 최근 한의 변경에서는 태수 이하 관리와 백성이 모두 흰옷을 입고 있다는 이야기를 들었다. 백성이 모두 흰옷을 입고 있다면 천자의 상喪이 틀림없다. 이릉은 무제가 붕어한 것을 알았다.

북해에 이르러 소무에게 이것을 고했을 때, 소무는 남쪽을 향해 통곡했다. 통곡하기를 며칠, 마침내 피를 토하기에 이르렀다. 그 모습을 보면서 이릉의 마음은 점차 어둡게 가라앉았다. 그는 물론 통곡의 진솔함을 의심하는 것이 아니다. 순수한 격한 비탄에는 감동하지 않을 수 없다. 그러나 자신은 지금 한 방울의 눈물도 나오지 않았다.

소무는 이릉처럼 일족이 참살된 적은 없으나, 그래도 그의 형은 천자의 행렬 때 작은 교통사고를 일으켜서, 또 그의 동생은 어떤 범죄자를 잡지 못해서 모두 책임을 지고 자결할 수밖에 없었다. 아무리 생각해도 한나라 조정의 후대를 받았다고는 말하기 어렵다. 그것을 알고 오늘 눈앞에 소무의 순수한 통곡을 보는 가운데, 이전에는 단지 소무의 강렬한 고집만 보였지만 이제 그 속에 한나라 땅에 대한 실로 처절하고 순수한 애정이 가득 차 있는 것을 이릉은 비로소 발견했다. 그것은 의義라든가 절節이라든가 하는 외부의 강요에 의한 것이 아니라, 억누르려고 해도 눌러지지 않는, 늘 용출하는 가장 친근하고 자연스러운 애정이었다.

이릉은 자신과 친우를 구분하는 근본적인 것에 맞닥뜨려, 싫지만 자기 자신에 대한 어두운 회의에 빠지지 않을 수 없었다.

소무를 떠나 남쪽으로 돌아와 보니 때마침 한의 사자가 와 있었다. 무제의 죽음과 소제昭帝의 즉위를 알릴 겸, 당분간 우호 관계를 (늘 1년 이상 이어진 적이 없는 우호 관계였으나) 맺기 위한 평화의 사절이었다. 사신으로 온 자는 뜻밖에도 이릉의 친구인 농서 사람 임립정任立政을 포함해 세 명이었다.

그해 2월에 무제가 붕어하고 불과 여덟 살의 태자 불릉弗陵이 뒤를 잇자, 유언에 의해 시중봉거도위侍中奉車都尉 곽광霍光이 대사마대장군大司馬大將軍으로서 정무를 보좌하게 되었다. 곽광은 예전부터 이릉과 친했으며, 좌장군이 된 상관걸上官桀도 이릉의 옛 친구였다. 두 사람 사이에서 이릉을 데려오자는 논의가 일었다. 이번 사절에 이릉의 옛 친구가 뽑힌 것도 그 때문이었다.

선우 앞에서 사신의 표면적인 공무가 끝나자 풍성한 주연이 열렸다. 평소에는 위율이 이런 경우의 접대 역을 맡았으나, 이번에는 이릉의 친구가 왔으므로 이릉도 불려 나와 주연에 참석했다. 임립정은 이릉을 바라보았으나, 흉노의 대관들이 앞에 나란히 있는 자리에서 한나라로 돌아오라고는 말할 수 없다. 자리 건너편의 이릉에게 눈짓을 하고, 종종 자신의 도환刀環〔칼과 손잡이 사이의 둥근 고리. '돌아올 환(還)'과 동음〕을 어루만지며 은근히 의미를 전달하려고 했다. 이릉을 그것을 보았다. 그쪽이 전하려고 하는 바도 알 법했다. 그러나 어떠한 방법으로 대답할지 몰랐다.

공식 주연이 끝난 후, 이릉과 위율이 남아 술과 놀음으로 사신들을 접대했다. 그때 임립정이 이릉에게 말했다. 한에서는 지금 대사면령이 내려 만민은 태평의 인정仁政을 누리고 있으며, 새 황제는 아직 어리다고 하여 자네의 옛 친구인 곽자맹霍子孟〔'자맹'은 곽광의 자〕과 상관소숙上官少叔〔'소숙'은 상관걸의 자〕이 주상을 보좌하여 천하의 일을 돌보게 되었다고.

임립정은 위율이 완전히 흉노인이 되었다고 간주하고(사실 그것이 틀림없으나) 그 앞에서는 이릉에게 분명한 말을 하기를 꺼렸다. 단지 곽광과 상관걸의 이름을 들어 이릉의 마음을 끌어보고자 했다. 이릉은 입을 다물고 답하지 않았다. 잠시 임립정을 주시한 뒤에 자기 머리를 쓰다듬었다. 그 머리도 상투로, 이미 중국식이 아니다. 잠시 후 위율이 옷을 갈아입기 위해 자리를 떴다. 비로소 격의 없는 말투로 임립정이 이릉의 자字를 불렀다.

소경少卿, 다년간 얼마나 고생이 많았나. 곽자맹과 상관소숙이 안부를 전해달라고 했네.

그 두 사람의 안부를 되묻는 이릉의 서먹서먹한 말을 덮는 듯이 임립정이 다시 말했다.

소경, 돌아오게. 부귀 따위는 말할 것도 없지 않은가. 모쪼록 아무 말도 하지 말고 돌아와주게.

소무의 집에서 막 돌아온 터라 이릉은 친구의 절절한 말에 마음이 움직이지 않은 것은 아니다. 그러나 생각해볼 것도 없이 이미 어찌할 수 없는 일이었다. "돌아가기는 쉽네. 그러나 다시 치욕을 볼 뿐이 아닌가. 그렇지 않은가?" 말 중간에 위율이 자리로 돌아왔다. 둘은 입을 다물었다.

연회가 끝나고 헤어질 때, 임립정은 넌지시 이릉의 옆으로 다가가 낮은 소리로 끝내 돌아올 마음이 없는지 다시 한 번 물었다. 이릉은 고개를 옆으로 저었다. 장부로서 치욕을 두 번 당할 수는 없다고 대답했다. 그 말이 무척 힘이 없던 것은 위율에게 들릴까봐 두려워했기 때문만은 아니다.

그로부터 5년이 지나 소제의 시원始元 6년 여름, 아무도 모른 채 그대로 북방에서 궁사窮死하리라 생각되던 소무가 우연히도 한으로 돌아가게 되었다. 한의 천자가 상림원上林園[34] 안에서 잡은 기러기 다리에 소무의 편지가 매여 있었다는 유명한 이야기는 물론 소무가 죽었다고 말하는 선우의 주장을 뒤집기 위한 허위 사실이다.

19년 전 소무를 따라 호지에 온 상혜常惠라는 자가 한의 사절을 만나 소무의 생존을 알리며, 이 거짓말로 소무를 구출하도록 머리를 쓴 것이었다. 곧바로 사절이 북해 쪽으로 달려가 소무를 선우 앞으로 데려왔다.

이릉의 마음은 흔들리지 않을 수 없었다. 다시 한에 돌아갈 수 있을지에 관계없이 소무의 위대함에는 변화가 없고 그것이 이릉의 마음속 채찍인 것은 변함없지만, 그러나 소무 또한 하늘을 보고 있었다는 생각이 이릉의 가슴을 아프게 했다. 보고 있지 않은 듯하면서도 역시 하늘을 보고 있었다.

그는 두려웠다. 지금도 자신의 과거가 잘못되었다고는 결코 생각지 않지만, 그러나 여기에 소무라는 사람이 있어 그리 잘못되지도 않은 자신의 과거를 부끄럽게 만드는 일을 당당하게 해내고, 게다가 그 결과가 지금 천하로부터 표창을 받게 되었다는 사실은 아무래도 이릉에게 충격이었다. 가슴이 쥐어뜯기는 듯한 연약한 자신의 마음이 부러움은 아닐까 하고 이릉은 극도로 두려워했다.

이별에 임하여 이릉은 친구를 위해 주연을 베풀었다. 하고 싶은 말은 너무 많았다. 그러나 결국 그것은 흉노에 항복할 때에 자신의

의지가 어디에 있었느냐는 점, 그 의지를 행하기 전에 고국의 일족
이 참살당하여 이미 돌아갈 이유가 없어진 사정 하나일 것이다. 그
것을 말하면 어리석고 못난 것이 되어버린다. 그는 그에 관해서는
한마디도 하지 않았다. 단지 주연의 절정에 참을 수 없어 벌떡 일어
나 춤추며 노래를 불렀다.

  徑萬里兮度沙漠 爲君將兮奮匈奴(경만리혜도사막 위군장혜분흉노)

  路窮絶兮矢刃摧 士衆滅兮名已隤(노궁절혜시인최 사중멸혜명이퇴)

  老母已死 雖欲報恩將安歸(노모이사 수욕보은장안귀)

만 리를 지나 사막을 건넜네. 주군의 장수가 되어 흉노와 싸웠
지만,
길은 막히고 칼과 화살도 다했네. 부하는 멸하고 이름은 이미
무너졌도다.
노모도 이미 돌아가셨으니 은혜를 갚고자 해도 돌아갈 곳 그
어디인가.

노래를 부르면서 소리가 떨리고 눈물이 뺨을 타고 흘러내렸다.
연약하다고 스스로 꾸짖으면서도 어쩔 수가 없었다.
소무는 19년 만에 조국으로 돌아갔다.
사마천은 그 후로도 꾸준히 썼다.
이 세상에 살기를 그만둔 그는 책 속의 인물로서만 살았다. 현실

의 생활에서는 다시 열리지 않게 된 그의 입이, 노중련魯仲連[35]의 혀끝을 빌려 비로소 열렬하게 불을 뿜었다. 또한 오자서伍子胥[36]가 되어 자기의 눈을 도려내고, 혹은 조나라 재상 인상여藺相如[37]가 되어 진秦왕을 질타하며, 또는 태자 단丹[38]이 되어 울며 형가荊軻를 자객으로 보냈다. 초나라 굴원屈原[39]의 울분을 쓰며 그가 멱라수汨羅水에 몸을 던지면서 읊은 〈회사지부懷沙之賦〉를 길게 인용할 때, 사마천은 그 시가 아무래도 자신의 작품이라는 생각이 들었다.

원고를 시작한 지 14년, 부형의 화를 당한 지 8년. 도성에서는 무고巫蠱의 옥獄[40]에 이어 여태자戾太子의 비극이 일어나던 즈음, 부자父子를 이어 내려온 이 저술은 거의 최초의 구상대로 통사로서 완성되었다. 이것에 증보, 개정, 퇴고를 거듭하는 가운데 다시 수년이 지났다. 사기 130권, 52만 6천5백 자가 완성된 것은 이미 무제의 붕어가 가까운 때였다.

열전 제70권 〈태사공 자서太史公自序〉의 마지막 붓을 놓았을 때, 사마천은 책상에 기댄 채 망연자실했다. 깊은 한숨이 뱃속 깊은 곳에서 나왔다. 시선은 뜰 앞의 우거진 회화나무에 잠시 머물렀으나, 실은 아무것도 보지 않았다. 공허한 귀로, 그래도 그는 정원의 어디선가 들려오는 한 마리의 매미 소리에 귀를 기울였다. 기쁨이 있을 터인데 기력이 빠진 막연한 쓸쓸함, 불안의 느낌이 먼저 왔다.

완성된 저작을 관청에 제출하고 부친 묘 앞에 보고할 때까지는 그래도 아직 기운이 있었으나, 그 일들이 끝나자 갑자기 심한 허탈의 상태가 찾아왔다. 빙의가 사라진 무당처럼 몸도 마음도 맥없이 축 처져, 이제 갓 예순을 넘긴 그는 갑자기 10년이나 더 나이를 먹은 것처럼 폭삭 늙었다. 무제의 붕어도 소제의 즉위도 과거 태사령 사마천이라는 빈껍데기에는 이미 아무런 의미도 없는 듯했다.

앞에서 말한 임립정 등이 호지에 있는 이릉을 방문했다가 다시 도성으로 돌아온 즈음, 사마천은 이미 세상에 없었다.

소무와 헤어진 후의 이릉에 관해서는 뭐 하나 정확한 기록이 남아 있지 않다. 원평元平 원년(기원전 74년)에 호지에서 죽었다고 하는 것 말고는.

이릉과 친했던 고록고 선우는 더 일찍 죽고 아들 호연제壺衍鞮 선우의 대가 되었으나, 그 즉위에 관련되어 좌현왕과 우곡려왕 사이에 내분이 일어 대연지나 위율 등에 대항하면서 어쩔 수 없이 이릉도 분쟁에 휘말렸으리라는 것은 상상하기 어렵지 않다.

《한서》〈흉노전〉에는, 그 후 이릉이 호지에서 얻은 아들이 호한야呼韓邪 선우에 대항하여 오적도위烏籍都尉를 선우로 추대했으나 결국 실패했다는 내용이 적혀 있다. 선제宣帝의 오봉五鳳 2년에 일어난 일이므로, 이릉이 죽고 나서 18년째에 해당한다. 이릉의 아들이라고만 하고 이름은 적혀 있지 않다.

주

1 기도위 : 도위는 군사 및 경찰 관할 관명이며, 기도위는 이릉이 처음 받았다.

2 차로장 : 외적을 막는 장벽이라는 뜻으로, 현 내몽고 어지나기.

3 막북 : 고비 사막 북방으로, 현 외몽고 국경.

4 표기장군 : 용맹한 장군에게 붙인 호칭이며, 곽거병 이후로는 곽거병을 지칭한다.

5 한때 막남에… : 사막 남쪽에 흉노의 궁전이 하나도 없다. 《한서(漢書)》 〈흉노전〉.

6 원수에서 원정에… : 원수(元狩)와 원정(元鼎)은 무제 연호로, 기원전 122~110년을 가리킨다.

7 조파노 : 누란 왕을 체포한 공적으로 착야후로 봉해졌다.

8 광록훈 : 궁정의 좌우 문을 경비하는 관직.

9 이사장군 : '이사(貳師)'는 대원 땅.

10 우현왕 : 흉노의 군주를 '선우(單于)'라 하고, 그 아래로 좌현왕과 우현왕이 있었다. 태자가 주로 좌현왕이 되었다.

11 형초 : 춘추전국시대의 초나라 땅으로, 무용이 뛰어났다.

12 복파장군 : 수군을 이끌고 그 위광으로 풍파를 잠재운다는 의미로, 남쪽으로 파견되는 장수에게 부여된 명칭.

13 남월 : 현 광동 및 광서 지역.

14 옥문관 : 감숙성 돈황현 서쪽, 서역의 입구.

15 인우장군 : 흉노의 인우 땅을 정벌한 장군.

16 하남 : 현 내몽고자치구 중남부의 고원 지역 오르도스(ordos).

17 방사무격 : '방사(方士)'는 신선술, 즉 불로불사의 방술을 부리는 사람, '무격(巫覡)'은 흉길을 점치는 무당.

18 하대부 : 경(卿) 다음 지위인 대부에는 상·중·하가 있다.

19 태사령 : 천문역법, 그리고 국가 기록 관할 관리.

20 도가 : 무위자연(無爲自然)을 가치로 하는 노자, 장자의 철학.

21 유, 묵, 법, 명 등 제가 : 유(儒)는 유가로, 공자가 인의예절의 도덕을 강조했다. 묵(墨)은 묵자로 대표되는 묵가이며, 무차별한 박애 그리고 평화와 비전론을 주장했다. 법(法)은 법가로, 관자와 한비자 등이 법치주의에 의한 부국강병을 설했다. 명(名)은 명가이며, 논리학적 명(말)과 실(실체)의 관계를 밝히고자 했다.

22 《춘추》 : 고대 역사서. 노나라 사관이 쓰고 공자가 가필했다고 한다.

23 《좌전》 : 《춘추》에 대한 가장 유명한 해설서.

24 《국어》:《좌전》에서 빠진 춘추시대의 역사를 상술한 사서.

25 중서령 : 궁중의 문서나 소칙을 관장하는 중서성의 장관.

26 협율도위 : 음악 관장 부서장.

27 감천궁 : 섬서성 감천산의 별궁.

28 대연지 : 연지는 선우의 비, 대연지는 선우의 어머니.

29 자 : 주로 남자 성인에게 붙인, 실명이 아닌 별도의 이름. 실제 이름을 부르는 것을 꺼려하는 풍습에서 생겼다고 한다.

30 중랑장 : 궁중 경비대장.

31 시중 : 천자의 가마와 의복 관장.

32 정령족 : 터키계 유목 민족.

33 이중구감 : 마구간 관장 관리.

34 상림원 : 장안 서쪽의 정원.

35 노중련 : 제나라 웅변가.

36 오자서 : 오왕이 월을 칠 때 월과의 강화에 반대했으나 들어주지 않자 자결하면서, 오가 멸망하는 것을 볼 수 있도록 자신의 눈을 도려내 도성 문 위에 걸어달라는 유언을 했다.

37 인상여 : 조나라의 명신으로, 진나라의 위협으로부터 나라를 지켰다.

38 태자 단 : 연왕의 태자. 진에 인질로 갔으나 탈출하여 보복을 위해 형가를 자객으로 보냈다.

39 굴원 : 초나라 재상이자 비극 시인. 말년에는 박해를 받아 강남을 떠돌다가 멱라수에 투신하였다. 〈회사지부〉는 절명의 시.

40 무고의 옥 : 무제는 자신의 병이 무고(오동나무로 만든 인형을 흙 속에 묻고 사람을 저주하는 주술) 탓이라 의심하고는, 강충에게 명해 많은 사람들을 투옥하여 죽게 했다. 이때 무제의 장자 여태자가 자신에게도 화가 미칠까 저어하여 강충을 참살했으나, 역으로 무제에게 모반으로 몰려 자살했다.

제^弟
자^子

1

노魯나라 변卞읍 출신으로, 이름은 중유仲由요 자字는 자로子路라고 하는 의협심 많은 젊은이가 있었다. 그는 최근 현자라는 소문이 자자한 대학자, 추鄒읍 사람 공구孔丘[공자의 본명]를 욕보이겠다고 생각했다. 사이비 현자쯤이야, 하고 봉두난발에 모자를 비뚜로 쓰고 짧은 옷자락의 무사 차림으로 왼손에 수탉, 오른손에 수퇘지를 들고 사나운 기세로 공구의 집으로 출발했다. 닭과 돼지를 흔들어 '요란한 입소리'[유학자의 내용 없는 입만의 말]를 내게 하여, 유가의 시 짓고 책 읽는 소리를 방해하고자 했다.

요란한 동물 비명과 함께 눈을 부라리고 뛰어든 청년과, 환관구리圜冠句履[1]에 옥대를 매고 책상에 앉은 온화한 얼굴의 공자 사이에 문답이 시작되었다.

"그대는 무엇을 좋아하는가?" 공자가 물었다.

"나는 장검長劍이 좋소." 청년은 의기양양하게 내뱉었다.

공자는 자기도 모르게 빙긋 웃었다. 청년의 목소리와 태도에서 매우 치기만만한 자만을 보았기 때문이다. 혈색이 좋고 짙은 눈썹에 눈이 부리부리하여 언뜻 보기에도 사납게 생긴 청년의 얼굴에는, 그러나 어딘지 사랑스러운 순수함이 자연스레 배어나는 듯했다. 다시 공자가 물었다.

"학문은 어떠한가?"

"학문? 그게 무슨 도움이 되랴." 애초부터 이 말을 하는 것이 목적이었으므로 자로는 기세 좋게 고함치듯 대답했다.

학문의 권위에 대해 이런 말을 듣고 웃고만 있을 수는 없다. 공자는 찬찬히 학문의 필요성을 설명하기 시작했다. 군주에게 간언하는 신하가 없으면 정正을 잃고, 선비에게 가르쳐주는 벗이 없으면 정사正邪를 구분하지 못한다. 나무도 줄을 타서 비로소 곧게 자라지 않는가. 말에는 채찍이 필요하며 활에는 도지개(구부러진 활을 바로잡는 도구)가 필요하듯, 사람에게도 방자한 성질을 바로잡는 교학이 아무래도 필요하지 않겠는가. 바루고 닦고 갈아야 비로소 물건은 유용한 재목이 되는 것이다.

공자는 그때까지 전해오는 어록에서는 도저히 상상도 할 수 없는, 극히 설득력 있는 언변을 갖추고 있었다. 말의 내용뿐 아니라 온화한 음성과 억양 속에도, 그 말을 할 때의 극히 확신에 찬 태도 속에도 어떻게든 듣는 이를 설득하는 힘이 있었다. 청년의 태도에서는 점차 반항의 빛이 사라지더니, 이윽고 근청의 모습으로 바뀌었다.

"그러나" 하며 자로는 아직 역습할 기력을 잃지 않았다. 남산의 대나무는 휘지 않고 스스로 곧으며, 잘라 이것을 사용하면 무소의 가죽도 뚫을 수 있다고 들었다. 그렇다면 천성이 뛰어난 자에게 무슨 배움이 필요하겠는가.

공자에게 이런 유치한 비유를 타파하는 것만치 쉬운 일은 없었다. 자네가 말하는 남산의 대나무에 화살 깃을 붙이고 화살촉을 끼워 다듬는다면 단지 무소 가죽을 뚫는 것에만 그치겠는가, 라고 공자가 말했을 때에 사랑스러운 순진한 젊은이는 반박할 말을 잃었다. 얼굴을 붉히고 잠시 공자 앞에 우뚝 선 채 무언가 생각하는 모습이었으나, 갑자기 수탉과 수퇘지를 내던지고 머리를 숙이더니 "삼가 가르침을 주옵소서" 하며 항복했다. 단순히 말이 궁했기 때문만은 아니었다. 실은 방에 들어와 공자의 모습을 보고 최초의 한마디를 들었을 때에 곧바로 수탉과 수퇘지를 잘못 가져왔다는 것을 깨닫고, 자기와는 너무나 동떨어진 상대의 크기에 압도되었던 것이다.

그날로 자로는 사제의 예를 취하고 공자의 문하생이 되었다.

2

자로는 이러한 인간을 만난 적이 없었다. 그는 천 근의 솥을 드는 힘센 용사를 본 적이 있다. 지혜가 천 리 밖을 본다는 지자智者의 이야기도 들은 적이 있다. 그러나 공자에게 있는 것은 결코 그런 괴물 같은 비상함이 아니다. 단지 가장 상식적인 것이 완성된 모습이다. 지정의知情意의 각각에서 육체적인 모든 능력에 이르기까지 실로 평범하게, 그러나 실로 곧게 발달한 훌륭함이다. 하나하나의 우수한 능력이 전혀 돋보이지 않을 정도로 과함과 부족함도 없이 균형 잡힌 풍부함을, 자로는 실로 처음 보았다. 활달하고 자유로워 조금도 도학자 냄새가 없는 것에 자로는 놀랐다. 곧 자로는 이 사람이 도인道人이라고 느꼈다.

우습게도 자로가 자랑하는 무예나 완력에서도 공자가 한 수 위였다. 단지 그것을 평소에 사용하지 않을 뿐이었다. 협객 자로는 우선 이 점에서 간담이 서늘해졌다. 방탕무뢰放蕩無賴한 생활도 경험하지 않았나 생각될 정도로 모든 인간에 대한 예리한 심리적 통찰력이 있다. 또 한편으로는 그러한 면에서부터 극히 고결한 이상주의에까지 이르는 넓은 폭을 생각하면, 자로는 음! 하고 마음속에서 신음하지 않을 수 없었다. 어쨌든 이 사람은 어느 방면에서도 훌륭한 사람이다. 결백한 윤리적 시각에서도 훌륭하며, 가장 세속적인 의미로 말해도 훌륭하다.

자로가 지금까지 만난 인간의 훌륭함은 어느 것도 모두 그 이용 가치 안에 있었다. 이것이나 저것에 도움이 되므로 훌륭하다는 것에 불과했다. 공자의 경우는 전혀 달랐다. 단지 그곳에 공자라는 인간이 존재한다는 것만으로 충분했다. 적어도 자로는 그렇게 생각했다. 그는 완전히 심취했다. 문하생이 된 지 한 달도 되지 않아, 이미 이 정신적인 지주로부터 벗어날 수 없다는 것을 느꼈다.

훗날 공자가 긴 방랑의 고난 속에 있을 때 자로만큼 흔연히 공자를 따른 자는 없었다. 공자의 제자인 것을 빌미로 관직의 기회를 얻으려는 것도 아니고, 또한 우스운 일이지만, 스승의 곁에서 자신의 재덕을 연마하고자 함도 아니었다. 죽음에 이를 때까지 변하지 않은, 극단적으로 구하는 바가 없는 순수한 경애의 정만이 이 남자를 스승 곁에 머물게 했다. 과거 장검을 손에서 놓지 않았던 것처럼, 자로는 이제 무슨 일이 있어도 공자로부터 떠날 수 없게 되었다.

나이 마흔을 불혹이라고 했지만, 그때 공자는 아직 마흔 살이 되지 않았다. 자로보다 불과 아홉 살 연상이지만, 자로는 나이의 차이를 거의 무한의 거리로 느꼈다.

공자는 그 나름대로 이 제자의 두드러진 거친 야성에 놀랐다. 단지 용맹을 사랑하고 유약을 싫어하는 것이라면 비슷한 이들이 얼마든지 있지만, 이 제자처럼 형식을 경멸하는 사람은 드물었다. 궁극적으로는 정신으로 귀의한다고 하지만 예禮라는 것은 모두 형식을 통해 들어가야 하는데, 자로라는 남자는 형식을 통해 들어간다고 하는 절차를 쉽사리 받아들이지 않았다. "예禮는 예이다. 옥과 비단이 아니다. 악樂은 악이다. 종과 북이 아니다"[2]라고 말하면 크게 기뻐하며 듣고 있으나, 〈곡례曲禮〉[3]의 세칙을 설명하는 단락이 되면 갑자기 따분한 얼굴을 했다. 형식주의에 대한 본능적 기피와 싸우며 이 남자에게 예악을 가르치는 것은 공자로서 꽤 어려운 일이었다. 그러나 자로가 이를 배우는 것은 그보다 더욱 어려운 일이었다.

자로가 의지하는 것은 공자라는 인간의 도량뿐이었다. 자로는 도량이란 것을 일상의 세세한 행위의 축적으로 생각하지 않았다. 근본이 있어야 비로소 가지가 생기는 것이라고 자로는 말했다. 그러나 그 근본을 어떻게 키우는가에 관한 실제적 사고가 부족하다고 늘 공자에게 꾸지람을 들었다. 그가 공자에게 심복하는 것과 공자의 감화를 곧바로 받아들이는 것은 별개의 일이었다.

"상지上智와 하우下愚는 변하기 어렵다"[4]고 말했을 때, 공자는 자로를 염두에 두지 않았다. 공자도 자로가 결점이 많기는 하지만 하우下愚라고는 생각지 않았다. 공자는 용맹한 제자의 비할 데 없는 미점美點을 누구보다도 높게 평가했다. 그것은 이 남자의 순수한 몰이해성 때문이었다. 이러한 미덕은 이 나라 사람들 사이에서 매우 드문 것이어서, 공자 이외의 그 누구도 자로의 이 경향을 미덕으로 인정하지 않았다. 오히려 일종의 불가해한 우둔함으로 비쳤다. 그러나 자로의 용맹이나 정치적 재간도 이 보기 드문 우둔함에 비하면 그리 대단치 않다는 점을 공자만은 잘 알았다.

스승의 말에 따라 자신을 누르고 어쨌든 형식을 따르려고 한 것은 부모에 대한 태도에서였다. 공자의 문하생이 된 이래, 친척들은 난폭자 자로가 갑자기 효자가 되었다고 칭찬했다. 칭찬을 받자 자로는 기분이 이상해졌다. 효자는커녕 거짓말만 하고 있다는 생각이 들었다. 아무리 생각해도, 버릇없는 말을 하며 부모를 애먹이던 때가 더 정직했다. 지금 자신의 위선에 기뻐하는 부모가 좀 무정하게도 생각되었다. 섬세한 심리 분석가는 아니지만 극히 정직한 인간이었으므로 이런 것에도 생각이 미쳤다. 먼 훗날, 언젠가 돌연 부모님의 늙은 모습을 보고 어린 시절 부모님의 건강한 모습을 떠올리자 갑자기 눈물이 났다. 그때 이후로 자로의 효도는 비할 데 없이 헌신적이게 되지만, 어쨌든 그때까지 그의 급작스러운 효행은 바로 이런 마음에서 비롯되었다.

3

어느 날, 자로는 길을 걷다가 옛 친구 두세 명을 만났다. 막돼먹은 무뢰한은 아니지만 방종하여 거침이 없는 협객들이었다. 자로는 멈춰 서서 잠시 이야기를 나눴다. 그러다가 그들 중 한 사람이 자로의 옷차림을 유심히 살펴보더니, 야, 이게 유복儒服이라는 것이냐? 꽤 볼품없군, 하고 말했다. 칼이 그립지는 않나, 라고도 말했다. 자로가 상대도 하지 않자, 이번에는 그냥 흘려들을 수 없는 말을 꺼냈다. 어떤가? 공구라는 선생은 꽤 여간내기가 아니라고 하던데. 점잖은 얼굴을 하고 마음에도 없는 말을 열심히 떠들면 이것저것 얻어먹는 것도 많겠군.

별로 악의가 있는 것도 아니고 늘 하는 허물없는 독설이었으나, 자로는 안색을 바꾸었다. 갑자기 남자의 멱살을 잡고 오른쪽 주먹으로 세게 얼굴을 때렸다. 두세 번 연달아 때리고 나서 손을 놓자 상대는 풀썩 쓰러졌다. 놀라 어안이 벙벙하게 서 있는 다른 이들을 향해서도 자로는 도전적인 눈을 보냈으나, 자로의 용맹을 아는 그들은 맞서려고 하지 않았다. 쓰러진 남자를 좌우에서 부축해 일으키고 말 한마디 없이 슬그머니 떠나가버렸다.

얼마 후 이 사건이 공자의 귀로 들어간 듯했다. 자로가 부름을 받아 스승 앞에 나갔을 때, 직접적으로 언급되지는 않았지만 다음과 같은 말을 듣게 되었다. 옛날의 군자는 충忠을 자신의 실질로 하고 인仁으로 자신을 지켰다. 타인이 불선不善을 행할 때는 진심으로 이를 바로잡고, 타인이 자신을 범할 때는 인의 마음으로 굳게 몸을 지켰다.[5] 완력이 필요 없는 까닭이다. 어쨌든 소인은 불손을 용기로 간주하기 쉬운데, 군자의 용기라는 것은 의義를 세우는 것을 말한다, 운운. 신묘하게도 자로는 잠자코 들었다.

며칠 후, 자로가 다시 길을 가는데 길가의 나무 그늘에서 한가로운 사람들이 떠드는 소리가 들렸다. 그것이 아무래도 공자에 관한 말 같았다. 옛날, 옛날이라고 뭐든 옛날을 예로 들며 지금을 폄하한다. 아무도 옛날을 본 적이 없으니 뭐든지 말할 수 있는 게지. 그러나 옛날의 길을 획일적으로 그대로 밟아서 세상을 잘 다스릴 수 있다면, 아무도 고생을 하지 않지. 우리에게는 죽은 주공周公[6]보다 살아 있는 양호陽虎님이 훌륭하다는 말이지.

하극상의 세상이었다. 정치의 실권이 노후魯侯로부터 대부大夫 계손季孫씨의 손으로 넘어가고, 그것이 지금은 다시 계손씨의 신하였던 양호라는 야심가의 손으로 넘어가고 있다. 떠드는 자는 어쩌면 양호의 부하인지도 몰랐다.

그런데 말이야, 양호 님이 요전부터 공구를 기용하려고 몇 번이나 사람을 보냈는데도, 세상에 참, 공구가 그것을 피한다고 하지 않나. 입으로는 거창한 말을 하지만 실제의 살아 있는 정치에는 전혀 자신이 없겠지, 그런 패는.

자로는 사람들을 헤치고 말하는 사람 앞으로 척척 나아갔다. 사람들은 그가 공자의 문하생인 것을 곧 알아챘다. 지금까지 거만하게 떠들던 노인은 얼굴이 새파래져 그저 자로 앞에 머리를 숙이고는 둘러싼 사람들의 등 뒤로 몸을 감추었다. 눈을 부릅뜬 자로의 얼굴이 무척 무서웠던 것이리라.

그 후 한동안 비슷한 일이 여기저기서 일어났다. 어깨를 으스대며 눈을 부라린 자로의 모습이 멀리서 보이기 시작하면 사람들은 공자를 헐뜯던 입을 다물게 되었다. 자로는 이 일로 때때로 스승에게 꾸지람을 들었으나, 이것은 본인도 어쩔 수 없었다. 그도 나름대로 마음속에서는 변명이 없지 않았다. 소위 군자인 자가 나만큼의 분노를 느끼고 또한 그것을 억제할 수 있다면, 그것은 훌륭하다. 그러나 실제로는 나만치 강하게 분노를 느끼지 않는다. 적어도 억제할 수 있을 정도로 약하게 느끼는 것이다. 필시…….

1년 정도 지난 후, 공자가 쓴웃음과 함께 탄식했다. 자로가 내 밑에 들어오고 나서 나는 욕을 먹지 않게 되었도다.

4

어느 날, 자로가 방에서 거문고를 타고 있었다.

공자는 그것을 다른 방에서 듣다가, 잠시 후 옆에 있는 염유冉有에게 말했다. 저 거문고 소리를 들어봐라. 거센 기운이 절로 넘쳐흐르지 않는가. 군자의 소리는 지나침이 없는 온유함 속에서 인격을 키우는 것이어야 한다. 옛날 순舜임금은 오현금을 켜서 〈남풍가南風歌〉를 지었다. 훈훈한 남풍이여, 가히 우리 백성의 한을 풀어주도다, 때맞춘 남풍이여, 가히 우리 백성의 살림을 넉넉하게 하도다, 라고. 지금 자로의 소리를 듣자니 실로 살벌하고 거칠어 남성南聲이 아니라 북성北聲에 속한다. 타는 자의 게으르고 방자한 마음을 이렇게 분명히 비추어주는 것은 달리 없다…….

나중에 염유가 자로에게 가서 공자의 말을 전했다.

자로는 애초부터 자기에게 음악적 재능이 없다는 것을 잘 알았다. 그리고 스스로 그것을 귀와 손 탓으로 돌렸다. 그런데 그것이 실은 더 깊은 정신의 상태에서 비롯된다는 말을 듣고 깜짝 놀랐다. 중요한 것은 손의 연습이 아니다. 더 깊이 생각해야 한다.

그는 방에 틀어박혀 조용히 생각하며 먹지도 않아 피골이 상접하기에 이르렀다. 며칠 후, 이윽고 깨달음을 얻었다고 생각하고 다시 거문고를 잡았다. 그리고 아주 조심스럽게 탔다. 흘러나오는 소리를 들은 공자가 이번에는 아무 말도 하지 않았다. 꾸짖는 듯한 안색도 보이지 않았다. 자공子貢이 자로에게 가서 그것을 전했다. 스승의 꾸지람이 없었다는 말을 듣고 자로는 기쁘게 웃었다.

사람 좋은 연상의 동료가 기쁘게 웃는 모습을 보고 젊은 자공은 미소를 금치 못했다. 총명한 자공은 분명히 알고 있었다. 자로가 연

주하는 소리가 여전히 살벌한 북성에 가득 차 있는 것을. 그리고 공
자가 그것을 꾸짖지 않은 것은 뼈만 남을 정도로 고생하며 고민한
자로의 외곬을 가상히 여겼기 때문이라는 것을.

5

제자 중에 자로만치 공자에게 혼난 자는 없었다. 자로처럼 거리
낌 없이 스승에게 반문한 자도 없었다. "청컨대, 옛날의 길을 버리고
나 자로의 뜻을 행하고자 하는데 괜찮겠는지요" 하며 혼날 것이 뻔
한 질문을 하거나, 공자와 얼굴을 마주하고 "그러시니 선생님은 현
실과 거리가 너무 머십니다!"라는 말을 감히 내뱉는 사람은 달리 아
무도 없었다.

그렇지만 또한 자로만치 온몸으로 공자에게 의지하는 자도 없었
다. 거리낌 없이 되묻는 것은 진심으로 이해가 되지 않으면서 겉으
로만 끄덕이는 것을 하지 못하는 성격 때문이었다. 다른 제자들처럼
비웃음을 당하거나 꾸중을 듣지 않으려고 애쓰지 않기 때문이었다.

자로가 다른 곳에서는 남의 아랫자리에 서기를 싫어하는 유아독
존적 남자이며 약속은 반드시 지키는 쾌남아인 만큼, 순종적인 보통
제자처럼 공자 앞에 시중들고 있는 모습은 사람들에게 분명 기이한
느낌을 주었다. 사실 그가 공자 앞에 있을 때만은 복잡한 생각이나
중요한 판단을 일체 스승에게 맡기고 자기는 마음을 놓고 있는 듯
한 우스운 경향도 없지는 않았다. 마치 모친 앞에서는 자기가 할 수

있는 일까지도 해주기를 바라는 아이 같은 모습이었다. 스스로가 물러나서 돌이켜 생각해보고 쓴웃음을 짓기도 했다.

그러나 이런 스승에게도 아직 터놓지 못하는 흉중의 깊은 무엇이 있었다. 이것만은 양보할 수 없다고 하는 최후의 보루 같은 것이.

즉 자로에게 이 세상에서 단 하나의 소중한 것이 있었다. 그것 앞에서는 생사도 논하기 부족하며, 하물며 자잘한 이해 따위는 전혀 문제가 되지 않았다. 협俠이라고 하면 약간 가벼웠다. 신信이라고 하고 의義라고 하면, 아무래도 도학자 비슷해서 자유스런 약동의 기가 부족한 아쉬움이 있었다. 그런 명칭은 아무래도 좋았다. 자로에게 그것은 일종의 쾌감 같은 것이었다. 어쨌든 그것이 느껴지는 것이 선함이며, 그것이 동반되지 않는 것이 악함이었다. 극히 확실하여 지금까지 이것에 의문을 느낀 적이 없었다. 공자가 말하는 인仁이라는 것은 매우 거리가 있으나, 자로는 스승의 가르침 중에서 이 단순한 윤리관을 보강하는 것만을 골라 받아들였다.

"말이 번드레하고, 겉을 교묘히 꾸미고, 또 심중의 원한을 갖고 벗과 교제하는 것을 나는 부끄럽게 생각한다"[7]라든가, "살기 위해 인仁을 해치는 일이 없고 오히려 몸을 죽여 인仁을 지킨다"[8]라든가, "과격한 이는 진취적이요 고집 센 자는 함부로 행하지 않는 바가 있도다"[9]라는 것이 바로 그것이었다.

공자도 처음에는 이 돋아난 뿔을 바로잡으려고 했으나, 나중에는 아예 체념했다. 어쨌든 이 제자는 그 나름 한 마리의 훌륭한 소가 틀림없으므로. 채찍이 필요한 제자가 있는가 하면, 고삐가 필요한 제자도 있다. 간단한 고삐로는 제어할 수 없는 자로의 성격적 결함이 실은 오히려 크게 사용되기에 족한 것임을 알고, 자로에게는 대체적 방향의 지시만 하면 되겠다고 생각했다.

"공경해도 예에 맞지 않으면 이를 야野라고 하고, 용감해도 예에 맞지 않으면 이를 역逆이라고 한다"[10]라든가, "신信을 존중해도 배우기를 좋아하지 않으면 폐해가 있고, 강직하기만 하고 배우기를 좋아하지 않으면 폐단이 있도다"[11] 등의 말은 결국 개인으로서의 자로에 대한 것이라기보다, 소위 문하생의 우두머리 격으로서의 자로에 대한 꾸짖음인 경우가 많았다. 자로라는 특수한 개인에게는 오히려 매력이 될 수 있는 것이, 다른 문하생들에게는 대개 해가 되는 수가 많았기 때문이다.

6

진나라 위유魏榆 땅에서 돌이 말을 했다는 소문이 났다. 백성의 원성이 돌을 빌려 나타났을 것이라고 어느 현자가 해석했다. 이미 쇠퇴한 주나라 황실은 다시 둘로 나뉘어 싸우고 있었다. 10여 대국은 각각 서로 연합하고 서로 싸우며 방패와 창이 쉴 틈이 없었다. 제나라 군주는 신하의 처와 통정하여 밤마다 그 집에 몰래 출입하다가 결국 남편에게 살해당했다. 초나라에서는 왕족 한 사람이 와병 중인 왕의 목을 졸라 자리를 빼앗았다. 오나라에서는 발이 잘린 죄수들이 왕을 습격하고, 진나라에서는 두 신하가 서로 아내를 맞바

꾸었다. 이와 같은 세상이었다.

노나라 소공昭公은 상경上卿〔최고 버슬〕 계평자季平子를 치려다가 오히려 나라에서 쫓겨나, 망명 7년 만에 타국에서 횡사했다. 망명 중에 귀국의 상황이 갖추어졌는데도, 소공을 따르던 신하들이 귀국 후 자신들의 운명을 걱정하여 공을 만류하며 돌려보내지 않았다. 노나라는 계손季孫, 숙손叔孫, 맹손孟孫 3씨의 천하에서 다시 계씨의 재상 양호陽虎의 손아귀로 들어갔다.

그런데 책사 양호가 결국 자기 술수에 걸려 실각한 후, 갑자기 이 나라 정계의 분위기가 바뀌었다. 뜻밖에도 공자가 중도中都라는 큰 도시의 재상으로 기용되었다. 공평무사한 관리나 가렴주구를 하지 않는 정치가가 드물던 시대인지라, 공자의 공정한 방침과 주도면밀한 계획은 극히 짧은 기간에 경이적인 치적을 올렸다.

크게 경탄한 군주 정공定公이 물었다. 당신이 중도를 다스린 방법으로써 노나라를 다스려주지 않겠는가. 공자가 대답했다. 단지 노나라뿐이겠소, 천하를 다스리라고 해도 가可하겠소. 무릇 허풍과는 연이 먼 공자가 매우 공손한 말투로 시치미 떼고 이런 장담을 농했으므로 정공은 더욱 놀랐다. 그는 곧바로 공자를 사공司空[12]으로 올리고, 이어서 대사구大司寇[13]로 올려 재상의 일도 겸하게 했다. 공자의 추천으로 자로는 노나라의 내각서기관장[14]이라고 할 수 있는 계씨의 재상이 되었다. 공자가 펼치는 내정 개혁안의 실행자로서 최전방에서 활동한 것은 말할 나위도 없었다.

공자 정책의 제일은 중앙집권, 즉 노후魯侯의 권력 강화였다. 이를 위해서는 현재 노후보다도 세력이 큰 계季, 숙叔, 맹孟 세 가문의 힘을 꺾어야 했다. 3씨의 성곽 중에 백치百雉[15]를 넘는 것으로 후郈, 비費, 성成의 세 곳이 있었다. 공자는 우선 이것들을 허물기로 결정하고, 자로가 직접 실행에 나섰다.

자신이 하는 일의 결과가 곧 명백하게 나타나고, 게다가 과거의 경험에는 없던 정도의 큰 규모로 나타나는 것은 자로 같은 인간에게 확실히 유쾌한 일이었다. 특히 기성 정치가가 둘러쳐놓은 간악한 조직이나 습관을 하나하나 깨뜨려가는 것은 자로에게 지금까지 몰랐던 일종의 보람을 느끼게 했다. 다년간 품어온 포부의 실현으로 활달하게 바쁜 듯한 공자의 얼굴을 보는 것도 자못 기뻤다. 공자의 눈에도 한 제자로서가 아니라 실행력 있는 정치가인 자로의 모습이 믿음직스럽게 비쳤다.

비費 성을 깨부수기 시작했을 때, 이에 반항해 공산불뉴公山不狃라는 자가 비인費人을 이끌고 노나라 도성을 습격했다. 무자대武子臺로 난을 피한 정공의 신변에까지 반군의 화살이 닿을 정도로 한때는 위험했으나, 공자의 적절한 판단과 지휘로 곧 무사히 해결되었다. 자로는 다시 새삼스레 스승의 실제가적 수완에 경복했다. 공자의 정치가로서의 수완은 잘 알았으며, 또한 개인적인 강한 완력도 알았으나, 실제의 전투 때에 이처럼 선명한 지휘의 모습을 보일 줄은 생각지 못했다. 물론 자로 자신도 이때는 맨 앞에 나서서 분전했다. 오랜만에 휘두르는 장검의 맛도 아직 짜릿했다. 어쨌든 경서 자구字句를 들척이거나 옛날의 예법을 배우는 것보다는 거친 현실과 마주하며 살아가는 편이 이 남자의 성격에 맞는 듯했다.

제나라와의 굴욕적 강화를 위해, 정공이 공자를 데리고 제의 경공景公과 협곡 땅에서 만난 적이 있었다. 그때 공자는 제의 무례를 꾸짖고, 경공을 비롯한 경卿과 대부大夫를 일방적으로 질타했다. 전승국일 터인 제의 군신 일동이 모두 부들부들 떨었다고 한다. 자로로서는 내심 쾌재를 부르기에 충분한 사건이었으나, 이때 이후 강국 제나라는 이웃 나라 재상인 공자의 존재에, 혹은 공자의 시정施政 아래 충실해지는 노나라의 국력에 두려움을 품기 시작했다.

고심 끝에 실로 매우 중국식의 고육지책이 채택되었다. 즉 제나라는 가무가 뛰어난 미녀들을 노나라로 보냈다. 이렇게 노후의 마음을 녹여 정공과 공자 사이를 이간하려고 했다. 그런데 이런 유치한 책략이 또한 고대 중국식으로, 노국 내 공자 반대파의 책동과 맞물려 매우 급속하게 효과를 나타냈다. 노후는 여악女樂(궁중 연회에서 여기(女妓)가 악기를 타고 노래 부르며 춤을 추는 것)에 빠져 조정에 나오지 않게 되었다. 계환자季桓子 이하의 대관들도 이를 흉내 내기 시작했다.

자로는 곧 분개하여 충돌 끝에 관직을 사퇴했다. 공자는 자로처럼 빨리 단념하지 못하고 여전히 할 수 있을 만큼의 수단을 다하려고 했다. 자로는 공자가 어서 빨리 그만두기를 바랐다. 스승이 신하의 절개를 더럽히는 것을 두려워한 것이 아니라, 단지 이 음란한 분위기 속에 처한 스승을 그냥 두고 볼 수가 없었다.

공자의 강인한 인내심에도 결국 포기하지 않을 수 없게 된 때, 자로는 비로소 안심했다. 그리고 스승을 따라 기꺼이 노나라를 떠났다.

작곡가이며 작사가이기도 한 공자는 점차 멀어져가는 도성을 되돌아보면서 노래했다.

"미녀의 입에는 군자도 도망칠 수밖에 없으리. 미녀의 말에는 군자라도 죽임을 당하리."

이런 사정으로 그 후 오랜 세월에 걸친 공자의 편력이 시작되었다.

7

커다란 의문이 하나 있었다. 어릴 때부터의 의문인데 성인이 되어서도, 노인이 되기 시작해서도 아직 이해되지 않는 것에 변함은 없었다. 그것은 아무도 전혀 의심하지 않는 것이었다. 사邪가 번성하여 정正이 학대를 받는다고 하는 진부한 사실에 관해서였다.

이 사실에 맞닥뜨릴 때마다 자로는 진심으로 분통을 터뜨리지 않을 수 없었다. 왜인가. 왜 그러한가. 악은 한때 번성할지라도 결국은 대가를 치른다고 사람들은 말한다. 과연 그런 예도 있을지 모른다. 그러나 그것도 인간이라는 존재가 결국은 파멸로 끝난다는 일반적인 경우의 한 예가 아닌가. 선인善人이 궁극의 승리를 얻었다고 하는 따위의 예는, 먼 옛날은 몰라도 지금 세상에서는 거의 들은 바가 없었다. 왜? 왜 그런가. 큰 어린이 자로는 이에 한해서는 아무리 분개해도 모자람이 없었다. 그는 분함에 발을 구르는 심정으로 하늘은 도대체 무얼 하는가 생각했다. 하늘은 제대로 보고 있긴 하나. 그와 같은 운명을 만드는 것이 하늘이라면 나는 하늘에 반항하지 않을 수 없다.

하늘이 인간과 동물 사이에 구별을 두지 않는 것처럼 선과 악 사이에도 차별을 두지 않는 것인가. 정正이나 사邪는 결국 인간 사이에만 있는 임시의 약속에 지나지 않는 것인가. 자로가 이 문제로 공자에게 물으러 가면, 공자는 그때마다 인간의 행복이라는 것의 진정한 이상적 모습에 관한 설명을 해줄 뿐이었다. 그렇다면 선을 행한다는 것의 보답은 결국 선을 행했다고 하는 만족 이외에는 없는 것인가.

스승 앞에서는 일단 이해가 된 듯했으나, 막상 물러나 혼자 곰곰이 생각해보면 여전히 석연치 않은 부분이 남았다. 그렇게 무리하게 해석해본 결과로서의 행복 따위에는 승복할 수 없었다. 누가 보아도 불만이 없는, 확실한 형태를 갖춘 선의 보답이 의인에게 주어지지 않는다면 아무래도 마음이 편치 않았다.

하늘에 대한 이 불만을 그는 무엇보다 스승의 운명에서 느꼈다. 거의 인간이라고는 생각할 수 없는 대재大才와 대덕大德이 왜 이처럼 불우한 운명을 감수해야 한단 말인가. 가정적으로도 불우하고 늙은 나이에 방랑의 여행을 떠나야 하는 불운이, 어째서 이 사람을 기다리고 있는 것인가.

어느 밤에 "봉황도 나오지 않고 황하는 그림도 내지 않도다. 나도 끝이런가"[16]라고 혼잣말로 공자가 중얼거리는 것을 들었을 때, 자로는 자기도 모르게 눈물이 흘렀다. 공자가 한탄한 것은 천하의 백성을 위한 것이었지만, 자로가 운 것은 천하를 위함이 아니라 공자 한 사람을 위한 것이었다.

이 사람과, 이 사람을 기다리는 시운時運을 보고 울었던 때부터 자로는 결심했다. 탁세의 모든 침해로부터 이 사람을 지키는 방패가 될 것을. 자신을 정신적으로 인도하고 지켜주는 보답으로, 공자의 세속적인 노고와 오욕을 일체 자신의 몸으로 받아낼 것을. 외람되지만 이것이 자신의 임무라고 생각했다. 자신의 학문과 재능은 많은 후배들보다 못할지도 모른다. 그러나 일단 무슨 일이 생길 때 가장 앞장서서 공자를 위해 기꺼이 생명을 바칠 사람은 바로 자신일 것이라고 굳게 믿었다.

8

"여기에 아름다운 옥이 있습니다. 궤에 넣어두시겠습니까. 좋은 값에 팔아야 하지 않겠습니까"라고 자공이 말했을 때, 공자는 곧바로 "팔아야지. 팔아야 하고말고. 나는 단지 임자를 기다리고 있을 뿐이다"라고 대답했다.[17]

그런 마음가짐으로 공자는 천하를 두루 돌아보는 여행에 나섰다. 따르는 제자들도 대부분은 물론 자신을 팔고자 했으나, 자로는 반드시 자신을 팔려고 생각지 않았다. 권력의 지위에서 소신을 단행하는 쾌감은 이미 예전의 경험으로 알고는 있으나, 그것에는 공자를 위에 모신다고 하는 특별한 조건이 절대로 필요했다. 그것이 불가능하다면, 오히려 "누더기를 입고 구슬을 품는다"는 삶의 방식을 원했다. 평생 공자를 지키는 맹견이 되어 삶을 마칠지라도 전혀 후회는 없었다. 세속적인 허영심이 없는 것은 아니지만 어정쩡한 공직은 오히려 자신의 본령인 호쾌함과 활달함을 해친다고 생각했다.

많은 제자들이 공자를 따라 걸었다. 일 처리가 시원스런 실무가 염유冉有, 온후의 장자 민자건閔子騫, 꼼꼼한 고실가故實家〔옛것을 잘 아는 사람〕 자하子夏. 다소 궤변파적인 풍류가 재여宰予, 기골이 장대한 정의파 공양유公良孺, 신장 9척 6촌[18]의 장신인 공자의 반밖에 되지 않는 작달막한 우직자愚直者 자고子羔. 연령으로나 관록으로나 당연히 자로가 그들의 감독 격이었다.

자공子貢이라는 청년은 자로보다 스물둘이나 연하지만 실로 돋보이는 재인이었다. 자로는 공자가 항상 극구 칭찬하는 안회顔回보다 오히려 자공을 천거하고 싶었다. 공자의 강인한 생활력과 정치성을 그대로 닮은 안회라는 젊은이를 자로는 별로 좋아하지 않았다. 그것은 결코 질투가 아니었다. 자공과 자장子張은 안회에 대한 스승의 파격적인 편애에 아무래도 이 감정을 금할 수 없었던 듯하나, 자로는 연령도 많이 차이 나고 원래 그런 것에 구애받지 않는 성격이었다. 단지 그는 안회의 수동적인 유연한 재능이 훌륭하다고는 전혀 생각지 않았다. 우선 어딘가 활력이 결여된 점이 마음에 들지 않았다.

그런 점에서는 다소 경박하더라도 항상 재기와 활력이 충만한 자공 쪽이 자로의 성격에 맞았다. 이 젊은이의 예민한 머리에 놀라는 것은 자로뿐이 아니었다. 머리에 비해 아직 인간이 덜되었다는 것은 누구나 눈치채는 바이지만, 그러나 그것은 나이 탓이었다. 너무 경박하기에 그것을 보고 화를 내며 일갈한 적도 있으나, 대체로 후생가외後生可畏(후학을 두려워할 만하다)라는 느낌을 자로는 이 청년에 대해서 품고 있었다.

언젠가 자공이 두세 명의 동료에게 다음과 같은 의미의 말을 했다. 스승님은 교변을 피하라고 말씀하시는데, 하지만 스승님 자신이 말씀을 매우 잘하신다고 생각한다. 이것은 경계를 요한다. 재여 따위의 유창함과는 전혀 차원이 다르다. 재여의 변은 유창함이 너무 눈에 띄므로 듣는 이에게 즐거움을 줄 수 있어도 신뢰는 주지 못한다. 그러니 오히려 안전하다고 할 수 있다.

스승님의 말씀은 전혀 다르다. 유창함 대신에 절대로 남들이 의심을 품게 하지 않는 중후함을 갖추고, 해학 대신에 함축이 풍부한 비유를 가진 그 말씀은 아무도 거스를 수가 없다. 물론 스승님이 말씀하시는 바는 9푼9리九分九厘[19] 늘 틀림없는 진리라고 생각한다. 또 스승님이 행하시는 바도 9푼9리 우리 모두가 모범으로 삼아야 할 것이다.

그럼에도 불구하고 남은 1리, 즉 반드시 남의 신뢰를 이끌어내는 스승님의 변설 중 불과 백 분의 일이 때로는 스승님의 성격(그 성격 중에 절대 보편적인 진리와 반드시 일치하지 않는 극소 부분)을 변명하는 데 이용될 우려가 있다. 이것은 경계를 요한다.

이것은 어쩌면 스승님과 친해져서 너무 익숙해진 나머지 생긴 욕심에서 나온 말인지도 모른다. 실제로 후세 사람이 스승님을 성인으로 숭배한다고 해도, 그것은 당연 이상으로 당연하다. 스승님만치 완전에 가까운 사람을 나는 본 적이 없으며, 또 장래에도 이러한 사람은 나타나기 어려울 테니까.

단지 내가 하고 싶은 말은, 스승님에게도 아주 미약하기는 하나 경계해야 할 점이 있다는 것이다. 안회처럼 스승님과 닮은 사람은 내가 느끼는 불만을 조금도 느낄 수 없을 것이다. 스승님이 때때로 안회를 칭찬하시는 것도 결국은 이런 비슷한 기질 탓이 아닐까……. 풋내기 처지에 스승님의 비평 같은 것은 주제넘다고 화가 나고, 또 이런 말이 나온 것은 필경 안회에 대한 질투 때문인 줄 알지만, 그래도 자로는 이 말 속에서 무시할 수 없는 것을 느꼈다. 기질의 차이라는 것에 관해서는 확실히 자로도 수긍하는 바가 있었기 때문이다.

이 건방진 애송이는 우리가 막연하게만 느끼는 것을 분명히 형태로 나타내는 교묘한 재능을 가진 듯하다고, 자로는 감탄과 경멸을 동시에 느꼈다.

자공이 공자에게 묘한 질문을 한 적이 있다. "죽은 자는 자신이 죽은 것을 아나요? 아니면 알지 못하나요?" 사후의 지각 유무, 혹은 영혼의 멸과 불멸에 관한 질문이었다. 공자 또한 묘한 대답을 했다. "죽은 자가 안다고 말하면, 실로 자식들이 그들의 삶을 희생하면서까지 장사를 지낼까 두렵도다. 죽은 자가 알지 못한다고 말하면, 실로 불효자는 부모를 버리고 장사를 지내지 않을까 두렵도다." 거의 엉뚱한 대답이라 자공은 매우 불만스러웠다. 물론 자공이 한 질문의 의미는 잘 알았지만 어디까지나 현실주의자, 일상생활 중심주의자인 공자는 이 똑똑한 제자의 관심을 다른 방향으로 돌리려고 했던 것이다.

자공은 불만스러워 이 말을 자로에게 전했다. 자로는 별로 그런 문제에 대한 흥미가 없었으나, 죽음 그 자체보다는 스승의 사생관을 알고 싶다는 생각이 들어 어느 날 죽음에 관해 물어보았다.

"아직 삶도 모르는데 어찌 죽음을 알겠는가." 이것이 공자의 답이었다.

그렇다! 하고 자로는 크게 감탄했다. 그러나 자공은 또다시 한 방 골탕 먹은 느낌이었다. '그렇긴 합니다만, 제가 말하려는 것은 그런 것이 아닙니다.' 분명히 그렇게 말하고 있는 자공의 표정이었다.

9

위나라 영공靈公은 의지박약한 군주였다. 충신과 간신을 분별할 수 없을 정도로 우둔하지는 않았지만, 결국에는 쓴 간언보다 달콤한 아첨에 넘어갔다. 위나라 국정을 좌우하는 자는 그의 후궁이었다.

부인 남자南子는 일찍부터 음탕하다는 소문이 자자했다. 시집오기 전 송나라 공주 시절에는 이복오라비 조朝라는 유명한 미남과 정을 통했으나, 위후衞侯(위의 군주. 영공)의 부인이 된 후로도 조를 위나라로 불러들여 대부大夫로 임명하고 여전히 추한 관계를 지속했다. 대단히 영리한 여자라 정치에도 참견했는데, 영공은 부인의 말이라면 그대로 따랐다. 영공의 재가를 받으려는 자는 언제나 우선 남자의 환심부터 사야 했다.

공자가 노나라에서 위나라로 들어갔을 때, 부름을 받아 영공을 알현했으나 부인에게는 별도로 인사를 하러 가지 않았다. 남자는 기분이 상했다. 곧바로 사람을 보내 공자에게 말을 전했다. 천하의 군자로 주군과 형제가 되려는 자는 반드시 부인을 만나야 한다. 부인을 만나기를 바란다, 운운.

공자도 할 수 없이 인사하러 갔다. 남자는 속이 다 비치는 엷은 장막 안에서 공자를 인견했다. 공자가 신하의 예를 갖추어 인사하고 남자가 재배하여 답하자, 부인의 허리에 찬 옥구슬이 찰랑 울렸다고 한다.

공자가 궁궐에서 돌아오자, 자로가 노골적으로 불쾌한 표정을 지었다. 그는 공자가 남자 같은 여자의 요구 따위는 묵살하리라 기대했다. 설마 공자가 요부에게 넘어가리라고는 생각지 않았다. 그러나 절대 청정할 터인 스승이 더러운 음녀에게 머리를 숙였다는 사실만으로도 이미 불쾌했다. 옥구슬을 애장한 사람이 옥의 표면에 부정의 그림자가 비치는 것조차 피하고 싶은 그런 마음이었을 것이다. 공자는 또한, 자로 내부의 상당히 민완한 실행가 바로 옆에 있는 큰 어린이가 시간이 지나도 전혀 성숙하지 않는 것을 보며 우습기도 하고 안타깝기도 했다.

어느 날, 영공의 사자가 공자를 찾아왔다. 수레로 함께 도읍을 한 바퀴 돌면서 이런저런 이야기를 듣고 싶다고 했다. 공자는 기꺼이 옷을 갈아입고 곧장 밖으로 나갔다.

남자는 영공이 키가 큰 무뚝뚝한 노인을 현자랍시고 높이 존경하는 것이 불만스러웠다. 자기를 빼고 둘이 수레에 동승하여 도읍을 돌아본다니, 당치도 않다.

공자가 공을 알현하고 이제 막 밖으로 나가 함께 수레에 타려는데, 그곳에는 이미 화려하게 옷을 차려입은 남자 부인이 타고 있었다. 공자가 앉을 자리는 없었다. 남자는 얄미운 미소를 띠고 영공을 보았다. 공자도 불쾌한 생각이 들어 차갑게 공의 모습을 엿보았다. 영공은 난처한 듯 눈을 내리깔았지만 남자에게는 아무 말도 하지 못했다. 잠자코 공자를 위해 뒤의 수레를 가리켰다.

수레 두 대가 위나라 도읍을 나아갔다. 앞에 있는 네 바퀴의 호화로운 마차에는 영공과 함께 앉은 아름다운 자태의 남자 부인이 모란꽃처럼 빛났다. 뒤의 초라한 두 바퀴의 우차에는 쓸쓸한 공자의 얼굴이 단정히 정면을 바라보고 있었다. 길가의 백성들 사이에서는 역시나 은근한 탄식과 빈축의 소리가 일어났다.

군중 사이에 섞여서 자로도 이 모습을 바라보았다. 영공의 사자가 왔을 때 스승이 기뻐하는 모습을 보았기에 속이 뒤집힐 듯했다. 무슨 일인지 교성을 지르면서 남자南子가 눈앞을 지나갔다. 그는 무의식중에 화가 치밀어 주먹을 쥐고는 사람들을 헤치고 뛰어나가려고 했다. 뒤에서 누군가 자로를 붙잡았다. 자로는 눈을 부릅뜨고 뒤를 돌아보았다. 자약子若과 자정子正 두 사람이었다. 필사적으로 자로의 소매를 붙들고 있는 두 사람의 눈에 눈물이 글썽거리는 것을 자로는 보았다. 자로는 결국 높이 쳐든 주먹을 아래로 내렸다.

이튿날 공자 일행은 위나라를 떠났다. "나는 아직 덕을 좋아하길 색만치 좋아하는 자를 본 적이 없도다"라는 것이 당시 공자의 탄성이었다.

10

초나라 섭공葉公〔섭읍의 장〕 자고子高는 용을 매우 좋아했다.[20] 거실에도 용을 조각하고 휘장에도 용을 그려 넣으며 늘 용 속에서 기거했다. 이 소식을 들은 하늘의 진짜 용이 크게 기뻐하여, 하루는 자고의 집에 내려와 자신을 애호하는 사람을 들여다보았다. 머리는 창을 들여다보고 꼬리는 마루에 끌릴 정도의 굉장한 크기였다. 자고는 이를 보자 무서워 덜덜 떨며 도망쳤다. 혼백을 잃고 안색을 잃은 겁쟁이의 모습이었다.

제후들은 현자 공자의 명성을 높이 샀지만 그 실체를 받아들이지 못했다. 모두 자고의 용처럼 보았다. 실제의 공자는 그들에게 너무 큰 존재로 보였다. 공자를 국빈으로 대우하고자 하는 나라는 있었다. 공자의 제자 몇 명인가를 중용한 나라도 있었다. 그러나 공자의 정책을 실행하려고 한 나라는 어디에도 없었다. 광匡 땅에서는 폭도의 능욕을 받을 뻔했고, 송나라에서는 간신의 박해를 받았으며, 포蒲 땅에서는 또한 흉한의 습격을 받았다. 제후의 경원敬遠과 어용 학자의 질시와 정치가들의 배척이 공자를 기다리던 모든 것이었다.

그래도 여전히 강독을 그치지 않고 절차탁마를 게을리하지 않으며, 공자와 제자들은 꾸준히 이 나라 저 나라로 여행을 계속했다. "새는 나무를 골라 앉을 수 있지만 나무가 어찌 새를 고를 수 있으리." 이처럼 극히 기품은 높으나 결코 세상을 비꼬지 않고 끝내 등용될 것을 구했다. 그리고 우리가 중용되기를 바라는 것은 우리를 위함이 아니라 천하를 위하고 도를 위한 것이라고 진심으로, 참으로 어이없게도 진심으로 그렇게 생각했다. 빈곤해도 늘 밝은 얼굴을 하고 괴로워도 희망을 버리지 않았다. 실로 이상한 일행이었다.

일행이 초청을 받아 초나라 소왕昭王에게 가려고 한 때, 진나라와 채나라 대부들이 공모하여 은밀히 폭도를 모아 공자 일행의 길을 막았다. 공자가 초나라에 중용되는 것을 두려워해 방해하고자 한 것이다. 폭도의 습격을 받은 것은 처음이 아니었지만 이때는 가장 큰 곤궁에 빠졌다. 양식을 구할 길이 없어 일동은 따뜻한 밥을 먹지 못한 지 이레나 되었다. 굶고 지쳐 병자도 속출했다. 제자들은 빈궁과 공황 상태에 처했으나, 공자는 홀로 조금도 기력이 쇠하지 않고 평소대로 거문고를 타며 노래하기를 멈추지 않았다. 종자들의 피폐를 차마 보지 못한 자로가 다소 달라진 낯빛으로 노래하는 공자 옆으로 갔다. 그리고 물었다. 스승님이 노래하는 것이 예입니까. 공자는 대답하지 않았다. 줄을 퉁기는 손도 쉬지 않았다. 곡이 끝나고 나서 이윽고 말했다.

"유由(자로의 이름)야, 내가 네게 고하노라. 군자가 음악을 즐기는 것은 교만하지 않기 위함이다. 소인이 음악을 즐기는 것은 두려워하지 않기 위함이다. 너는 누구의 제자인가, 나를 모르고 나를 따르는 자는?"

자로는 순간 귀를 의심했다. 궁핍한 상황에서도 여전히 교만하지 않기 위해 음악을 즐긴다고? 그러나 곧 그 마음이 짐작되자, 돌연 그는 기분이 유쾌해져 즉흥적으로 척戚〔도끼, 혹은 춤출 때 쓰는 도끼 모양의 도구〕을 들고 춤을 추었다. 공자가 이에 화합하여 거문고로 몇 번씩이나 곡을 켰다. 옆에 있는 이들 또한 잠시 굶주림과 피로를 잊고 이 무골武骨의 즉흥 춤에 흥겨워했다.

진나라와 채나라에서 위에 말한 액운을 만났을 때, 아직 섬사리 포위망이 풀리지 않는 것을 보고 자로가 말했다. 군자도 궁窮한 적이 있습니까. 스승님의 평소 설에 따르면, 군자는 궁한 적이 없으리라고 생각했기 때문이다. 공자가 즉시 대답했다. "궁하다는 것은 도에 궁한 것을 말하지 않는다. 지금 나는 인의의 도를 품고 난세의 환患을 만난다. 무엇이 궁하다고 하는가. 만약 음식이 부족하고 몸이 피곤함을 궁하다고 한다면, 군자도 애초부터 궁하다. 단, 소인은 궁하면 이 때문에 문란해진다." 그것이 다를 뿐이라는 것이다.

자로는 자기도 모르게 얼굴을 붉혔다. 자기 안에 있는 소인을 지적당한 심정이었다. 궁해도 천명임을 알고 큰 난관을 당해 전혀 흥분의 빛도 없는 공자의 모습을 보며, 큰 용기라고 감탄하지 않을 수 없었다. 과거 자신의 자랑이었던, 칼날 앞에 맞서 눈도 깜짝이지 않는 내부의 용기가 얼마나 비참하게도 작은 것이었나를 생각했다.

11

허許나라에서 초나라 섭葉읍으로 가는 길 내내, 자로가 혼자 공자 일행에 뒤처져 밭둑길을 걸어가다 소쿠리를 메고 가는 노인을 만났다. 자로가 가볍게 인사하고 스승님을 보지 못했느냐고 물었다. 노인은 멈춰 서서 "스승님이라고 하는데, 누가 도대체 당신의 스승님인지 내가 알 리 없지 않은가"라고 무뚝뚝하게 대답하고는, 자로의 생김새를 힐끗 훑어본 후 "내가 보기에 팔다리를 놀리지 않고 실사實事를 따르지 않고 공리공론으로 나날을 보내는 사람 같군" 하고 경멸하듯이 웃었다. 그리고 옆에 있는 밭에 들어가 자로에게 눈길도 주지 않고 부지런히 풀을 베기 시작했다.

숨은 현자가 틀림없다고 생각한 자로는 두 손을 모아 인사한 후 다음 말을 기다렸다. 노인은 묵묵히 일을 끝내고 길로 올라와서, 자로를 자기 집으로 데려갔다. 이미 해가 저물기 시작했다. 노인은 닭을 잡고 기장밥을 지어 대접하고 두 아들에게도 자로를 소개했다. 식후에 약간의 막걸리에 취기가 돈 노인은 옆에 있는 거문고를 들고 켜기 시작했다. 두 아들이 이에 맞추어 노래했다.

축축이 젖은 이슬이여
볕이 아니면 마르지 않으리

느긋하게 마시는 밤술이여

취하지 아니하면 돌아가지 않으리.[21]

　분명 가난한 생활인데도 실로 즐거움과 여유로움이 온 집안에 넘쳐흘렀다. 온화함이 가득한 아비와 두 아들의 얼굴에는 때로 어딘가 지적인 면이 번뜩이는 것도 놓칠 수가 없었다.

　연주를 끝내고 나서 노인이 자로에게 이야기했다. 땅을 가려면 수레, 물을 가려면 배라고 옛날부터 정해졌다. 지금 땅을 가는데 배를 가졌다면 어떻게 하겠는가? 지금 세상에 주나라의 옛 법을 쓰려고 하는 것은 마치 땅에서 배로 가려는 것과 같다. 원숭이에게 주나라 임금의 옷을 입히면 놀라서 찢어버릴 것이 틀림없다……. 자로가 공자의 제자임을 알고 한 말이 분명했다.

　노인은 또 이렇게 말했다. "즐거움을 온전히 하여 비로소 뜻을 얻었다고 할 수 있네. 뜻을 얻는다는 것은 고관이 된다는 말은 아닐세." 담연무극澹然無極, 곧 끝없이 담담한 마음이라고 하는 것이 노인의 이상이리라.

　자로도 이러한 둔세遁世 철학이 처음은 아니었다. 장저와 걸익이라는 두 은자도 만났다. 초나라의 접여라고 하는 미친 척하는 남자도 만난 적이 있다. 그러나 이렇게 그들의 생활 속에 들어가 하룻밤을 같이 지낸 적은 없었다. 노인의 온화한 말과 늘 기쁜 모습을 접하는 가운데, 자로는 이것도 또 하나의 아름다운 삶의 방식이 틀림없다고 약간의 선망조차 느끼지 않을 수 없었다.

그러나 그도 잠자코 상대의 말에 고개를 끄덕이기만 한 것은 아니었다. "세상과 단절하는 것은 애초부터 즐거울 터이나, 사람이 사람인 까닭은 즐거움을 온전히 하는 데 있는 것이 아니라오. 사소한 자신 한 몸을 정화하고자 하여 인류의 대도를 그르치는 것은 인간의 도리가 아니라오. 우리도 지금 세상에 도가 행해지지 않는 것쯤은 예전부터 잘 알고 있소. 지금 세상에 도를 설파하는 것의 위험성도 알고 있소. 그러나 도 없는 세상일수록 위험을 무릅쓰고라도 더욱 도를 설파할 필요가 있지 않겠소?"

이튿날 아침 자로는 노인 집을 나와 길을 서둘러 갔다. 길을 가면서 공자와 어젯밤의 노인을 비교하여 생각해보았다. 공자의 명찰력이 노인보다 뒤떨어질 까닭은 없다. 공자의 욕심이 노인보다 많은 것도 아니다. 그렇지만 자신을 보전하는 길을 버리고 도를 위해 천하를 방랑하는 것을 생각하면, 갑자기 어젯밤에는 전혀 느껴지지 않던 증오를 그 노인에게 느끼기 시작했다. 정오 무렵 이윽고 멀리 앞쪽의 새파란 보리밭 속의 길을 가는 한 무리의 사람들이 보였다. 그 속에서 특히 돋보이게 키가 큰 공자의 모습을 보았을 때, 자로는 돌연 무언가 가슴이 죄는 아픔을 느꼈다.

12

송宋에서 진陳으로 가는 배 위에서 자공과 재여가 토론을 했다. "열 채 정도의 작은 마을에도 충忠과 신信에 있어서는 나와 같은 자가 있겠지만, 나처럼 학문을 즐기는 이는 없으리라"[22]라는 스승의 말을 중심으로, 자공은 이 말에도 불구하고 공자의 위대한 완성은 선천적인 비범한 소질에 기인한 것이라고 말하고, 재여는 그게 아니라 후천적인 자기완성의 노력이 크게 기여한 것이라고 말했다.

재여의 말에 따르면, 공자의 능력과 제자들의 능력의 차이는 양적인 것이지 결코 질적인 것이 아니다. 공자가 가진 것은 만인이 가진 것이다. 단지 그 하나하나를 공자는 끊임없는 각고로 지금의 크기로 만들었을 뿐이라고.

자공은 그러나 양적인 차이도 절대적이 되면 결국 질적인 차이와 다를 바가 없다고 했다. 게다가 자기완성을 위한 노력을 그 정도로 계속할 수 있는 것 자체가 이미 선천적인 비범함의 가장 큰 증거가 아니겠는가. 그러나 다른 무엇보다도 공자의 천재성의 핵심이 무엇인가 하면, "그것은" 하고 자공이 말했다. "뛰어난 중용의 본능이다. 언제 어떤 상황에서도 스승님의 진퇴를 아름답게 하는, 훌륭한 중용에의 본능이다."

무슨 말이냐며 옆에서 자로가 쓴 얼굴을 했다. 입만 살아서 뱃속이 빈 놈들아! 지금 이 배가 뒤집히기라도 한다면, 네놈들은 얼마나 창백한 얼굴을 할 것인가. 무어라 해도 일단 유사시에 실제로 스승에게 도움이 될 수 있는 자는 나다. 재변이 뛰어난 젊은 두 사람을 앞에 두고, "교언巧言은 덕을 문란케 한다"는 말을 생각하며 자랑스럽게 자기 가슴속 일편단심을 믿는 것이었다.

그러나 자로도 스승에 대한 불만이 전혀 없지는 않았다.

진나라 영공이 신하의 아내와 정을 통하고는 그 여자의 속옷을 입고 조정에 서서 그것을 자랑했을 때, 설야泄冶라는 신하가 간언하다 죽임을 당했다. 백여 년 전의 이 사건에 관해 한 제자가 공자에게 물은 적이 있다. 설야가 바르게 간하여 죽임을 당한 것은 옛날의 명신 비간比干의 죽음과 다를 바가 없다. 인仁이라고 불러도 좋은가.

공자가 대답했다. 아니다. 비간과 주왕紂王의 경우는 혈연이기도 하고, 또 관직으로 보아도 소사少師〔재상 아래〕이니, 자신이 간언하여 죽임을 당한 후에 주왕이 후회하기를 기대했다. 이것은 인仁이라고 해야 한다. 하지만 설야는 영공과 골육의 친족도 아니며 지위도 대부에 불과하다. 군주가 바르지 않아 나라가 바로 서지 않는 것을 안다면 깨끗이 몸을 물러나야 할 것을, 자신의 처지를 헤아리지 못하고 사소한 한 몸으로써 일국의 음혼淫婚을 바로잡고자 했다. 스스로 헛되이 생명을 버린 것이다. 인仁을 두고 왈가왈부할 바가 아니다.

그 제자는 이 말을 듣고 물러났으나, 옆에 있던 자로는 아무래도 수긍하기 어려웠다. 곧바로 그는 입을 열었다. 인仁과 불인不仁은 잠시 차치하고, 어쨌든 일신의 위험을 잊고 나라의 문란을 바로잡으려고 한 일에는, 지智와 부지不智를 넘어선 훌륭한 점이 있지 않은가. 헛되이 목숨을 잃었다고 단언할 수 없는 점이 있다. 결과가 어찌 되었을지라도.

"유야, 너는 그런 소의小義 안에 있는 훌륭함만 눈에 들어와 그 이상은 모르는 듯하구나. 옛날의 선비는 나라에 도가 있으면 충을 다함으로써 이를 돕고, 나라에 도가 없으면 몸을 물러남으로써 이를 피했다. 이러한 출처진퇴出處進退의 훌륭함을 아직 모르는 듯하다. 《시경》에 말하길, 백성 속에 부정이 만연되었을 때는 나서서 법을 만들지 말라고 했다. 확실히 설야의 경우에 들어맞는 듯하구나."

"그럼"하고 오랫동안 생각한 후에 자로가 말했다. 결국 세상에서 가장 중요한 것은 일신의 안전을 도모하는 것인가. 몸을 던져 의를 이루는 것은 중요하지 않은가. 한 인간의 출처진퇴의 적당과 부적당이 온 백성의 안위보다도 중요한가. 그렇다면 설야가 만약 눈앞의 불륜에 빈축하여 몸을 물러났다고 하면, 과연 그의 일신은 그것으로 좋을지 모르나, 진나라 백성에게는 도대체 무슨 도움이 될 것인가. 헛되다고 알고 있으면서도 간언하다 죽는 편이 국민의 기풍에 도움을 주니, 훨씬 의미가 있지 않은가.

"그것은 오로지 일신의 보전만이 중요하다는 말이 아니다. 그렇다면 비간을 인인仁人이라고 칭찬하지 않을 터이다. 단, 생명은 도를 위해 버린다고 해도 버릴 때와 버릴 곳이 있다. 그것을 살피는 데 지智로써 하는 것은 달리 나의 이익을 위한 것이 아니다. 서둘러 죽는 것만이 능사는 아니다."

그런 말을 듣고 일단 그런 생각은 들었으나, 역시 확연치 않은 부분이 있었다. 살신성인이라고 말하면서도 한편으로 어딘지 명철보신明哲保身을 최상의 지智로 생각하는 경향이 때때로 스승의 언설 중에 느껴졌다. 그것이 아무래도 마음에 걸렸다. 다른 제자들이 이것을 전혀 느끼지 않는 것은, 명철보신주의가 그들에게 본능적으로 달라붙어 있기 때문이다. 그것을 모든 것의 근저로 한 후의 인仁이며

의義라야, 그들은 비로소 무언가 할 수 있는 게 아닐까.

자로가 수긍하기 어려운 안색으로 물러갔을 때, 공자는 그 뒷모습을 배웅하면서 근심스럽게 말했다. 나라에 도가 있을 때 곧기가 화살과 같다. 도가 없을 때 또한 곧기가 화살과 같다. 저 남자도 위나라의 사어史魚[23]와 비슷하구나. 아마 심상한 죽음의 모습은 아닐 것이다.

초나라가 오나라를 쳤을 때, 공윤工尹[24] 상양商陽이라는 자가 오나라의 군사를 뒤쫓다가 동승한 왕자 기질棄疾에게 "왕명입니다. 왕자님, 활을 잡으시지요"라고 말하자 왕자는 비로소 활을 들었고, "왕자님, 활을 쏘시지요"라고 권하니 비로소 적 한 명을 쏘았다. 그러나 곧 활을 도로 활집에 집어넣었다. 다시 독촉하자, 활을 꺼내 추가로 두 명을 쏘았으나 한 명을 쏠 때마다 눈을 감았다. 이윽고 세 명을 쏘아 쓰러뜨리자, "내 지금의 신분으로 이 정도라면 돌아가 보고하기에 족하리라" 하고 수레를 돌렸다.

이 이야기를 공자가 전해 듣고, "사람을 죽이는 데도 예가 있도다"라고 감동했다. 하지만 자로는 말하길, 그런 황당한 이야기는 없다고 했다. 특히 '내 신분으로는 세 명 쏜 정도로 충분하다'라는 따위의 말 속에는, 그가 매우 싫어하는 '일신의 행동을 국가의 운명보다 위로 두는' 사고방식이 너무 확실히 보이므로 화가 났다. 그는 불끈 공자에게 대들었다. "신하의 절의는 군주의 대사에 온 힘을 끝까지 바치고 죽는 것에 있지 않습니까. 스승님은 어째서 그를 선이라

합니까." 공자도 차마 이것에는 한마디도 없었다. 웃으면서 대답했다. "그렇도다. 네가 말하는 바와 같다. 나는 단지 사람을 죽이기를 꺼리는 마음을 취할 뿐이다."

13

위나라에 출입하기를 네 번, 진나라에 체류하기를 3년, 자로는 공자를 따라 조曹·송宋·채蔡·섭葉·초楚의 각국을 걸어 다녔다.

공자의 도를 실행으로 옮겨줄 제후가 나오리라고는 새삼스레 바라지 않았지만, 그러나 이제 자로는 이상하게도 초조하지 않았다. 세상의 혼탁과 제후의 무능과 공자의 불우에 대한 불만과 초조를 몇 년이나 거듭한 끝에, 이윽고 최근에서야 막연하나마 공자와 그를 따르는 자신들의 운명이 이해되기 시작했다.

그것은 소극적으로 운명이라고 체념하는 마음과는 거리가 멀었다. 같은 운명이라고 해도, '일개 소국에 한정되지 않는, 한 시대에 한정되지 않는, 천하 만대의 목탁'으로서의 사명을 자각하기 시작한, 꽤 적극적인 운명인 것이다.

광匡 땅에서 폭도에게 포위되었을 때 공자가 의기양양하게 "하늘이 아직 학문을 없애려 하지 않으니 광인匡人들이 나를 어찌할 수 있겠느냐"라고 한 말을, 지금의 자로는 잘 이해할 수 있었다. 어떤 상황에서도 절망하지 않고 결코 현실을 경멸하지 않으며 주어진 범위에서 항상 최선을 다한다는 스승의 큰 지혜도 알 수 있었고, 항상 후

세 사람에게 보이는 것을 의식하는 듯한 공자의 거동이 갖는 의미도 이제 비로소 수긍할 수 있었다.

세상의 흔한 속재俗才에 가로막혀서인지, 명민한 자공은 공자의 이러한 초시대적 사명에 관한 자각이 부족했다. 순박하고 정직한 자로는 극히 단순한 스승에 대한 애정 때문이었는지, 오히려 공자라는 큰 존재의 의미를 파악한 듯했다.

방랑의 해를 거듭하는 가운데 자로도 벌써 쉰 살이 되었다. 성격이 원만해졌다고는 하기 어렵지만, 과연 중후함이 더해졌다. 후세의 소위 "만종萬種의 녹〔큰 녹봉〕이 내게 무슨 보탬이 되리오"라는 기골과 형형한 눈빛도 부랑자의 헛된 자만에서 벗어나 이제 당당한 일가의 품격을 갖추기 시작했다.

14

공자가 네 번째로 위나라를 방문했을 때, 젊은 위후와 정경正卿 공숙어孔叔圉 등의 청을 받고 자로를 추천하여 이 나라에 종사케 했다. 공자가 10여 년 만에 고국에 초빙될 때도, 자로는 그대로 위나라에 머물렀다.

지난 10여 년 동안 위나라는 남자南子 부인의 난행을 중심으로 끊임없는 분쟁이 거듭되었다. 우선 공숙수孔叔戍라는 자가 남자 배척을 기도하다 오히려 참소를 받아 노나라로 망명했다. 이어서 영공의 아들, 태자 괴외蒯聵도 계모 남자를 죽이려다 실패하여 진나라로 도망갔다. 태자의 결위缺位 중에 영공이 죽었다. 어쩔 수 없이 망명 태자의 어린 아들 첩輒을 세워 뒤를 잇게 했다. 그가 바로 출공出公이다. 도망간 전 태자 괴외는 진나라의 힘을 빌려 위나라 서부로 잠입한 후 호시탐탐 위후의 자리를 엿보았다. 이를 막고자 하는 현재의 위후 출공은 아들이고, 자리를 뺏으려고 노리는 자는 아버지. 자로가 일하게 된 위나라는 이와 같은 상태였다.

자로의 일은 공가孔家의 재상으로서 포蒲 땅을 다스리는 것이었다. 위나라 공가는 노나라의 계손季孫씨에 해당하는 명가로, 당주 공숙어는 일찍이 명대부의 명성이 높았다. 포蒲는 과거 남자 부인의 참소를 받아 망명한 공숙수의 옛 영지로, 따라서 주인을 쫓아낸 현재의 중앙정부에 대해 모두 반항적인 태도를 보였다. 원래부터 사람의 기질이 거친 땅으로, 과거 자로 자신도 공자를 따라다니다 이 땅에서 폭도의 습격을 받은 적이 있다.

임지로 떠나기 전에 자로는 공자에게 가서 "마을에 장사壯士〔기개와 힘이 아주 센 사람)가 많아 다스리기 어렵다"고 하는 포 땅의 사정을 말하고 가르침을 청했다. 공자가 말했다. "공경의 마음으로써 용자를 누르고, 관용과 정직으로써 강자를 누르며, 온화한 가운데 결단력으로써 악인을 눌러야 한다." 자로는 재배하여 감사를 표하고 흔연히 임지로 향했다.

포 땅에 도착하자 자로는 우선 지방의 유력자와 반항 분자들을 불러서 허심탄회하게 대화를 나누었다. 길들이고자 함이 아니었다. 공자가 항상 말하는 "가르치지 않고 형에 처하는 것은 불가하다"는 것을 알기에, 우선 그들에게 자신의 뜻하는 바를 밝혔다. 으스대지 않는 솔직함이 거친 지역 사람들의 의기와 투합한 듯했다. 장사들은 모두 자로의 명쾌 활달에 승복했다. 게다가 당시에 자로의 명성은 이미 공자 문하 제일의 쾌남아로 천하에 널리 알려져 있었다. "한쪽의 말만 듣고도 판결을 내릴 수 있는 자는 자로뿐일 것이다" 등 공자의 추천사까지 과대하게 포장되어 널리 퍼졌다. 포 땅의 장사들을 승복시킨 것에는 이러한 평판도 분명 큰 도움이 되었다.

3년 후, 공자가 우연히 포 땅을 지나게 되었다. 우선 영내에 들어 갔을 때, "훌륭하구나, 유由야. 공경과 믿음이 있구나"라고 말했다. 이윽고 자로의 저택에 들어가자, "훌륭하구나, 유야. 명료하고 단호하도다"라고 말했다.

말고삐를 잡고 있던 자공이 아직 자로를 보지 않고도 칭찬하는 이유를 물으니, 공자가 대답했다. 이미 영내에 들어서니 논밭은 모두 가지런하고 초원도 광활하며 수로도 깊이 정돈되어 있다. 다스리는 자가 공경과 믿음이 있어 백성이 그 힘을 다했기 때문이다. 읍내에 들어가면 민가의 집과 담은 완비되고 수목은 우거졌다. 다스리는 자가 충신忠信으로써 관대하므로 백성이 경영을 소홀히 하지 않았기 때문이다. 그래서 이제 그 뜰에 이르니 매우 깨끗하여, 종자 소년한 사람도 명에 거스르는 자가 없었다. 통치자의 말은 명료하고 단호하므로 정치가 문란하지 않기 때문이다. 아직 자로를 보지 않아도 속속들이 그 정치를 알지 않겠는가.

15

노나라 애공哀公이 서쪽의 대야大野로 사냥을 나가 기린麒麟〔성인이 나면 나타난다는 상상 속 동물〕을 잡았을 즈음, 자로는 잠시 위나라에서 노나라로 돌아와 있었다. 그때 소주小邾국의 대부인 역射이라는 자가 반역하고 노나라로 도망쳐 왔다. 자로와 일면식이 있는 그는, "자로가 나를 보증한다면 나는 맹약이 필요 없다"라고 말했다. 당시의 관습으로 타국에 망명한 자는 그 나라로부터 생명의 보증을 약속받은 후에 비로소 안심하고 정착할 수 있었는데, 소주의 대부는 "자로만 보증을 서준다면 노나라의 약속까지는 필요 없다"라고 한 것이다.

무숙낙無宿諾, 곧 '승낙한 것의 실행을 묵히지 않는다'고 하는 자로의 신信과 직直은 그만치 세상에 알려졌다. 그런데 자로는 이 요청을 냉정하게 거절했다. 어떤 이는 이렇게 말했다. 천승千乘〔천 대의 군용 수레〕의 대국 노나라의 약속을 믿지 않고, 단지 자로 한 사람의 말을 믿고자 했다. 남아의 본디 소망, 이보다 더한 것은 없을 터인데 왜 이를 수치라고 하는가.

자로가 대답했다. 노국이 소주와 전쟁을 할 경우, 도성 아래에서 죽으라고 한다면 아무것도 묻지 않고 기꺼이 응할 것이다. 그러나 역이라는 자는 나라를 판 역적이다. 만약 보증을 선다고 하면 스스로 매국노를 시인하는 꼴이 된다. 내가 할 수 있는지는 생각할 것도 없지 않은가!

자로를 잘 아는 사람은 이 이야기를 전해 들었을 때 불현듯 미소를 지었다. 너무나도 그가 할 법한 일, 그가 할 법한 말이었기 때문이다.

같은 해, 제나라의 진항陳恒이 군주를 시해했다. 공자는 심신을 재계하고 사흘 후, 애공 앞에 나아가 의義를 위해 제나라를 칠 것을 청했다. 청하기를 세 번. 제나라의 강함을 두려워한 애공은 들으려 하지 않았다. 계강자季康子에게 고해 일을 도모하라고 했다. 계강자가 이에 찬성할 리 없었다. 공자는 주군 앞을 물러나 사람들에게 이렇게 고했다. "나는 대부의 말석에 있는 자이다. 그러므로 감히 말하지 않을 수 없었다." 소용없는 줄 알면서도 일단은 말해야 하는 자신의 지위라는 의미였다. 당시 공자는 국로國老의 대우를 받았다.

자로의 얼굴에 그림자가 비쳤다. 스승이 한 일은 단지 형식을 완수하기 위함에 불과하지 않은가. 형식만 밟으면 그것이 실행으로 옮겨지지 않더라도 태연할 수 있는 정도의 의분義憤인 것인가.

가르침 받기를 40년 가까이 하여도, 여전히 이 간격은 어쩔 수가 없었다.

16

자로가 노나라에 와 있는 동안, 위나라에서는 정계의 기둥 공숙어가 죽었다. 그 미망인으로 망명 태자 괴외의 누나인 백희伯姬라는 여책사가 정치의 표면에 등장했다. 외아들 회悝가 부친 공숙어의 뒤를 잇기는 했으나 명목에 불과했다. 백희의 입장에서는 현 위후 첩輒

은 조카이고 자리를 노리는 전 태자는 남동생이므로 친분 관계는 다름없을 터이나, 애증과 사욕의 복잡한 경위가 있어 남동생을 위해 일을 도모하고자 했다. 남편이 죽은 후, 줄곧 총애하던 시동 출신의 혼양부渾良夫라는 미청년을 사자로 하여 동생 괴외 사이를 왕복시켜 은밀히 현 위후의 축출을 기도했다.

자로가 다시 위나라에 돌아와 보니, 위후 부자의 싸움이 더욱 격화되어 왠지 정변의 기운이 짙게 감도는 것이 느껴졌다.

주나라 소왕昭王[25] 40년 음력 12월 모일. 저녁이 가까운 때 자로의 집에 황급히 뛰어든 사자가 있었다. 공가의 어른인 난녕欒寧으로부터이다. "금일, 전 태자 괴외 도읍에 잠입. 지금 막 공씨 집에 들어가, 백희와 혼양부와 함께 당주 공회孔悝를 위협하여 자신을 위후로 삼게 했다. 대세는 이미 움직이기 어렵다. 나(난녕)는 지금부터 현 위후를 모시고 노나라로 피신한다. 뒤를 잘 부탁한다"라는 말이었다.

이윽고 올 것이 왔다고 자로는 생각했다. 어쨌든 자신의 직접 주인에 해당하는 공회가 붙잡혀 협박을 당했다고 들은 이상 잠자코 있을 수는 없다. 그는 칼을 허리에 찰 시간도 없이 그대로 손에 들고 저택으로 달려갔다.

바깥문에서 들어가려고 하자, 마침 안에서 나오는 키 작은 남자와 부딪쳤다. 자고子羔였다. 같은 공자 문하의 후배로서 자로의 추천으로 이 나라의 대부가 된, 정직하되 소심한 남자였다. 자고가 말했다. 안쪽 문은 이미 닫혀버렸습니다. 자로. 아니, 어쨌든 갈 데까지 가보자. 자고. 그러나 이미 틀렸습니다. 오히려 난을 당할 수 있습니다. 자로가 소리도 거칠게 말했다. 공가의 녹을 먹는 몸이 아닌가. 무엇 때문에 난을 피하겠느냐.

자고를 뿌리치고 안쪽 문까지 오니 과연 안으로 잠겨 있었다. 쿵 쿵 세차게 두드렸다. 못 들어온다! 라고 안에서 외쳤다. 그 소리를 듣고 자로는 호통쳤다. 공손감公孫敢이구나, 그 목소리는. 나는 난을 피하고자 절개를 버리는 인간이 아니다. 녹을 받은 이상 재난에서 구해야 한다. 열어라! 열어!

마침 안에서 사자가 나왔으므로 그자와 엇갈려 자로는 뛰어 들어갔다.

들어가 보니 너른 뜰에 사람들이 잔뜩 모여 있었다. 공회의 이름으로 새 위후 옹립의 선언이 있다고 하여 급히 불러들인 신하들이었다. 모두 각각 경악과 곤혹의 표정을 짓고 거취를 어찌할지 몰랐다. 뜰에 면한 노대露臺〔발코니〕 위에는 어린 공회가 모친 백희와 외숙부 괴외에게 붙잡혀 일동을 향해 정변의 선언과 그 설명을 하도록 강요받는 모습이었다.

자로는 군중 뒤에서 노대를 향해 큰 소리로 외쳤다. 공회 님을 붙잡고 무슨 짓이냐! 공회 님를 놓아라. 공회 님 한 사람을 죽인다고 정의파는 망하지 않아!

자로는 우선 자신의 주인을 구출하고자 했다. 그러자 너른 뜰의 웅성거림이 일순 가라앉으며 일동이 자기 쪽을 뒤돌아본 것을 알고, 이번에는 군중을 향해 선동을 시작했다. 태자는 풍문으로 들은 바 겁쟁이다. 아래에서 불을 놓아 노대를 태우면 틀림없이 무서워 공회

님을 놓을 것이다. 불을 놓도록 해라. 불을!

이미 엷게 어두워진 뜰의 구석구석에 화톳불이 타오르고 있었다. 그것을 가리키면서 자로가 "불을! 불을!" 하고 외쳤다. "선대 공숙어의 은혜를 아는 자들은 불을 들고 노대를 태워라. 그리고 공회 님을 구해라!"

노대 위의 찬탈자는 크게 두려워하여 석걸과 우염 두 검객에게 명하여 자로를 베게 했다.

자로는 두 사람을 상대로 격하게 칼을 맞부딪치며 싸웠다. 왕년의 용자 자로도 그러나 나이는 이기지 못했다. 점차 피로가 더해지고 호흡이 흐트러졌다. 자로의 형세가 나쁜 것을 본 군중은 이때 비로소 입장을 선명히 했다. 매도의 소리를 자로를 향해 퍼붓고, 무수한 돌과 막대기를 자로를 향해 던졌다. 적의 창 끝이 볼을 스쳤다. 관冠을 맨 줄이 끊어져 관이 떨어지려고 했다. 왼손으로 그것을 잡으려고 하는 순간, 다른 적의 검이 어깨를 찔렀다. 자로는 피를 내뿜으며 쓰러지고 관은 벗겨졌다. 자로는 관을 주워 바르게 머리에 쓰고 재빨리 끈을 묶었다. 적의 칼날 아래에서 새빨간 피를 뒤집어쓴 자로가 최후의 힘을 다해 절규했다.

"보아라! 군자는 관을 바르게 쓰고 죽는 것이다!"

온몸이 회처럼 산산이 베여 자로는 죽었다.

노나라에 있던 공자는 멀리 위나라의 정변을 듣고 바로 그 자리에서, "시柴〔자고의 이름〕는 돌아오겠지만 유由는 죽었을 것이다"라고 말했다. 과연 그 말처럼 된 것을 알게 되었을 때, 노老성인은 선 채로 잠시 눈을 감더니 이윽고 하염없이 눈물을 흘렸다. 자로의 시체가 잘게 잘려 소금절임 '해醢'의 형을 당했다는 말을 듣자, 집안에 소금으로 절인 젓갈류는 모두 버리게 하고 그날 이후 해醢(고기를 잘게 저며 서 만든 젓갈, 육장(肉醬))는 일절 밥상에 올리지 않았다고 한다.

주

1 환관구리 : 환관은 유학자들이 쓰는 원형의 모자, 구리는 앞코에 장식이 있는 신발.

2 예는 예이다… : 예는 그것을 치장하는 도구나 소리 내는 도구가 아니다. 소중한 것은 그 안에 있는 정신 그 자체이다.

3 곡례 : 《예기(禮記)》의 편명. 상세한 예를 들며 설명.

4 상지와 하우는… : 천재와 바보는 둘 다 변하기 어렵다.

5 옛날의 군자는… : 《공자가어(孔子家語)》 제10편 〈호생(好生)〉.

6 주공 : 주(周) 왕조 문왕의 아들로 형 무왕과 협력하여 주 왕조의 기초를 다졌다. 예악과 법도를 제정하여 공자의 존경을 받았다.

7 말이 번드레하고… : 《논어》 제5편 〈공야장(公冶長)〉. 巧言令色足恭 左丘明恥之 丘亦恥之 匿怨而友其人 左丘明恥之 丘亦恥之.

8 살기 위해… : 《논어》 제15편 〈위령공(衛靈公)〉. 子曰 志士仁人 無求生以害仁 有殺身以成仁.

9 과격한 이는… : 《논어》 제13편 〈자로(子路)〉. 不得中行而與之 必也狂狷乎 狂者進取 狷者有所不爲也. 중용의 길을 행하는 사람을 얻어 가르치지 못할 바에는 반드시 과격하고 고집이 센 사람을 택하리라. 과격한 사람(狂者)은 진취적이고 고집이 센 사람(狷者)은 함부로 행하지 않는 바가 있느니라.

10 공경해도 예에… : 《예기》 제28편 〈중니연거(仲尼燕居)〉. 敬而不中禮 謂之野 … 勇而不中禮 謂之逆.

11 신을 존중해도… : 《논어》 제17편 〈양화(陽貨)〉. 好信不好學 其蔽也賊 好直不好學 其蔽也絞.

12 사공 : 토지와 민사 담당관

13 대사구 : 소송 형벌 담당관.

14 내각서기관장 : 현 일본의 관방장관으로 내각 총리대신의 비서실장 역할.

15 백치 : 길이 3백 장, 5백 보의 성벽. 치(雉)는 높이 1장, 길이 3장. 장(丈)은 10척(尺)으로, 3.03미터.

16 봉황도 나오지… : 《논어》〈자한편(子罕篇)〉. 子曰 鳳鳥不至 河不出圖 吾已矣夫. 봉황 새가 나타나고 황하에서 팔괘의 그림을 등에 진 용마가 나타나면 성왕이 출현한다고 하는 옛말을 인용.

17 여기에 아름다운… : 《공자》〈자한편〉. 子貢曰 有美玉於斯 韞匵而藏諸 求善賈而沽諸 子曰 沽之哉 沽之哉 我待賈者也. 벼슬을 바라기는 하지만 굳이 찾아 나서지 않고 좋은 임자를 기다릴 뿐이라는 말.

18 9척 6촌 : 한대의 1척은 22.4센티미터라고 하니 215센티미터(=22.4×9.6)이지만, 주나 라 때의 척은 약 20센티미터(일본 위키피디아 《설문해자(說文解字)》 인용문 참조)이니 192센티미터(=20×9.6)이다. 후자가 실제에 가까운 신장으로 역자는 추정하지만, 원 문 자체가 잘못됐다는 말도 있는 등 아직 정확한 것은 알 수 없다.

19 9푼9리 : 99퍼센트.

20 초나라 섭공은… : 《신서(新序)》〈잡사(雜事)〉. 섭공호룡(葉公好龍).

21 축축이 젖은 : 《시경(詩經)》〈소아/백화지십(小雅/白華之什)〉 제10편 담로4장 湛露四 章. 湛湛露斯 匪陽不晞 厭厭夜飮 不醉無歸.

22 열 채 정도의… : 《논어》〈공야장편〉. 十室之邑 必有忠信 如丘者焉 不如丘之好學也.

23 사어 : 사어병직(史魚秉直)(사어는 곧기를 끝까지 지켰다). 위나라 대부 사어는 군주 영공 이 자신의 충언을 듣지 않자 죽음으로써 뜻을 관철시켰다.

24 공윤 : 공인 관장 관리.

25 소왕 : 경왕(敬王)의 오기. 기원전 480년.

영¹ 盈
허 虛

위후衛侯 영공靈公 39년의 가을, 태자 괴외蒯瞶가 아버지의 명을 받아 사신으로 제나라에 간 적이 있다. 도중에 송나라를 지날 때, 밭에서 일하는 농부들이 이상한 노래를 부르는 것을 들었다.

旣定爾婁豬 盍歸吾艾豭(기정이루저 합귀오애가)

암돼지는 분명 주었으니
어서 수돼지를 돌려다오

위나라 태자는 이를 듣고 안색이 바뀌었다. 마음에 짚이는 바가 있었다.
부친 영공의 부인인 (그렇지만 태자의 모친은 아닌) 남자南子는 송나라에서 왔다. 용모보다도 오히려 재기로 영공을 완전히 제 손에 넣었는데, 이 부인이 최근 영공에게 권하여 송나라의 공자 조朝라는 사람을 불러 위나라 대부로 삼게 했다. 송나라의 조는 유명한 미남이었다. 남자가 위나라에 시집오기 전에 추한 관계를 맺었다는 사실은 영공 이외에 모르는 이가 없었다. 두 사람의 관계는 지금 위나라 궁궐에서 다시 거의 공공연하게 계속되었다. 송나라 농부가 부른 '암퇘지, 수퇘지'는 의심할 것도 없이 남자와 조를 가리켰다.

태자는 제나라에서 돌아오자, 측신側臣 희양속戲陽速을 불러 일을 꾸몄다. 이튿날 태자가 남자 부인에게 인사하러 갔을 때, 희양속은 미리 비수를 품고 방 한구석의 휘장 그늘에 숨어 있었다. 태자는 태연하게 이야기를 하면서 휘장 뒤쪽으로 눈짓을 했다. 그러나 자객은 갑자기 겁을 먹었는지 밖으로 튀어나오지 않았다. 자꾸 신호를 보내도 검은 휘장만이 살랑살랑 흔들릴 뿐이었다. 태자의 이상한 거동에 부인은 눈치를 챘다. 태자의 시선을 좇아 방 한구석에 수상한 자가 숨은 것을 알게 되자, 부인은 비명을 지르며 안으로 뛰어 들어갔다. 영공이 그 소리에 놀라 밖으로 나왔다. 부인의 손을 잡고 안정시키려고 하나, 부인은 미친 듯이 "태자가 저를 죽이려 합니다. 태자가 저를 죽이려 합니다"라고 되풀이할 뿐이었다. 영공은 병사를 불러 태자를 체포하려고 했다. 그러나 태자와 자객은 벌써 도성을 벗어나 멀리 도망쳤다.

송나라로 갔다가 다시 진나라로 도망간 태자 괴외는 사람을 만날 때마다 말했다. 음부 살해라는 모처럼의 의거가 겁쟁이 바보의 배신 때문에 실패했다고. 하지만 위나라로 도망친 자객 희양속은 이 말을 전해 듣고 이렇게 응수했다. 당치도 않다. 나야말로 하마터면 태자에게 배신당할 뻔했다. 태자는 나를 협박하여 자기의 계모를 죽이려고 했다. 말을 듣지 않으면 필시 내가 살해될 것이 분명했고, 만약 부인을 무사히 죽였다면 내게 죄를 전가할 것이 틀림없었다. 내가 태자의 말을 승낙했음에도 실행하지 않았던 것은 깊이 생각한 결과였다.

진나라에서는 당시 범范씨와 중항中行씨의 난으로 애먹고 있었다. 제나라와 위나라 등이 반란자의 뒤를 밀어주고 있어 쉽사리 해결이 나지 않았다.

진나라로 들어간 태자는 이 나라의 중신인 조간자趙簡子에게 몸을 의탁했다. 조씨가 크게 후대한 것은, 태자를 옹립하여 진나라에 적대적인 지금의 위후에게 대항하기 위해서였다.

후대라고 해도 고국에 있을 때의 신분과는 달랐다. 평야가 계속 이어지는 위나라 풍경과 달리 산이 많은 도읍 강도絳都에서 쓸쓸한 3년의 세월을 보낸 후, 태자는 멀리서 부친 위후의 부음을 들었다. 소문에 따르면, 태자가 없는 위국에서는 할 수 없이 괴외의 아들 첩輒을 즉위시켰다고 한다. 나리를 도망칠 때 두고 온 아들이었다. 당연히 자기 이복동생 중 한 사람이 후에 오르리라고 여겼던 괴외는 좀 이상한 생각이 들었다. 그 아이가 위후衛侯가 되었다고? 3년 전의 천진난만한 모습을 떠올리면 갑자기 우스꽝스러운 생각이 들었다.

지금이라도 고국으로 돌아가 자기가 위후가 되는 것에 아무런 어려움이 없으리라 생각했다.

망명 태자는 조간자 군대의 보호를 받으며 의기양양하게 황하를 건넜다. 이윽고 위나라 땅이다. 척戚 땅에 이르자, 그러나 그곳부터는 이미 한 걸음도 동쪽으로 나아갈 수 없는 것을 알게 되었다. 태자의 입국을 거부하는 새 위후가 보낸 군대의 요격을 받은 것이었다. 척읍 성에 들어가는 것조차 상복을 입고 부친의 죽음을 곡하면서 그곳 백성의 비위를 맞춰가며 들어가야 하는 형편이었다. 뜻밖의 일에 화가 났으나 어쩔 수 없었다. 고국에 한 발 들여놓은 채, 그곳에서 머물며 기회를 기다려야 했다. 그것도 최초의 예측과 달리 무려 13년의 긴 세월 동안.

과거에 사랑스럽던 자신의 아들 첩은 이미 존재하지 않았다. 자신이 당연히 이어야 할 자리를 빼앗은, 그리고 집요하게 자신의 입국을 거부하는, 탐욕스럽고 얄미운 젊은 위후가 있을 뿐이었다. 예전에 자신이 총애하던 대부들 누구 하나 인사하러 오지 않았다. 모두 젊고 오만한 위후와, 그를 보좌하며 위엄을 부리는 노회한 상경上卿 공숙어孔叔圉(누님의 남편인 노인인데) 아래에서 괴외라는 이름은 옛날부터 아예 들은 적도 없다는 태연스런 얼굴로 일했다.

해가 뜨나 해가 지나 황하의 물만 보며 지낸 10여 년 세월에 변덕스럽고 제멋대로였던 흰 얼굴의 귀공자는 어느새 쓴맛 단맛을 다 보아 각박하고 삐뚤어진 중년의 남자가 되었다.

황량한 삶 속에서 단지 하나의 위안은 아들인 공자 질疾이었다.

현재의 위후 첩에게는 이복동생이지만, 괴외가 척 땅에 들자 곧바로 어머니와 함께 부친을 찾아와 함께 살게 되었다. 뜻을 이루게 된다면 반드시 이 아이를 태자로 삼겠다고 괴외는 굳게 결심했다. 아들 말고도 또 하나, 그는 일종의 자포자기적인 열정의 분출구를 투계에서 찾았다. 사행심이나 가학성의 만족을 구하는 것 외로, 늠름한 수탉의 모습에 대한 미적 탐닉이기도 했다. 별로 풍족하지 않은 생활속에서 막대한 비용을 들여 당당한 닭장을 만들어 아름답고 강한 닭들을 키웠다.

공숙어가 죽은 후, 미망인이자 괴외의 누나인 백희伯姬가 아들 회悝를 실권 없는 지위에 올리고 권력을 휘두르기 시작하면서, 이윽고 위나라 도읍의 공기는 망명 태자에게 유리하게 호전되었다. 백희의 정부情夫인 혼양부渾良夫라는 사람이 사자가 되어 자주 도읍과 척읍 사이를 왕복했다. 태자는 양부에게, 뜻을 이룬 후에는 곧 대부로 임명하고 죽을죄에 해당하는 벌도 세 번까지는 용서하겠다고 약속하고, 그를 앞잡이로 삼아 빈틈없는 계략을 짰다.

주나라 경왕敬王 40년 음력 12월 모일, 괴외는 양부의 인도로 도읍에 들어갔다. 초저녁에 여장을 하고 공씨 저택에 잠입, 누나 백희 및 혼양부와 함께 공가孔家의 당주이며 위나라 상경인 조카 공회孔悝(백희의 아들)를 협박하여 제 편으로 만든 후 쿠데타를 단행했다. 아들 위후는 즉각 도망하니 부친인 태자가 자리에 올랐다. 즉 위나라 장공莊公이다. 남자南子에게 쫓겨 나라를 나온 후 실로 17년 만이었다.

장공이 즉위하고 우선 실행하고자 한 것은 외교의 조정도 내치의 진흥도 아니었다. 그것은 실로 허비된 자기 과거에 대한 보상이었다. 혹은 과거에 대한 복수였다. 불우한 시대에 얻지 못했던 쾌락은 이제 성급하게 또한 충분히 채워져야 했다. 불우 시대에 비참하게 굴복했던 자존심은 이제 거만하게 부풀어 올라야 했다. 불우 시대에 자기를 학대한 자에게는 극형을, 자기를 경멸한 자에게는 상당한 징계를, 자기에게 동정을 보이지 않은 자에게는 냉대를 주어야 했다.

망명의 원인이었던 선군의 부인 남자가 작년에 사망한 것은 최대의 통한이었다. 그 요부를 체포해 모든 치욕을 가한 후에 극형에 처하는 것이 망명 시대의 가장 즐거운 꿈이었다. 과거 자신에 대해 무관심하던 중신들을 향해 그는 말했다. 나는 오랫동안 유랑의 쓴맛을 보며 살았다. 어떤가. 너희도 때로는 그런 경험이 약이 될 것이다. 이 한마디에 곧 국외로 달아난 대부가 두셋에 그치지 않았다.

누나 백희와 조카 공회에게는 원래 크게 보답할 셈이었으나, 어느 밤 연회에 초대하여 크게 취하게 한 후 부하에게 명해 두 사람을 마차에 태워 그대로 국외로 떠나보냈다. 위후가 된 이후의 최초 1년은 정말로 신들린 듯한 복수의 세월이었다. 허무하게 유랑 중에 잃어버린 청춘을 보상받기 위해 도성 밖의 미녀들을 찾아내 후궁에 들인 것은 굳이 부가할 것도 없다.

예전부터 생각한 대로, 자신과 망명의 고생을 함께한 공자 질을 즉시 태자로 삼았다. 아직 그저 소년이라고 생각했으나 어느새 당당한 청년의 모습을 갖추었으며, 게다가 어릴 때부터 불우한 처지에서 남의 눈치만 보고 산 탓인지 나이에 어울리지 않는 섬뜩한 각박함을 언뜻 비치곤 했다. 어릴 때의 과한 사랑의 결과가, 아들의 불손과 아버지의 양보라는 형태로 지금까지 남아 있어, 아버지는 자식 앞에서만은 남들이 도저히 이해 불가한 약한 마음을 보였다. 태자 질과 대부에 오른 혼양부만이 장공의 심복이라 할 수 있었다.

어느 밤 장공은 혼양부에게, 전 위후 첩이 도망할 때 나라 대대의 보물을 죄다 갖고 갔는데 어떻게 되찾을지 상의했다. 양부는 촛불을 든 시종을 물러나게 하더니 손수 촛불을 들고 공에게 다가가 낮은 소리로 말했다. 망명한 전 위후도 현 태자도 똑같이 주군의 아들이며, 아버지인 주군에 앞서 먼저 자리에 오른 것도 모두 자신의 본심에서 한 일은 아니다. 아예 이때 전 위후를 불러서 현 태자와 능력을 비교해보고 뛰어난 쪽을 다시 태자로 정하면 어떠한지? 만약 능력이 없다면 그때는 보물만 빼앗으면 될 터⋯⋯.

그 방의 어딘가에 탐정이 숨어 있었는지, 신중하게 사람을 물리친 후에 나눈 밀담이 그대로 태자의 귀로 들어갔다.

다음 날 아침, 안색이 변한 태자 질은 칼을 든 다섯 명의 무사를 이끌고 부친의 방에 침입했다. 태자의 무례를 질타할 생각도 못 하고 장공은 그저 창백한 얼굴로 전율할 뿐이었다. 태자는 종자들에게 들려 온 수퇘지를 죽여 부친에게 맹세케 함으로써 태자로서의 자기 위치를 보증받은 후, 혼양부 같은 간신은 곧바로 주살해야 한다고 압박했다. 그 남자에게는 세 번까지 죽을죄를 면해준다는 약속을 했다고 공이 말했다. 그렇다면, 하고 태자는 아버지를 협박하듯이 다짐을 했다. 네 번째의 죄가 있는 경우에는 틀림없이 주륙하시겠습니까? 완전히 기세에 압도당한 장공은 순순히 그렇다고 대답할 수밖에 없었다.

다음 해 봄, 장공은 교외의 유람지 적포籍圃에 정자를 세우고 담과 기구 및 휘장류를 모두 호랑이 모양 일식으로 장식했다. 낙성식 당일, 공은 화려한 연회를 열고 위나라 명사들은 화려한 의복을 입고 모두 이곳에 모였다. 혼양부는 원래 귀인의 시중을 들던 시동 출신으로 멋쟁이 남자였다. 이날 그는 보라색 옷에 여우 가죽을 걸치고, 수말 두 마리가 이끄는 화려한 수레를 몰고 연회로 향했다.

상하를 가리지 않고 자유롭게 즐기는 주연이므로 칼을 그대로 찬 채 식탁에 앉아서 식사하다가 도중에 더워졌기에 가죽옷을 벗었다. 이 모습을 본 태자는 갑자기 양부에게 달려들어 먹살을 쥐고 끌어낸 후, 칼날을 코끝에 대고 질책했다. 주군의 총애를 믿고 무례하게 행동하는 것에도 정도가 있다. 주군을 대신하여 이 자리에서 너를 주살하겠다.

완력에 자신이 없는 양부는 군이 저항도 하지 않고 장공을 향해 애원의 시선을 보내며 외쳤다. 과거 주군께서는 죽을죄 세 건까지 면해준다고 약속하셨다. 그렇다면 가령 지금 내게 죄가 있다고 해도 태자는 칼날을 들이댈 수가 없을 터이다.

세 건이라고? 그렇다면 너의 죄를 알려주지. 너는 오늘 주군의 옷인 보라색 옷을 걸쳤다. 죄 하나. 천자 직속 상경이 타는 수말 두 필의 수레에 탔다. 죄 둘. 주군 앞에서 가죽옷을 벗고 칼을 풀지 않은 채 식사를 했다. 죄 셋.

그것만으로 꼭 세 건. 양부는 필사적으로 버둥거리면서, 태자는 아직 자신을 죽이지 못한다고 외쳤다.

아니다. 또 있다. 잊었는가. 전날 밤, 너는 주군에게 뭐라고 말했던가. 부자를 이간하려는 간신 놈!

양부의 얼굴이 종잇장처럼 하얗게 질렸다.

이래서 너의 죄는 넷이다. 이 말이 끝나자마자 양부의 목이 뎅강 앞으로 떨어져, 검은 바탕에 금색으로 맹호를 수놓은 장막에 선혈이 촤악 뿌려졌다.

장공은 새파랗게 질린 얼굴로 잠자코 아들이 하는 행동을 보고만 있었다.

진나라 조간자로부터 장공에게 사자가 왔다. 위후의 망명 시절, 미흡하나마 도움을 주었는데 귀국 후 전혀 소식이 없다. 본인에게 사정이 있다면 태자라도 보내어 진후陳侯에게 인사를 올려주면 고맙겠다는 말이었다.

꽤 위압적인 이 글에 장공은 또다시 자신의 비참한 과거가 떠올라 적잖게 자존심이 상했다. 국내에 아직 분쟁이 끊이지 않으므로 지금 당분간 유예하였으면 한다, 라고 우선 사자에게 말을 전하게 했으나, 그 사자와 엇갈려서 위나라 태자의 밀사가 진나라에 도착했다. 부친 위후의 답변은 단순히 둘러대는 말로, 실은 이전에 신세를 졌던 진국을 대하기 거북하여 고의로 지연하는 것이므로 속지 말라는 전언이었다.

하루라도 빨리 부친 자리에 오르고 싶어 꾸민 책모라는 것을 뻔히 아는 조간자는 다소 불쾌했으나, 한편으로 위후의 망은忘恩 또한 반드시 혼내야겠다고 생각했다.

그해 가을의 어느 밤, 장공은 이상한 꿈을 꾸었다.

황량한 광야에 처마가 기울어진 오래된 누각이 하나 솟아 있고, 그곳에 한 남자가 올라가 머리를 산발하고 외치고 있었다. "보인다, 보여. 호박, 온통 호박이다." 본 기억이 있는 곳이라고 생각했는데, 그곳은 옛날 곤오昆吾씨의 성터로 과연 여기저기에 호박뿐이었다. 작은 호박을 이렇게 크게 키운 것은 누구인가. 비참한 망명자를 위세 있는 위후로 만들고 지킨 것은 누구인가. 누각 위에서 미치광이처럼 발을 구르며 신음하는 그 남자의 목소리도 어딘가 귀에 익숙하다. 앗! 알 듯하여 귀를 기울이니 이번에는 매우 또렷이 들렸다. "나는 혼양부다. 내게 무슨 죄가 있는가! 내게 무슨 죄가 있는가!"

장공은 온몸에 식은땀을 흘리며 눈을 떴다. 불쾌한 기분이었다. 불쾌함을 쫓으려고 방 밖으로 나가보았다. 늦은 달이 들판의 끝에서 올라오는 참이었다. 적동색에 가까운, 붉고 흐린 달이었다. 공은 불길한 것을 본 듯하여 눈썹을 찌푸리고 다시 방에 들어가 걱정스러운 마음에 등불 밑에서 직접 점대를 잡았다.

다음 날 아침, 점술가를 불러 점괘를 판독케 했다. 점술가는 '무해無害'라고 했다. 공은 기뻐하여 상으로 영지를 주기로 했으나, 점술가는 공의 앞을 물러나자마자 황급히 국외로 도망쳤다. 나타난 대로의 점괘를 그대로 전하면 노여움을 살 것이 뻔하니 일단 거짓말로 공의 앞을 모면한 후에 당장 도망친 것이었다.

공은 다시 점을 쳤다. 그 점괘의 풀이를 보자면 "물고기가 지치고 병들어 붉은 꼬리를 끌며 강에 드러누워, 강가를 헤매는 것과 같다. 대국 이를 멸하게 하니 바로 망한다. 성문과 수문을 닫으니 이내 뒤로 넘어간다"라는 것이었다. 대국이라 함은 진국이리라는 점은 알겠지만, 그 밖의 의미는 분명하지 않았다. 어쨌든 위후의 앞길이 어둡다는 것만은 확실하다고 생각되었다.

세월이 얼마 남지 않았다는 것을 자각한 장공은 진나라의 압박과 태자의 전횡에 대해 확고한 조치를 강구하는 대신, 어두운 예언이 실현되기 전에 조금이라도 더 많은 쾌락을 탐하고자 안달할 뿐이었다. 대규모의 공사가 연이어 일어나 과격한 노동이 강제되니, 석장石匠과 공장工匠 등의 원성이 항간에 가득 찼다.

한때 잊었던 투계에 대한 탐닉도 다시 시작됐다. 숨어 지내던 시대와는 달리 이번에야말로 마음껏 호기롭게 이 즐거움에 빠질 수 있었다. 돈과 권세로 인해 국내외에서 뛰어난 수탉이 모두 모였다. 특히 노나라 귀족으로부터 구매한 한 마리는 깃털이 금과 같고 발톱은 쇠와 같으며 크고 멋진 볏과 높이 솟은 꼬리까지, 정말로 드물게 보는 귀한 닭이었다. 후궁에게 가지 않는 날은 있어도, 털을 세우고 싸우는 닭의 모습을 보지 않는 날은 없었다.

어느 날, 성루에서 거리를 내려다보니 매우 번잡하고 누추한 한 구역이 눈에 들어왔다. 근신에게 물으니 융인戎人 부락이라고 했다. 융인이라 함은 서방 변두리 민족의 피를 이은 이민족이다.

장공은 눈에 거슬리니 없애라고 명하고, 성문 밖 10리의 땅으로 쫓아내게 했다. 아기는 업고 노인은 끌며 가재도구를 수레에 실은 천민들이 계속 성문 밖으로 나갔다. 관리에게 쫓기어 당황스럽게 헤매는 모습이 성루 위에서도 잘 보였다.

추방되는 군중 속에 한 사람, 머리칼이 매우 아름답고 숱 많은 여자가 있는 것을 장공은 발견했다. 곧바로 사람을 보내 그녀를 데려오게 했다. 융인 기己씨라는 자의 부인이었다. 얼굴은 아름답지 않으나, 머리칼은 정말로 빛이 날 정도로 아름다웠다. 공은 시종에게 명해 그녀의 머리털을 송두리째 잘라내게 했다. 총애하는 어느 후궁에게 덧머리를 만들어주려 한 것이었다.

까까중이 되어 돌아온 아내를 보자 남편 기씨는 곧바로 장옷을 씌우고, 아직 성루 위에 서 있는 위후를 노려보았다. 관리에게 채찍을 맞아도 쉽사리 자리를 뜨려고 하지 않았다.

겨울, 서방으로부터 침입해 온 진나라에 호응하여 대부 석포石圃라는 자가 군사를 일으키고 위나라 궁궐을 습격했다. 위후가 자기를 제거하려는 것을 알고 선수를 친 것이다. 일설에는 태자 질과 공모한 것이라고도 한다.

장공은 성문을 모두 닫고 스스로 성루에 올라 반란군을 설득하고
자 화의의 조건을 여러 가지 제시했으나, 석포는 전혀 응하려 하지
않았다. 할 수 없이 소수의 병사로 방어를 하는 가운데 밤이 되었다.

달이 나오지 않은 어둠을 틈타 도망가야 했다. 공자와 측신 등의
소수를 데리고, 총애하는 수탉은 자신이 품은 채 공은 후문을 넘었
다. 익숙하지 않아 발을 헛딛고 떨어져서 다리를 약간 삐었다. 처치
할 틈도 없었다. 측신의 부축을 받으면서 새카만 광야를 서둘러 갔
다. 어쨌든 새벽녘까지 국경을 넘어 송나라 땅으로 들어가려 했다.

꽤 걸었을 무렵, 돌연 하늘이 들판의 어둠에서 벗어나 쑤욱 하고
약간 노랗게 떠오르는 것 같았다. 달이 나온 것이다. 언젠가 꿈에서
깨어나 궁전의 노대에서 본 것과 똑같이 적동색으로 흐린 달이다.
불길하다고 장공이 생각한 순간, 좌우의 숲 여기저기에서 검은 형체
의 사람들이 나타나 습격해 왔다. 강도인가, 아니면 추격군인가. 생
각할 틈도 없이 격심하게 싸웠다. 공자들도 측신들도 대부분 쓰러
졌다. 그래도 공은 혼자 풀밭을 기어서 달아났다. 서지 못했기 때문
에 오히려 보이지 않았던 것이리라.

문득 정신을 차리고 보니 공은 아직 닭을 꼭 품고 있었다. 아까부
터 우는 소리 하나 내지 않은 것은 이미 죽었기 때문이다. 그래도 버
릴 마음이 나지 않아 죽은 닭을 한 손에 들고 기어서 갔다.

들판 한구석에 이상하게도 집들이 모인 마을이 보였다. 공은 이
윽고 그곳까지 도달해, 숨이 끊어질 듯한 모습으로 첫 번째 집에 기

어 들어갔다. 부축을 받고 내어준 물을 한 잔 다 마시자, "드디어 왔구나!" 하는 큰 소리가 들렸다. 놀라서 눈을 들어 보니, 이 집의 주인 같은, 붉은 얼굴에 뻐드렁니의 남자가 가만히 이쪽을 바라보고 있다. 전혀 기억이 없다.

"본 적이 없다고? 그렇겠지. 하지만 이 얼굴은 기억하겠지?"

남자는 방구석에 웅크리고 있는 한 여자를 불렀다. 그녀의 얼굴을 어두컴컴한 등불 아래에서 봤을 때, 공은 무의식중에 닭의 사체를 떨어뜨리고 거의 쓰러질 뻔했다. 장옷으로 얼굴을 가린 그녀는 틀림없이 후궁의 덧머리를 위해 머리칼을 빼앗긴 기씨의 아내였다.

"용서해라." 공은 쉰 목소리로 말했다. "용서하게."

공은 떨리는 손으로 몸에 지닌 옥구슬을 떼어 기씨 앞에 내밀었다.

"이것을 줄 터이니 모쪼록 봐주게."

기씨는 칼집에서 칼을 빼 들고 다가오면서 싱긋 웃었다.

"너를 죽인다고 옥구슬이 어디로 사라지기라도 한단 말이냐?"

이것이 위후 괴외의 최후였다.

주

1 영허 : 차고 빔. 성쇠(盛衰).

명인 名人傳
전

조趙나라 도읍 한단邯鄲에 사는 기창紀昌이라는 남자가 천하제일 궁술의 명인이 되겠다는 뜻을 세웠다. 그래서 스승으로 모실 인물을 물색했는데, 현재 궁술에 관해서는 명수 비위飛衛에 미치는 자가 없으리라고 생각했다. 백 보 떨어져서 버들잎을 백발백중으로 맞히는 달인이라고 했다. 기창은 멀리 비위를 찾아가 제자가 되었다.

비위는 신입 문하생에게 우선 눈을 깜박이지 않는 것부터 익히라고 명했다. 집에 돌아간 기창은 아내의 베틀 밑에 기어 들어가 드러누웠다. 눈 바로 앞에서 베틀신끈이 바쁘게 위아래로 움직이는 것을 가만히 깜박이지 않고 바라보고 있을 셈이었다.

영문을 모르는 아내는 매우 놀랐다. 그렇지 않아도 묘한 자세인데 남편이 묘한 각도로 들여다보는 것은 싫다고 했다. 기창은 꺼리는 아내를 꾸짖고 억지로 베를 계속 짜게 했다. 다음 날도 그다음 날도 그는 이상한 자세로 눈을 깜빡이지 않는 수련을 거듭했다.

2년 후에는 분주히 왕래하는 베틀신끈이 눈썹을 스쳐도 깜박이지 않게 되었다. 그제야 그는 베틀 밑에서 기어 나왔다. 이미 예리한 송곳 끝으로 눈을 찔려도 깜박이지 않을 정도가 되었다. 어디서 갑자기 불꽃이 눈앞으로 날아오더라도, 눈앞에 돌연 재티가 날아와도 그는 결코 눈을 깜박이지 않았다. 그의 눈꺼풀은 이미 눈을 덮는 근육의 사용법을 잊어버려, 밤에 잘 때도 기창은 눈을 빤히 뜨고 잤다. 결국에는 그의 속눈썹과 겉눈썹 사이에 작은 거미가 줄을 치기에 이르렀으니, 그는 이윽고 자신을 얻어 스승 비위에게 이를 알렸다.

그것을 듣고 비위는 말했다. 눈을 깜박이지 않는 것만으로는 아직 궁술을 가르치기에 이르다. 다음으로는 보는 것을 익히도록 하라. 보는 것에 익숙해져서 작은 것이 크게, 희미한 것이 또렷이 보이게 된다면, 그때 다시 내게 알리도록 하라.

기창은 다시 집에 돌아가, 속옷 솔기에서 이를 한 마리 찾아내 자기 머리털을 뽑아 묶었다. 그리고 그것을 남향 창에 걸고 종일 노려보며 지내기로 했다. 매일매일 그는 창에 매달린 이를 노려보았다. 처음에 물론 그것은 한 마리의 이에 불과했다. 2, 3일 지나도 여전히 이였다. 그런데 열흘쯤 지나자, 느낌 탓인가, 어쨌든 그것이 아주 작으면서도 크게 보이는 것 같았다. 석 달째에는 또렷하게 누에 정도의 크기로 보이기 시작했다. 이가 매달린 창 바깥의 풍경은 점차 바뀌었다. 환히 빛나던 봄 햇볕은 어느새 뜨거운 여름 햇볕으로 바뀌고, 맑은 가을 하늘에 기러기가 높이 날아가는가 싶더니, 어느덧 차가운 회색빛 하늘에서 진눈깨비가 떨어지기 시작했다.

기창은 끈기 있게 머리털 끝에 매달린 유문류有吻類 최양성催痒性의 소절족동물小節足動物[1]을 계속 바라보았다. 그 이도 몇십 마리나 바뀌는 가운데, 어느덧 3년의 세월이 흘렀다.

어느 날 문득 바라보니, 창문의 이가 말처럼 크게 보이기 시작했다. 됐다! 하고 기창은 무릎을 치고 밖으로 나갔다. 그는 자신의 눈을 의심했다. 사람은 높은 탑처럼 보였다. 말은 산처럼 보였다. 돼지는 언덕 같고, 꿩은 성루로 보였다. 기뻐 날뛰며 집으로 돌아온 기창은 다시 창가의 이를 마주하고, 연각燕角〔연나라 짐승 뿔〕의 활에 삭봉朔蓬〔북방의 쑥〕의 화살대를 시위에 메기고 쏘니, 화살은 멋지게 이의 심장을 뚫었다. 더 나아가 이를 묶은 머리털조차 끊지 않았다.

기창은 곧바로 스승을 찾아가 보고했다. 비위는 기쁨에 발을 구르고 가슴을 치며 비로소 "해냈구나!" 하고 칭찬했다. 그리고 곧 궁술의 비법을 남김없이 기창에게 가르치기 시작했다.

눈의 기초 훈련에 5년이나 걸린 보람이 있어 기창의 실력이 느는 속도는 놀랄 만큼 빨랐다.

비법의 전수가 시작되고 나서 열흘 후, 시험 삼아 기창이 백 보 떨어져서 버들잎을 쏘자 백발백중이었다. 20일 후, 물을 가득 채운 잔을 왼쪽 팔뚝 위에 놓고 활을 당기자, 겨냥에 틀림이 없는 것은 물론 잔 안의 물은 미동도 하지 않았다. 한 달 후, 백 개의 화살을 가지고 속사를 시도한바, 제1시矢가 과녁에 명중하면 이어서 날아온 제2시가 제1시의 꽁무니에 꽂히고, 다시 간발의 차 없이 제3시의 화살촉이 제2시의 꽁무니에 꽂혔다. 화살은 계속 쏠 때마다 뒤 화살의 화살촉이 반드시 앞 화살의 꽁무니에 꽂히므로, 한 번도 땅에 떨어지지 않았다. 순식간에 백 개의 화살은 하나처럼 연결되어, 과녁에서 일직선으로 연결된 마지막 꽁무니는 아직 시위에 메겨진 것처럼 팽팽했다. 옆에서 지켜보던 스승 비위도 불현듯 "훌륭하도다!"라고 말했다.

두 달이 지난 어느 날, 집에 돌아와 아내와 말싸움을 한 기창이 아내를 겁주려고 오호烏號[명궁(名弓)]의 활에 기위綦衛[화살용 대나무 명산지]의 화살을 메기고 팽팽히 당겨 아내의 눈을 쏘았다. 화살은 아내의 눈썹 세 가닥을 자르고 저쪽으로 날아갔으나, 아내는 전혀 눈치채지 못해 눈도 깜박이지 않고 남편에게 계속 잔소리를 퍼부었다. 확실히 극치의 기예에 의한 화살의 속도와 겨냥의 정묘함은 실로 이런 영역에까지 이르렀던 것이다.

이제 스승에게 더 배울 것이 없어진 기창은 어느 날 문득 좋지 않은 생각을 품었다. 그가 그때 혼자 곰곰이 생각하기를, 지금 활로써 나와 대적할 자는 스승 비위밖에 없다. 천하제일의 명인이 되기 위해서는 아무래도 비위를 제거해야 한다.

은밀히 기회를 엿보던 가운데, 어느 날 우연히 들판 저쪽에서 혼자 걸어오는 비위를 보았다. 갑자기 결심한 기창이 화살을 들어 시위에 메기자, 그 낌새를 눈치챈 비위도 활을 잡고 대응했다. 두 사람이 동시에 쏘니, 화살은 그때마다 길 한가운데에서 맞부딪쳐 둘 다

땅에 떨어졌다. 땅에 떨어진 화살이 먼지도 일으키지 않은 것은 두 사람의 기예가 모두 신의 경지에 들었기 때문이리라. 이제 비위의 화살이 다 떨어졌을 때, 기창은 아직 하나를 남기고 있었다. 기회다! 하고 기세 좋게 기창이 화살을 날리자, 비위는 순식간에 옆에 있는 찔레 줄기를 꺾어서 그 가시 끝으로 팍! 화살촉을 쳐서 떨어뜨렸다.

끝내 소원을 성취하지 못한 것을 깨달은 기창의 마음에는, 성공했다면 결코 생기지 않았을 도의적 수치감이 홀연히 솟아났다. 비위는 또한 위기를 벗어난 안도와 자신의 기량에 대한 만족이 적에 대한 미움을 완전히 잊게 하였다. 두 사람은 서로 다가가 들판 한가운데에서 껴안고 아름다운 사제애師弟愛의 눈물을 줄줄 흘렸다. (이러한 일을 오늘의 도덕관으로 보는 것은 맞지 않다. 미식가인 제나라 환공이 아직 맛보지 않은 진미를 구할 때, 주방장 역아는 자기 아들을 쪄서 진상했다. 열여섯의 소년 진시황은 부친이 죽은 그날 밤에 부친의 애첩을 여러 번 덮쳤다. 모두 그와 같은 시대의 이야기다.)

눈물을 흘리며 서로 껴안으면서도, 비위는 다시 제자가 이러한 음모를 품게 되는 것은 매우 위험하다고 여기고, 기창에게 새로운 목표를 주어 그 마음을 돌릴 수밖에 없다고 생각했다. 그는 이 위험한 제자에게 말했다. 이미 전할 것은 모두 전했다. 네가 이 이상 이 길의 최고 경지에 오르고 싶다면, 서쪽의 험한 태항산太行山을 지나 곽산霍山의 꼭대기에 올라라. 그곳에는 감승 노사甘蠅老師라고 하는, 고금에 따를 자가 없는 이 분야의 대가가 있을 터이다. 노사의 기예에 비교하면, 우리의 궁술은 거의 아이들 장난과 같다. 네가 지금 스승으로 의지할 분은 감승 스승밖에 없을 것이다.

기창은 곧 서쪽으로 여행을 떠났다. 그 사람 앞에서 우리의 기예 같은 것은 아이들 장난과 같다고 말한 스승의 말이 그의 자존심을 건드렸다. 만약 그 말이 정말이라면, 천하제일을 목표로 하는 그의 소원도 아직 앞길이 멀다. 자신의 기량이 아이들 장난에 속하는 정도인지, 어쨌든 빨리 그 사람을 만나 기량을 겨뤄보겠다고 안달하면서 그는 오로지 길을 서둘러 갔다. 발바닥이 갈라지고 정강이에 상처를 입으며 험한 바위를 오르고 벼랑길을 건너, 이윽고 한 달 후에 그는 목표한 산 정상에 이르렀다.

의욕에 넘친 기창을 맞이한 자는 양 같은 온화한 눈의, 그러나 매우 늙어 기운 없는 노인이었다. 나이는 백 살을 넘은 듯했다. 등이 굽은 탓도 있어서 백발은 걸을 때도 땅에 끌렸다.

상대가 귀가 먹었을지도 모른다고 생각해, 기창은 큰 소리로 황급하게 찾아온 뜻을 고했다. 자신의 기량이 어떤지 보아주었으면 한다고 말하자마자, 성급한 그는 상대의 답변을 기다리지도 않고, 느닷없이 등에 멘 양간마근楊幹麻筋〔갯버들 줄기에 마사를 감은 강궁〕의 활을 벗겨 손에 잡았다. 그리고 석갈石碣 화살〔비석도 뚫을 수 있다는 명화살〕을 메기고는 마침 하늘 높이 날아가던 철새 떼를 겨냥했다. 시위를 놓자 한 발에 곧 다섯 마리의 큰 새가 선명하게 창공을 가르고 떨어졌다.

꽤 하는 것 같군, 하고 노인이 온화한 미소를 지으며 말했다. 그러나 그것은 어차피 사지사射之射〔화살을 쏘아 표적을 쓰러뜨리는 것〕, 그대는 아직 불사지사不射之射〔화살을 쏘지 않고 표적을 쓰러뜨리는 것〕를 모르는 것

같도다.

이 말에 흥분하는 기창을 데리고 노은자老隱者는 그곳에서 백 보 정도 떨어진 절벽 위로 갔다. 발아래는 문자 그대로 병풍같이 천 길이나 되는 절벽, 바로 아래에는 까마득하게 실처럼 가느다란 계곡물이 살짝 보일 뿐, 현기증이 날 정도의 높이다. 그 절벽에서 공중으로 반쯤 튀어나온 위험한 바위 위로 노인은 척척 뛰어오르더니, 되돌아서서 기창에게 말했다. 어떤가. 이 바위 위에서 아까의 솜씨를 다시 한 번 보여주지 않겠는가.

지금 와서 물러날 수도 없다. 노인과 교대하여 기창이 그 바위에 올랐을 때, 바위가 갑자기 살짝 흔들렸다. 억지로 마음을 다잡고 화살을 메기려고 하자, 마침 그때 절벽 끝에서 작은 돌 하나가 굴러떨어졌다. 그 행방을 눈으로 좇았을 때, 불현듯 기창은 바위 위에 엎드렸다. 다리는 덜덜 떨리고, 땀은 발꿈치까지 흘러내렸다.

노인이 웃으면서 손을 내밀어 그를 바위에서 내려주고 자신이 대신 오르더니, 그럼 사射를 보여줄까, 라고 말했다. 아직 두근거리는 가슴이 가라앉지 않아 창백한 얼굴이었지만, 기창은 곧 정신을 차리고 말했다. 그렇지만 활은 어떻게 하죠? 화살은? 노인은 맨손이었던 것이다. 활? 하고 노인은 웃었다. 활과 화살이 필요한 동안은 아직 사지사射之射다. 불사지사不射之射에는 오칠烏漆 활(검은 옻을 바른 활)도 숙신肅慎의 화살(길림성 이민족 숙신의 특산품)도 필요 없다네.

마침 그때 그들의 바로 위, 하늘 아주 높은 곳에 솔개 한 마리가 유유히 원을 그리며 날아갔다. 깨알처럼 작게 보이는 모습을 한동안 올려다보던 감승이 이윽고 보이지 않는 화살을 무형의 활에 메기고 만월처럼 당겨 휙 날리니, 보라, 솔개는 날갯짓도 하지 못하고 하늘에서 돌처럼 떨어지는 것이 아닌가.

기창은 소름이 끼쳤다. 지금이야말로 비로소 예도藝道의 심연을 엿본 듯한 심정이었다.

9년간 기창은 노명인의 밑에서 지냈다. 그동안 어떠한 수업을 쌓았는지는 아무도 몰랐다.

9년이 지나 산에서 내려왔을 때, 사람들은 기창의 얼굴 생김새가 달라진 것을 보고 놀랐다. 예전의 지기 싫어하던 사나운 얼굴은 어디에도 모습이 보이지 않고, 아무런 표정도 없이 목우木偶〔나무 인형〕처럼 바보같이 용모가 바뀌었다. 오랜만에 옛 스승 비위를 방문했을 때, 그러나 비위는 이 얼굴을 한번 보고 감탄하여 외쳤다. 이것으로 비로소 천하의 명인이다. 나 같은 것은 발밑에도 이르지 못한다.

한단 도읍에서는 천하제일의 명인이 되어 돌아온 기창을 맞이하여, 곧 눈앞에 보게 될 것이 틀림없는 그의 묘기에 대한 기대가 끓어올랐다.

그런데 기창은 전혀 그 요망에 부응하려 하지 않았다. 아니, 활조차 전혀 손에 잡으려 하지 않았다. 산에 들어갈 때 가져간 양간마근의 활도 어딘가에 버리고 온 모습이었다. 이유를 물은 한 사람에게 기창은 심드렁하게 말했다.

"최상의 행위는 행위를 하지 않는 것이요, 최상의 말은 말을 하지 않는 것이며, 최상의 쏨은 쏘지 않는 것이다(至爲無爲 至言去言 至射無射)."

과연 그렇군, 하고 지극히 이해심 많은 한단의 인사들은 곧 수긍했다. 활을 잡지 않는 활의 명인은 그들의 자랑거리가 되었다. 기창이 활에 손을 대지 않으면 않을수록 그의 무적의 평판은 더욱 널리 퍼졌다.

이런저런 소문이 사람들의 입에서 입으로 전달되었다. 매일 밤 삼경이 지날 때, 기창의 집 옥상에서 누가 그러는지 모르는 활시위 소리가 났다. 명인 안에 깃든 궁도의 신이 주인공이 자는 사이에 몸에서 빠져나와, 마귀를 쫓기 위해 철야 수호에 임하는 것이라고 했다.

그의 집 가까이에 사는 한 상인은 어느 밤 기창의 집 상공에서 구름을 탄 기창이 오랜만에 활을 손에 들고, 옛날의 명인 예羿와 양유기養由基 두 사람을 상대로 솜씨를 겨루고 있는 것을 분명히 보았다고 했다. 그때 세 명인이 쏜 화살은 각각 밤하늘에 창백한 빛줄기를 끌면서 삼수參宿〔오리온자리〕와 천랑성天狼星 사이로 사라졌다고 했다.

어느 도둑은 기창의 집에 살며시 들어가려고 담에 다리를 걸친 순간, 한줄기의 살기가 집안에서 획 날아와 정면으로 이마를 쳤기 때문에 밖으로 떨어졌다고 자백했다.

그 후로 악한 마음을 품은 자들은 그의 집에서 1리 사방을 피하여 먼 길로 돌아갔으며, 현명한 철새들은 집 위의 상공을 지나지 않게 되었다.

구름처럼 피어오르는 명성 속에서 명인 기창은 점차 늙어갔다. 이미 일찍이 사射를 떠난 그의 마음은 고담허정枯淡虛靜, 곧 모든 집착을 떠나 고요한 상태의 경지로 들어간 듯했다. 목우木偶 같은 얼굴은 더욱 표정을 잃고, 말하는 것도 드물어지고, 결국에는 호흡의 여부조차 의심되기에 이르렀다. "이미 나와 그의 차이, 시是와 비非의 구분을 모른다. 눈은 귀처럼, 귀는 코처럼, 코는 입처럼 생각된다"라는 것이 노명인 만년의 술회였다.

감승 스승의 밑을 떠난 지 40년, 기창은 조용히, 실로 연기처럼 조용히 세상을 떠났다. 그 40년간 그는 결코 사射를 입에 올린 적이 없었다. 입에도 올리지 않았을 정도이니, 활과 화살을 든 활동이 있었을 리가 없다. 물론 우화의 작자로서는 여기서 노명인에게 최후의 대활약을 하게 하여 명인이 실로 명인이고자 함을 밝히고 싶은 마음이 크지만, 또 한편으로 아무래도 고서에 기록된 사실을 왜곡할 수는 없다. 실제로 노후의 그에 관해서는 단지 무위로 돌아갔다는 것뿐으로, 다음과 같은 묘한 이야기 이외에는 무엇 하나 전해지지 않는다.

그 이야기라고 하는 것은 그가 죽기 한두 해 전의 일이라고 한다. 어느 날 늙은 기창이 지인 집에 초청되어 갔는데, 그 집에서 하나의 도구를 보았다. 확실히 본 적이 있는 도구지만 아무래도 명칭이 떠오르지 않으며 용도도 잘 생각이 나지 않았다. 노인은 그 집의 주인에게 물었다. 저것은 무엇이라 부르는 물건이고, 또 무엇에 사용하는 것인가. 주인은 손님이 농담한다고 생각해, 빙긋이 능청스런 웃음을 띠었다. 늙은 기창은 진지하게 다시 물었다. 그래도 상대는 애매한 웃음을 띠고 손님의 마음을 잘 헤아리지 못하는 모습이었다.

세 번째로 기창이 진지한 얼굴을 하고 같은 질문을 거듭했을 때, 비로소 주인의 얼굴에 경악의 빛이 나타났다.

그는 손님의 눈을 가만히 바라보았다. 상대가 농담하는 게 아니고, 정신이 이상한 게 아니며, 또 자신이 잘못 들은 게 아니라는 것을 확인하자, 그는 거의 공포에 가까운 낭패감을 보이며 더듬거리면서 외쳤다.

"아아, 당신이, 고금무쌍 궁술의 명인인 당신이 활을 잊어버렸단 말인가. 아아, 활이라는 이름도, 사용법도!"

그 후 한단에서는 한동안 화가는 붓을 감추고, 악사는 거문고의 줄을 끊고, 목수는 잣대를 손에 드는 것을 부끄럽게 여겼다고 한다.

주

1 유문류 최양성… : 입이 있고(有吻類), 가려움을 초래하는(催痒性), 속에 뼈가 없이 여러 개의 환절로 마디가 있는 발이 달린 동물(小節足動物).

우
인 ^牛^人

노나라 숙손표叔孫豹가 아직 젊었을 때, 난을 피해 잠시 제나라로
도망간 적이 있었다. 노나라 북쪽 끝의 강종康宗 땅을 지나가다 어떤
미녀를 만났다. 곧바로 사랑에 빠져 하룻밤을 같이 지내고, 다음 날
아침 헤어져 제나라로 들어갔다. 제나라에서 자리를 잡고 대부 국國
씨의 딸과 결혼하여 두 아이를 낳기에 이르렀으니, 과거 길가에서의
하룻밤 풋사랑은 까마득하게 잊고 말았다.

어느 밤, 꿈을 꾸었다. 사방의 공기가 답답하게 누르는 불길한 예
감이 조용한 방에 가득 찼다. 갑자기 소리도 없이 천장이 내려앉기
시작했다. 아주 천천히, 그러나 매우 분명하게 조금씩 내려왔다. 점
점 방 안의 공기가 밀도를 더해가 호흡은 가빠졌다. 도망가려고 버
둥거렸으나 침상 위의 몸은 전혀 꼼짝하지 않았다. 보일 턱이 없는
데도, 천장 위에서 새카만 하늘이 바윗덩이의 무게로 눌러대는 것을

분명히 알 수 있었다. 이윽고 천장이 눈앞에 바싹 내려와 견딜 수 없는 무게가 가슴을 눌렀을 때, 문득 옆을 보니, 한 남자가 서 있는 게 아닌가. 무섭도록 피부가 새카만 꼽추로, 눈은 움푹 들어가고 입은 짐승처럼 튀어나왔다. 전체가 새카만 소와 흡사했다. 소다! 사람 살려! 하고 무의식중에 도움을 청하자, 새카만 남자가 손을 내밀어 위에서 덮쳐 내리는 무한의 중량을 받쳐주었다. 그리고 다른 한 손으로 가슴 위를 가볍게 쓰다듬어주니, 그때까지의 압박감이 어느새 사라졌다. 아아, 살았다! 하고 불현듯 말을 뱉었을 때, 꿈에서 깼다.

다음 날 아침, 집안 하인들을 다 불러서 하나하나 살펴보았으나 꿈속의 우남牛男과 닮은 자는 없었다. 그 후로도 제나라 도읍을 출입하는 사람들을 주의 깊게 훔쳐보았으나 비슷한 인상의 남자는 끝내 찾지 못했다.

몇 년 후, 다시 고국에 정변이 일어나, 숙손표는 가족을 제나라에 두고 급거 귀국했다. 얼마 후에 노나라 조정의 대부로 임명되어 이제 처자를 부르려고 했으나, 아내는 이미 제나라의 대부 모씨와 정분이 나서 남편에게 오지 않으려 했다. 결국 두 아이 맹병孟丙과 중임仲壬만 부친 곁으로 왔다.

어느 날 아침, 한 여자가 꿩을 선물로 들고 찾아왔다. 숙손표는 까맣게 잊고 있었으나 말을 나누는 가운데 생각이 났다. 10여 년 전 제나라로 피신하던 길에 강종 땅에서 인연을 맺은 여자였다. 홀몸이냐고 물으니, 아들을 데리고 왔다고 했다. 게다가 아들은 그때의 숙손표의 자식이라고 했다. 어쨌든 앞으로 데려오게 하여 얼굴을 보고, 숙손표는 '앗!' 소리를 질렀다. 피부가 검고 눈이 움푹 들어간 꼽추였던 것이다. 꿈속에서 목숨을 살려준 검은 우남과 똑같았다. 자신도 모르게 "소!"라는 말이 입에서 튀어나왔다. 그러자 검은 소년이 놀란 얼굴로 곧 대답했다. 숙손표는 더욱 놀라 소년의 이름을 물으니, 대답하길 "소라고 하옵니다."

모자 둘 다 즉시 받아들여져 소년은 시동의 한 사람이 되었다. 그런 까닭에 소를 닮은 이 남자는 어른이 되어서도 수우豎牛〔어린 소〕라는 이름으로 불렸다. 용모에 어울리지 않게 재주가 많아 매우 쓸모가 많았으나, 항상 음울한 얼굴을 하고 아이들의 놀이에도 끼지 않았다. 숙손표 아닌 다른 사람에게는 단 한 번도 웃는 얼굴을 보이지 않았다. 숙손표에게 매우 총애를 받아 성장해서는 숙손가의 집안일 전체를 맡아보게 되었다.

눈이 움푹 들어가고 입이 돌출한 검은 얼굴은, 아주 가끔 웃을 때 우스꽝스러운 애교가 가득한 것처럼 보였다. 이런 웃긴 얼굴의 남자는 흉계 따위는 생각도 하지 못하리라는 인상을 주었다. 그런데 이런 얼굴은 윗사람에게만 보였다. 무뚝뚝하게 생각에 잠겨 있을 때의 얼굴에는 다소 짐승 같은 괴기스러운 잔인함이 보였다. 동료들 모두가 무서워하는 것은 이 얼굴이었다. 의식하지 않아도 자연스레 이두 가지 얼굴은 상황에 따라 바뀔 수 있는 듯했다.

숙손표의 신임은 무한이었으나 후사로 앉히려는 생각은 없었다. 비서나 집사로서는 가장 훌륭하다고 생각했으나, 노나라 명가의 주인으로서는 아무래도 인품부터 좀 생각하기 어려웠다. 수우도 물론 그것을 알고 있었다. 숙손표의 자식들, 특히 제나라에서 온 맹병과 중임 두 사람에게는 항상 극히 겸손한 태도를 보였다. 그들 입장에서는 이 남자에게 약간의 꺼림칙함과 약간의 경멸을 느낄 뿐이었다. 부친의 총애가 두터운 것에 대해 질투를 느끼지 않는 것은 신분이 다르다는 점에 자신을 가졌기 때문이다.

노나라 양공襄公이 죽고 젊은 소공昭公의 시대가 된 때부터 숙손표의 건강이 쇠약해지기 시작했다. 구유丘蕕라는 곳에 사냥을 나갔다 돌아오는 길에 오한을 느껴 자리에 누운 뒤로는 계속 일어나지 못했다. 병중의 간호부터 병상에서의 명령 전달에 이르기까지 일체 수우 한 사람에게 맡겨졌다. 수우의 맹병 등에 대한 태도는 그러나 더욱 겸손할 뿐이었다.

숙손표는 병상에 들기 전에 장자인 맹병을 위해 종을 주조하기로 하고 이렇게 말했다. 너는 아직 나라의 대부들과 친분이 없으니, 이 종이 만들어지면 축하를 겸해 나라의 대부들을 향응하는 것이 좋겠다. 명백히 맹병을 상속자로 결정했다는 마음에서 나온 말이었다.

숙손표가 병상에 눕고 나서 이윽고 종이 완성되었다. 맹병은 연회 날을 잡기 위해 부친에게 묻고자 하여, 수우에게 그 뜻을 전해달라고 했다. 특별한 사정이 없으면 수우 외로는 누구 한 사람 병실에 출입할 수 없었다. 수우는 맹병의 부탁을 받고 병실에 들어갔으나 숙손표에게는 아무 말도 전하지 않았다. 곧 밖으로 나와, 주군의 말씀이라며 아무렇게나 대충 날을 정해 맹병에게 알렸다.

정해진 날에 맹병은 빈객을 초대하여 성대하게 향응하고, 그 자리에서 처음으로 새로 만든 종을 쳤다. 병실에서 그 소리를 들은 숙손표가 궁금하여 무슨 소리냐고 물었다. 맹병의 집에서 종의 완성을 축하하는 잔치가 열려 많은 손님이 와 있다고 수우가 대답했다. 내 허락도 얻지 않고 마음대로 상속인 행세를 한다는 게 무슨 말이냐, 하며 병자는 얼굴빛을 바꿨다. 게다가 손님 중에는 제나라에 있는 맹병 모친의 관계자들도 멀리서 찾아온 듯하다고 수우가 덧붙였다. 부정을 저지른 과거 부인의 이야기를 꺼내면 늘 숙손표의 기분이 순식간에 나빠지는 것을 잘 알았기 때문이다. 병자는 화를 내며 일어나려고 했으나, 수우가 안으며 만류했다. 몸에 해롭다는 말과 함께. 내가 병으로 필시 죽으리라 생각하고 벌써 제멋대로 행동하기 시작했구나, 하고 이를 갈면서 숙손표는 수우에게 명령했다. 당장에 포박하여 옥에 처넣어라. 저항하면 때려죽여도 좋다.

연회가 끝나고 젊은 숙손가의 후계자는 기분 좋게 손님들을 배웅했으나, 다음 날 아침에는 이미 시체가 되어 집 뒷산에 버려졌다.

맹병의 동생 중임은 군주 소공의 측근 아무개와 친하게 지냈는데, 하루는 궁으로 친구를 찾아갔다가 때마침 공의 눈에 들었다. 두세 마디 공의 하문에 대답하는 가운데, 공은 중임이 마음에 들었는지 돌아갈 때는 친히 옥고리(玉環)를 하사했다. 온순한 청년이라 부친에게 고하지 않고 몸에 차는 것은 불효라고 생각해, 수우를 통해 부친에게 옥고리를 보여주며 명예스러운 이야기를 전해달라고 했다. 수우는 옥고리를 받아 들고 안으로 들어갔으나 숙손표에게는 보여주지 않았다. 중임이 왔다는 것조차 말하지 않았다. 다시 밖에 나와 말했다. 부친께서는 대단히 기뻐하여 곧 몸에 차라고 했다. 중임은 비로소 그것을 허리에 찼다.

며칠 후, 수우가 숙손표에게 권했다. 이미 맹병이 죽은 이상 중임을 후사로 세우는 것은 당연하니, 이제 주군 소공을 알현하게 하는 것이 어떠하신지. 숙손표는 말했다. 아니다, 아직 그렇게 마음을 정하지 않았으니 지금 그럴 필요는 없다. 그러하오나, 하고 수우가 다시 말했다. 부친의 생각이 어떠한지 확인도 하지 않고 자식은 이미 제멋대로 그렇게 생각하고 이미 직접 주군을 찾아뵈었습니다. 그런 어처구니없는 일이 있을 리 없다고 말하는 숙손표에게, 하지만 얼마 전에 중임이 주군에게 받았다고 하는 옥고리를 차고 있는 게 확실합니다, 라고 수우가 자신 있게 말했다. 곧바로 중임이 호출되었다. 과연 옥고리를 차고 있었다. 공으로부터 하사받은 것이라 했다. 부친은 불편한 몸을 병상에서 일으키고 화를 냈다. 자식의 변명은 무엇 하나 들리지 않고, 곧바로 이 자리를 물러나 근신하라고 했다. 그날 밤, 중임은 몰래 제나라로 도망쳤다.

병이 점차 위독해져 초미焦眉의 문제로 신중하게 후사를 생각하게 되었을 때, 숙손표는 그래도 중임을 부르려고 했다. 수우에게 그것을 명했다. 명을 받고 나오기는 했으나, 물론 제나라에 있는 중임에게는 사람을 보내지 않았다. 후에 보고하길, 곧바로 중임에게 사람을 보냈으나 무도한 아버지에게는 두 번 다시 돌아가지 않겠다는 대답이었다고 전했다.

그때 비로소 숙손표도 측근 수우에 대한 의심이 들기 시작했다. 네 말이 진실이냐? 하고 엄하게 되물은 것도 그 때문이었다. 어떻게 제가 거짓을 고하겠습니까, 라고 대답하는 수우의 입이 그때 비웃듯이 일그러지는 것을 병자는 보았다. 그 모습은 이 남자가 집에 오고 나서 처음으로 보인 것이었다. 벌컥 화를 내며 병자는 일어나려고 했으나 힘이 없었다. 곧 쓰러졌다. 검은 소 같은 얼굴이 이번에야말로 명료한 모멸의 표정으로 싸늘하게 내려다보았다. 동료나 부하에게만 보이던 잔인한 얼굴이다. 하인이나 다른 신하를 부르려고 해도, 지금까지의 습관으로 이 남자의 손을 거치지 않고서는 단 한 사람도 부를 수가 없었다. 그날 밤, 병든 대부는 죽인 맹병을 떠올리며 분한 눈물을 흘렸다.

다음 날부터 잔혹한 짓이 시작되었다. 병자가 사람을 접하기를 꺼린다는 이유로 식사는 주방 하인이 옆방까지 갖다놓으면 그것을 수우가 병자의 머리맡에 들고 가는 습관이었으나, 이제는 이 측근이 병자에게 식사를 건네지 않았다. 가져온 식사는 모두 자기가 먹어 치우고 빈 그릇을 내놓았다. 주방 하인은 숙손표가 먹었다고 생각했다. 병자가 허기를 호소해도 수우는 잠자코 냉소할 뿐, 이제는 대답조차 하지 않았다. 누군가에게 도움을 청하려고 해도 숙손표는 아무런 수단이 없었다.

어느 날, 가문의 신하인 두설杜洩이 문병을 왔다. 병자는 두설에게 수우의 소행을 호소했으나, 평소의 신임을 알고 있는 두설은 농담이라고 생각하고 전혀 받아주지 않았다. 숙손표가 다시 너무나도 진지하게 호소하자, 이번에는 열병 때문에 심신이 착란상태가 되지 않았나 의심하기만 했다. 수우 또한 옆에서 두설에게 눈짓을 하며, 머리가 혼란스런 병자라 몹시 난감하다는 표정을 지어 보였다. 결국 병자는 애가 타서 눈물을 흘리며 바싹 마른 손으로 옆의 검을 가리키고, 두설에게 "이것으로 저놈을 죽여라. 죽여, 빨리"라고 외쳤다. 그래도 자신이 미친 사람 취급을 받는다는 것을 알자 숙손표는 극히 쇠약한 몸을 떨면서 흐느껴 울었다. 두설은 수우와 눈을 마주치고 눈썹을 찌푸리면서 슬며시 밖으로 나갔다. 손님이 떠나간 후, 비로소 우남牛男의 얼굴에는 정체를 알 수 없는 웃음이 희미하게 떠올랐다.

허기와 피로 속에 울면서 언젠가 병자는 꿈을 꿨다. 아니, 잔 것이 아니라 환각을 본 것인지도 몰랐다. 무겁고 탁하고 불길한 예감에 가득 찬 방의 공기 속에 등불 하나만 소리 없이 타올랐다. 반짝임이 없는 음산하게 희뿌연 빛이었다. 가만히 바라보는 사이에 그것은 아주 멀리 10리나 20리 저쪽에 있는 것처럼 느껴졌다. 누워 있는 바로 위의 천장이 언젠가 꾸었던 꿈처럼 서서히 하강을 시작했다. 천천히, 그러나 확실히 위로부터의 압박이 가해졌다. 도망가려고 해도 발을 뗄 수가 없었다. 옆을 보니 검은 우남이 서 있었다. 도움을 청해도 이번에는 손을 내밀어주지 않았다. 잠자코 우뚝 선 채로 히죽 웃었다. 절망적인 애원을 한 번 더 거듭하자 갑자기 화난 듯한 군은 표정으로 바뀌더니, 눈썹 하나 움직이지 않고 가만히 내려다보았다. 당장 가슴 위를 덮쳐오는 새카만 무게에 최후의 비명을 지르는 순간, 정신이 돌아왔다……

어느새 밤이 된 듯 검은 방구석에 희뿌연 등불 하나가 켜져 있었다. 지금까지 꿈에서 본 것은 역시 이 등불이었던가. 옆을 올려다보니, 꿈속과 똑같은 수우의 얼굴이 비인간적인 냉혹함을 띠고 조용히 내려다보고 있었다. 그 얼굴은 이미 인간이 아니라 새카만 원시의 혼돈에 뿌리를 내린 하나의 물체처럼 보였다. 숙손표는 뼛속까지 얼어붙는 느낌이었다. 자신을 죽이려고 하는 이 남자에 대한 공포가 아니었다. 오히려 세계의 혹독한 악의 같은 것에 대한 겸손한 두려움에 가까웠다. 이미 아까의 분노는 운명적인 공포감에 압도되어버렸다. 이제는 이 남자에게 대항하려는 기력조차 사라지고 없었다.

사흘 후, 노나라의 명대부 숙손표는 굶어 죽었다.

요 ¹ 妖 氣 錄
분
록

말수가 적고 극히 얌전한 여자였다. 미인은 틀림없으나 행동이
적은 목우木偶 같은 아름다움은 때로 멍하게도 보였다. 이 여자는
자기 때문에 야기되는 주위의 많은 사건에 놀라움의 눈을 크게 뜨
고 있는 듯했다. 그 사건들이 자기 때문에 야기되었다는 것도 전혀
눈치채지 못하는 듯했다. 눈치채고 있으면서도 전혀 그렇지 않은 체
하는지도 몰랐다. 눈치를 챘다고 해도 그것에 긍지를 느끼는지, 성
가시게 생각하는지, 어리석은 남자들을 비웃고 있는지 아무도 알 수
없었다. 단지 그런 교만의 기색은 조금도 겉으로 드러나지 않았다.

조각한 듯한 차분한 얼굴에는 때로 문득 타오르는 듯한 화려함이
드러났다. 흰 눈 속의 차가운 석탑 안에 등이 켜지듯 귓불은 어느새
달아올라 홍옥 색으로 빛나고 칠흑의 눈동자는 야릇한 윤기로 빛났
다. 집에 등이 켜져 있는 동안에 이 여자는 세상의 여느 여자와 다른

여자가 되었다. 그러한 때 그녀를 본 소수의 남자만이 눈이 멀어 어리석게도 자신을 잊어버리게 되는 것이 아니었을까.

진나라 대부 어숙御叔의 아내 하희夏姬는 정나라 목공穆公의 딸이었다. 주나라 정왕定王 원년에 부친이 사망하고, 그 뒤를 이은 오빠 자만子蠻도 곧 다음 해 변사했다. 진나라 군주 영공靈公과 하희의 은밀한 관계는 바로 그 무렵부터 시작되었으므로 이미 꽤 오래되었다.

색을 좋아하는 군주에게 강제로 당해 그렇게 된 것이 아니었다. 모든 이러한 일이 하희에게는 물이 아래로 흐르듯 자연스러웠다. 흥분도 없고 후회도 없으며, 단지 어느새 그렇게 되어버렸다고 할 수밖에 없었다. 남편 어숙은 매우 어리숙한 호인이었다. 어렴풋이 눈치를 채고 있는 듯했으나, 그렇다고 해서 막상 어떻게 하지도 못했다. 하희는 남편에게 미안함을 느끼는 것도 아니고, 그렇다고 경멸을 느끼는 것도 아니었다. 다만 이전보다 더욱 남편을 잘 섬겼다.

어느 날, 영공이 조정에서 상경上卿 공녕孔寧과 의행보儀行父 두 사람하고 장난을 치면서 슬쩍 자신의 속옷을 보여주었다. 야한 여자 속옷이었다. 두 사람은 가슴이 철렁했다. 공녕도 의행보도 실은 그때 그것과 똑같은 하희의 속옷을 입고 있었다. 영공은 알고 있을까. 물론 두 사람은 서로 동지임을 잘 알고 있었다. 두 사람에게만 하희의 속옷을 보인 점에서 보자면, 영공도 이미 두 사람의 일을 아는 게 아닐까. 주군의 장난에 아첨의 웃음으로 대응해도 좋을 것인가. 두 사람은 흠칫거리며 영공의 안색을 살폈다. 두 사람이 영공의 얼굴에서 찾아낸 것은 저의 없이 단지 음란하게 싱글거리는 웃음이었다.

두 사람은 마음을 놓고 가슴을 쓸어내렸다. 며칠 후에는 영공에게 자신들의 야한 속옷을 보일 정도로 두 사람 모두 대담해졌다.

설야洩冶라는 강직한 신하가 영공에게 직언했다. "공경公卿이 음淫을 보이면 신하가 이를 배울 우려가 있습니다. 그리고 소문도 좋지 않습니다. 모쪼록 그러한 행동은 삼가시길 바라옵나이다."

실제로 당시 진陳나라는 강국 진晋과 초楚 사이에 끼어 있어 한쪽으로 붙으면 다른 한쪽의 침략을 받게 되는 형세인지라, 여자 놀음에 빠져 있을 상황은 아니었다. 영공도 "내 잘 알겠다"라고 사과할 수밖에 없었다. 그러나 공녕과 의행보 두 사람은 주군을 두려워하지 않는 신하는 제거해야 한다고 주장했다. 영공도 굳이 말리지 않았다. 다음 날, 설야는 누군가에게 살해되었다.

그리고 얼마 후, 어리숙한 남편 어숙도 갑자기 의문스러운 죽음을 당했다.

영공과 두 상경 사이에는 질투라는 것이 거의 없었다. 질투가 생길 여지가 없을 정도로, 하희의 주변을 휩싸고 있는 분위기가 그들을 마비시켰다.

여자에 홀린 세 남자가 어느 날 하희의 집에서 술을 마시고 있는데, 하희의 아들 징서徵舒가 앞을 지나갔다. 그 뒷모습을 보고 영공이 의행보에게 말했다. "징서는 너랑 닮았구나." 의행보는 웃으며 곧바로 응답했다. "당치도 않습니다. 주군이야말로 닮으셨습니다."

청년 하징서는 두 사람의 말을 똑똑히 들었다. 아버지의 죽음에 대한 의혹, 어머니의 처신에 대한 울분, 자기의 운명에 관한 굴욕감

등이 일시에 불길이 되어 그의 내부에서 타올랐다.

주연이 끝나고 영공이 나갈 때, 갑자기 화살 하나가 날아와 가슴을 뚫었다. 멀리 떨어진 마구간의 어둠 속에서 하징서의 눈이 불같이 타올랐다. 절망적인 분노에 떠는 그 손에는 이미 두 번째 화살이 시위에 메겨지고 있었다.

공녕과 의행보는 두려움에 당황하여 집에도 돌아가지 못하고, 그 길로 곧바로 난을 피해 초나라로 도망쳤다.

당시의 관행으로, 어느 나라에 난이 일어나면 그 진압을 명분으로 늘 다른 강국의 침략을 받곤 했다. 진나라 영공이 시해되었다는 것을 듣자마자, 초나라 장왕莊王은 곧바로 군대를 이끌고 진나라 도읍으로 쳐들어갔다. 하징서는 체포되어 율문이라는 곳에서 수레로 몸을 찢는 거열車裂의 형을 받았다.

난의 원인인 하희는 처음부터 초나라 병사들의 호기심을 샀다. 독살스러운 요부의 용모를 상상했는데 뜻밖에 평범하고 차분한 여자인지라 실망한 자도 있었다. 자신의 행위에 대해 아무런 책임도 지지 않는 유아처럼, 하희는 망국의 소란에 단지 혼자 천진난만하다고 해도 좋을 정도로 새침을 떼고 있었다. 극형에 처해진 외아들의 운명에도 그리 마음이 동요되지 않은 모습으로, 잇달아 눈앞에 나타나는 왕과 경, 대부 앞에 다소곳하게 눈을 내리깔고 있었다.

장왕은 본국으로 개선하면서 하희를 데리고 돌아갔다. 그녀를 자신이 취하고자 했다. 이에 대해 굴무屈巫, 자字는 자령子靈, 혹은 무신巫臣이라고도 하는 자가 간언했다. "불가하옵니다. 주군은 역신을 벌하고 대의를 바로 세운다는 명분으로 진나라에 군사를 이끌고 들어가셨습니다. 만약 하희를 취하신다면 음淫을 탐하려고 군사를 일으켰다는 말을 듣게 됩니다. 《주서周書》에도 '덕을 밝히고 벌을 삼가라'고 했습니다. 주군, 바라옵건대 이를 통촉하여 주시옵소서." 장왕은 호색가라기보다 야심적인 정치가였으므로 곧 무신의 간언을 받아들였다.

영윤슈尹〔초국 최상위 대신〕 자반子反이 하희를 아내로 맞으려 했다. 또다시 무신이 만류했다. "하희는 상서롭지 못한 여자가 아닙니까. 오빠를 요절케 하고 남편을 죽이고 주군을 시해하고 아들을 참살했으며, 대신 두 명을 피난케 하여 진나라를 멸망시킨 여자입니다. 이렇게 불길한 여자가 어디 또 있겠습니까. 천하에 미인은 많습니다. 군이 그 여자를 취할 이유가 어디 있겠습니까." 묘한 허영에서 하희를 취하려던 자반은 마지못해 생각을 접었다.

결국 하희는 연윤連尹² 양로襄老에게 넘겨졌다. 하희는 얌전하게 양로의 아내가 되었다. 이 여자만치 주어진 운명에 순종적인 여자는 없었다. 그럼에도 불구하고 어느새 자신도 의식하지 못하는 가운데 그 주어진 운명을 망치고 탁하게 하는 것이었다.

다음 해 주나라 정왕 10년, 진과 초의 대군이 필邲 땅에서 싸워 초군은 크게 패했다. 이 진두陣頭에서 양로는 전사하고, 사체까지 적에게 빼앗겼다.

양로의 아들 흑요黑要는 이미 늠름한 청년이었다. 남편의 죽음을 잊고 부친의 죽음을 잊고, 상복을 입은 하희와 흑요는 어느새 요망한 즐거움에 빠져들었다.

앞서 장왕과 자반에게 간언을 했던 신공申公[3] 무신이 서서히 하희에게 접근했다. 노련한 책모가에 걸맞게 그는 당장에 하희를 차지하려고 하지 않았다. 무신은 막대한 금은을 뿌려 그녀의 고국 정나라에 계략을 썼다. 그의 입장에서는 초나라에서 하희를 취하는 것이 어렵다는 점은 분명했다. 이윽고 정나라에서 초나라로 통지가 왔다. 초나라 연윤 벼슬 양로의 시체가 진나라에서 정나라로 보내지게 되었으니, 하희는 정나라로 와서 남편의 시신을 받으라는 것이었다. 사안의 진위에 다소 의심을 품은 장왕은 무신을 불러 의견을 구했다.

"진실인 듯하옵니다"라고 무신은 대답했다.

"필 땅의 전투에서 우리가 잡은 포로 중에 지앵智罃이라는 자가 있습니다. 진나라는 이 사람을 돌려받고자 합니다. 지앵의 부친은 진후晉侯의 총애를 받는 신하이며 또한 그 일가는 정나라에 많은 지기가 있으므로, 이번에 정나라를 중개로 하여 우리나라와 포로 교환을 하려는 것이겠지요. 그래서 포로가 된 우리 공자 곡신과 양로의 시체를 돌려주는 것으로 사료됩니다."

왕은 끄덕이고 하희를 정나라로 돌려보냈다. 무신의 속셈은 이미 오래전 하희에게 전해졌다. 출발에 임하여 "남편의 시체를 돌려받지 못하면 두 번 다시 돌아오지 않겠습니다"라고 옆 사람에게 말했다. "남편의 시체를 돌려받지 못할 듯하니 저는 다시 돌아오지 않겠습니다"라는 의미로 받아들인 자는 단 한 사람도 없었다. 검은 상복으로 평소의 요염함을 감싼 하희의 옷차림에는 과연 망부의 시체를 받으러 가는 미망인다운 갸륵함이 보였다. 흑요와는 극히 싱겁게 헤어졌다. 하희가 정나라에 도착하자, 무신의 밀사가 뒤쫓듯이 정나라에 가서 하희를 아내로 맞고 싶다는 뜻을 전했다. 정나라 양공은 이를 허락했다. 그러나 아직 하희는 무신의 아내가 된 것이 아니었다.

초나라 장왕이 죽고 공왕共王이 대를 이었다. 공왕은 제나라와 결탁하여 노나라를 치고자, 무신을 출전의 시기를 알리는 사신으로 제나라에 보내기로 했다. 무신은 가산을 모두 챙겨서 출발했다. 도중에 신숙궤申叔跪라는 자가 무신을 만나 의아스럽게 말했다. "군사의 임무 속에 음란한 기쁨의 빛이 떠도는 것은 참으로 이상하도다."

정나라에 도착한 무신은 함께 온 부사副使를 예물과 함께 초나라로 돌려보내고, 자기 혼자 하희를 데리고 갔다. 하희는 별로 크게 기뻐하는 기색도 보이지 않고 따라갔다. 제나라에 들어가려고 했으나, 마침 제나라 군대가 안鞌 땅의 전투에서 패한 참이라 방향을 틀어 진晋나라로 도망쳤다. 극지郤至라는 중신의 알선으로 무신은 진나라 형刑 땅의 대부가 되었다.

하희를 취하고자 했으나 무신 때문에 포기하고 결국 무신에게 여자를 빼앗긴 초나라의 자반은 분노에 이를 갈았다. 그는 많은 선물을 진나라에 보내 백방으로 손을 써서 무신의 관로官路를 막으려고 했으나 실패했다. 화가 난 나머지 무신의 일족인 자염子閻과 자탕子蕩 및 하희의 양아들인 흑요를 참살하고 재산을 빼앗았다. 그래도 아직 분이 풀리지 않은 얼굴이었다.

무신은 진나라에서 즉시 서신을 보내 이를 저주하고 보복을 맹세했다. 그는 진후晉侯에게 자신이 오나라에 사신으로 갈 테니 진과 오가 힘을 합해 초나라를 협공하자고 청했다. 초나라 남쪽의 속국인 소巢와 서徐가 오나라의 침략을 받자, 자반은 이를 방어하기 위해 분주하게 뛰어다녔다. 몇 년 후, 언릉 땅에서 패전한 책임을 지고 자반은 스스로 목을 쳤다.

하희는 무신의 첩실로 자리 잡은 듯했다. 애써 자기를 누르고 하늘의 뜻에 결코 거스르지 않았다. 이 여자가 과거 진과 초 두 나라를 뒤흔든 요녀라고는 아무리 봐도 생각하기 어려웠다.

그러나 무신은 결코 안심하지 못했다. 하희는 예전부터 그러한 여자다. 이 여자는 나이를 먹지 않는지도 모른다. 이미 쉰 살에 가까울 터인데도 피부는 처녀처럼 윤기가 흘렀다. 그 불가사의한 젊음이 이제는 무신에게 골치 아픈 걱정의 씨앗이었다. 하인들에게 은밀히 살피게 한 적도 있었다. 그들의 보고는 언제나 하희의 정숙을 보증하는 것뿐이었다. 그들의 보고를 그대로 다 믿을 정도로 어수룩한 남자는 아니었으나, 은밀한 감시를 멈추게 할 정도로 초연할 수는 없었다.

어떤 마음으로 그녀를 쫓아다녔던가, 이제 와서는 그것이 좀체 이해되지 않았다. 과거 양로의 아들 흑요와의 경우를 생각하면, 무신은 이미 성인이 된 아들들에게도 의심의 눈을 보내지 않을 수 없었다. 아들 호용을 오랫동안 오나라에 머물게 한 것도 하나는 이러한 고려 때문이었다.

'정숙한' 하희가 집에 온 뒤로 갑자기 삭막해진 주변을 돌아보고 그는 깜짝 놀랐다. 정교한 술책으로 경쟁자를 빼돌리고 교묘하게 손에 넣었다고 생각했지만, 손에 넣은 것이 과연 무엇이었던가. 자신은 이제 하희를 원하지 않는다고 생각했다. 그 무렵의 나와 지금의 나는 전혀 다르다. 단지 그녀를 얻고자 한 옛날 의지의 방향만이 자기로부터 독립하여 습관으로 남았고, 그것이 지금도 지배를 계속할 뿐이라고 생각했다.

그는 요즘 자신의 생명이 내리막길을 서두르는 것을 인식하지 않을 수 없었다. 정신과 육체의 쇠퇴가 너무 또렷하게 의식되었다. 언젠가 석양의 희미한 빛 속에서 요사스런 기운을 다 뱉어낸 흰여우처럼 단정히 앉아 있는 하희를 옆에서 바라보았을 때, 자신의 운명이 그녀 때문에 얼마나 비싼 대가를 치러야만 했는지 무신은 비로소 똑똑히 느꼈다. 불현듯 소름이 끼쳤으나, 그러나 다음 순간 왠지 모르지만 알 수 없는 묘한 웃음이 치올랐다. 이런 바보스런 춤이(백여우 같은 하희도 필시 꼭두각시에 불과하다), 내 일생의 무의미함이 마치 남의 일처럼 바라보였다.

춤을 추게 한 인형잡이의 마음이 옮아온 듯, 그는 실없이 껄껄 웃기 시작했다.

주

1 흉사가 일어날 듯한 요상한(불길한) 기운에 대한 기록.
2 궁(弓) 관할 관리.
3 점술 관장 관리.

문자화¹ 文字禍

문자의 영靈이라는 것이 과연 있을까?

아시리아인에게는 무수한 정령이 있었다. 밤의 어둠 속에서 날뛰는 릴루, 그 암컷 릴리트, 역병을 전파하는 남타르, 죽은 자의 영혼에딤무, 유괴자 라바수 등 수많은 악령이 아시리아의 하늘에 충만했다. 그러나 문자의 정령에 관해서는 아직 아무도 들은 적이 없었다.

그즈음, 즉 앗수르바니팔(기원전 668~627년 재위) 대왕의 치세 20년경 니네베 궁정에 이상한 소문이 돌았다. 매일 밤 도서관의 어둠 속에서 소곤거리는 괴이한 말소리가 들린다고 했다. 왕의 형 샤마쉬 슘 우킨의 모반이 바빌론의 낙성落城으로 막 진압되었던 때라 무언가 또 불충한 무리의 음모는 아닐까 조사해보았으나, 이렇다 할 흔적은 없었다.

아무래도 무슨 정령들의 말소리가 틀림없었다. 얼마 전에 왕 앞에서 처형된 바빌론 포로들의 목소리일 것이라고 말하는 자도 있었으나, 그것이 사실이 아니라는 것은 모두가 잘 알고 있었다. 천 명이 넘는 바빌론 포로는 모두 혀가 뽑힌 후 처형당해 그 혀를 모은 작은 동산이 생긴 것을 모르는 이가 없었다. 혀가 없는 귀신이 말할 리 없었다.

점성술과 양간복羊肝卜〔양의 간을 보고 치는 점〕으로 헛되게 탐색한 후, 이것은 아무래도 책들 혹은 문자들의 소리라고 생각하는 것 외로 달리 없다는 결론이었다. 단지 문자의 영(그런 것이 있다고 치고)이라는 것은 어떠한 성질을 가졌는지 전혀 알 수 없었다. 앗수르바니팔 대왕은 큰 눈의 곱슬머리 노박사 나브 아헤 에리바를 불러, 이 미지의 정령에 관한 연구를 명했다.

그날 이후로 에리바 박사는 매일 문제의 도서관(그로부터 2백 년 후에 매몰되어 다시 2천3백 년 후에 우연히 발굴되는 운명이었다)에 다니면서, 만여 권의 책을 꼼꼼히 읽으며 연구에 빠졌다. 메소포타미아에서는 이집트와 달리 파피루스가 생산되지 않았다. 사람들은 점토판에 펜 같은 것으로 복잡한 쐐기 모양의 부호[2]를 새겼다. 책이 기와판이므로 도서관은 도자기 가게의 창고와 비슷했다. 노박사의 책상(발톱까지 달린 진짜 사자 다리가 책상 다리로 사용되었다) 위에는 매일 많은 기와판이 쌓여갔다.

무거운 기와판의 옛 지식 속에서 문자의 정령에 관한 설명을 찾으려고 했으나 끝내 찾지 못했다. 문자는 지혜의 신 나부가 관장한다는 것 말고는 아무것도 기록되어 있지 않았다. 그는 문자 정령의 존재 여부를 자력으로 해결해야 했다. 박사는 책을 덮고 단 하나의 문자를 앞에 놓고 종일 그것과 눈싸움을 하며 지냈다. 점술가는 양의 간을 응시하는 것을 통해 모든 것을 직관한다. 그도 이것을 흉내 내어 응시와 정관靜觀에 의해 진실을 발견하고자 했다.

그러다가 이상한 일이 생겼다. 하나의 문자를 오랫동안 노려보는 가운데, 언제부터인가 그 문자가 해체되어 의미가 없는 하나하나의 선의 교차로만 보이게 되었다. 단순한 선의 집합이 왜 그러한 소리와 그런 의미를 갖게 되는지 아무래도 이해할 수 없었다.

노학자 에리바는 난생처음으로 이런 이상한 사실을 발견하고 놀랐다. 지금까지 70년 동안 당연하다고 생각하며 간과했던 것이 결코 당연하지도 않고 필연도 아니었다. 그는 눈을 덮은 하나의 막이 비로소 벗겨졌다는 생각이었다. 단순하게 흩어진 개별의 선에 일정한 소리와 일정한 의미를 갖게 하는 것은 무엇인가. 여기까지 생각이 도달한 때, 노박사는 주저 없이 문자의 정령이라는 존재를 인정했다. 사람의 혼에 의해 통제되지 않는 손, 다리, 머리, 손톱, 배 등이 사람이 아니듯, 하나의 정령이 이를 통제하지 않으면 어떻게 단순한 선의 집합이 소리와 의미를 가질 수 있겠는가.

이 발견을 계기로 지금까지 알려지지 않았던 문자 정령의 성질이 점차 조금씩 이해되기 시작했다. 문자 정령의 수는 지상의 사물 수만큼 많고, 문자 정령은 들쥐처럼 자식을 낳아 번식한다.

에리바는 니네베 거리를 돌아다니며, 최근 문자를 익힌 사람들을 붙잡고 끈기 있게 하나하나 질문했다. 문자를 알기 이전에 비해 무언가 바뀐 것은 없는가? 이로써 문자 정령의 인간에 대한 작용을 밝히려고 했다.

이윽고 희한한 통계가 만들어졌다. 문자를 깨치고 나서 갑자기 이 잡기가 서툴러진 자, 눈에 먼지가 더 많이 들어오게 된 자, 지금까지 잘 보이던 하늘의 독수리 모습이 보이지 않게 된 자, 하늘빛이 이전만큼 파랗게 보이지 않게 된 자 등이 압도적으로 많았다.

"문자의 정령이 인간의 눈을 먹어버리는 것은 마치 구더기가 호두의 딱딱한 껍질을 뚫고 들어가 속의 열매를 먹어치우는 것과 같다"라고 에리바는 새 점토의 비망록에 기록했다. 문자를 깨친 이래 기침이 나오기 시작한 자, 재채기가 나오게 되어 곤란하다는 자, 딸꾹질이 자주 나오게 된 자, 설사를 하게 된 자 등도 상당한 수에 이르렀다. "문자 정령은 인간의 코, 목, 배 등에도 해를 끼치는 듯하다"라고 노박사는 또 기록했다. 문자를 깨친 후부터 갑자기 머리털이 많이 빠진 자도 있었다. 다리가 약해진 자, 수족을 떨기 시작한 자, 턱이 잘 빠지게 된 자도 있었다.

그러나 에리바는 마지막으로 이렇게 쓸 수밖에 없었다. "문자의 해악은, 인간의 두뇌를 망가뜨리고 정신을 마비시키는 데 이르므로 매우 곤란하다." 문자를 깨치기 이전에 비하여 장인은 솜씨가 둔해지고, 전사는 겁쟁이가 되고, 사냥꾼은 사자를 쏘지 못하는 경우가 많아졌다. 이것은 통계로 명백히 나타났다. 문자와 친해진 후로 여자를 안아도 전혀 즐겁지 않다는 호소도 있었지만, 이런 말을 한 것은 일흔을 넘긴 노인이므로 문자의 탓이 아닐지도 몰랐다.

에리바는 이렇게 생각했다. 이집트인은 어느 물체의 그림자를 그 물체의 혼의 일부라고 생각하는 듯한데, 그렇다면 문자는 그런 그림자와도 같은 것이 아닐까.

사자라는 글자는 진짜 사자의 그림자가 아닐까. 그래서 사자라는 글자를 깨친 사냥꾼은 진짜 사자 대신에 사자의 그림자를 노리고, 여자라는 글자를 깨친 남자는 진짜 여자 대신에 여자의 그림자를 안게 되는 것은 아닐까.

문자가 없었던 옛날, 필나피슈팀[3]의 홍수 이전에는 기쁨도 지혜도 모두 직접 사람의 속으로 들어왔다. 지금 우리는 문자의 베일을 쓴 기쁨의 그림자와 지혜의 그림자만 알고 있다. 요즘 사람들은 기억이 나빠졌다. 이것도 문자 정령의 장난이다. 사람들은 이미 적어 놓지 않으면 뭐 하나 기억할 수가 없게 되었다. 옷을 입게 되어 인간의 피부가 약해지고 추하게 되었다. 탈것이 발명되어 인간의 다리가 약해지고 추하게 되었다. 문자가 보급되어 사람들의 머리는 이미 움직이지 않게 되었다.

에리바는 어느 독서광 노인을 알았다. 그 노인은 박학한 에리바보다 더욱 박학했다. 그는 수메르어와 아라메아어뿐 아니라 파피루스나 양피지에 쓰인 이집트 문자까지 술술 읽었다. 문자로 된 고대 말로 그가 모르는 것은 거의 없었다. 그는 투쿨티 니누르타 1세 왕의 치세 몇 년 몇 월 몇 일의 날씨까지 기억했다. 그러나 오늘 날씨는 맑음인지 흐림인지 잘 몰랐다. 그는 소녀 사비츠가 길가메시[4]를 위로하는 말도 암송했다. 그러나 자식을 잃은 이웃을 무어라 위로 하면 좋을지 몰랐다. 그는 아다드 니라리 왕의 부인, 샤무라마트가 어떤 의상을 좋아하는지도 알았다. 그러나 그 자신이 지금 어떤 옷을 입고 있는지 전혀 몰랐다.

얼마나 그는 문자와 책을 사랑했던가! 읽고 암송하고 애무하는 것만으로는 부족하여, 그것을 사랑한 나머지 그는 길가메시 전설의 가장 오래된 점토판을 이빨로 갉아 물에 녹여 마셔버린 적도 있었다.

문자 정령은 그의 눈을 가차 없이 잠식하여 그는 심한 근시였다. 너무 눈을 가까이 대고 책만 읽어서 그의 독수리 같은 코끝은 점토판에 스치며 굳은살이 생겼다. 문자 정령은 또한 그의 등뼈도 잠식하여, 그는 배꼽에 턱이 닿을 정도의 꼽추였다. 그러나 그는 아마 자신이 꼽추라는 것을 모를 것이다. 꼽추라는 글자라면 다섯 나라의 언어로 쓸 수가 있으나. 에리바 박사는 이 남자를 문자 정령의 가장 큰 희생자로 꼽았다.

단지 이러한 외관의 비참함에도 불구하고, 이 노인은 실로(실로 부러울 정도로) 항상 행복하게 보였다. 이것이 이상하기는 하지만, 에리바는 그것도 문자 정령의 마약 같은 간사한 마력의 탓이라고 간주했다.

어느 날 앗수르바니팔 대왕이 병에 걸렸다. 어의인 아랏 나나는 이 병이 가볍지 않다고 보아, 대왕의 옷을 빌려 입고 아시리아 왕으로 분장했다. 이로써 죽음의 신 에레슈키갈의 눈을 속여 대왕의 병을 자신의 몸으로 옮기려고 했다. 전통적인 의사 가문의 이러한 처치법에 대해 일부 청년은 불신의 눈으로 보았다. 그들은 말했다. 이것은 분명 불합리하다. 에레슈키갈 신이 저런 유치한 속임수에 넘어갈 리 있는가.

석학 에리바는 이 말을 듣고 불쾌한 생각이 들었다. 청년들처럼 무엇이든 합리를 따지려고 하는 것의 내부에는 무언가 이상한 점이 있었다. 전신이 때투성이인 남자가 예를 들면 발톱 끝 한 군데만 아주 아름답게 치장하는 듯한 그런 이상한 점이. 그들은 신비의 구름 속에 있는 인간의 위상을 제대로 분별하지 못했다. 노박사는 천박한 합리주의를 일종의 병으로 생각했다. 그리고 그 병을 퍼뜨리는 것은 의심할 것도 없이 문자의 정령이라고 생각했다.

어느 날, 젊은 역사가이자 궁정 서기인 이슈디 나부가 찾아와 노박사에게 물었다. 역사란 무엇인가. 노박사가 어이없어하는 얼굴을 보고 젊은 역사가는 설명을 계속했다. 과거 바빌론 왕 샤마쉬 슘 우킨의 최후에 관해 여러 설이 있다. 스스로 불에 뛰어든 것은 사실이나 마지막 한 달 정도는 절망한 나머지 매일 음탕한 생활을 했다고 하는 자도 있으며, 매일 오로지 목욕재계하고 태양신 샤마쉬에게 계속 기도했다고 하는 자도 있다. 첫 번째 왕비와 함께 불에 뛰어들었다고 하는 설이 있는가 하면, 수백의 시녀와 후궁을 불에 던지고 나서 자신도 불로 뛰어들었다고 하는 설도 있다. 어쨌든 문자 그대로 연기로 변했다는 것으로, 어느 것이 바른 말인지 전혀 알 수가 없다. 조만간 대왕은 그런 설 중 하나를 골라, 자기에게 그것을 기록하도록 명할 것이다. 이것은 한 예에 불과한데, 역사라는 것은 이래도 좋은가.

현명한 노박사가 현명한 침묵을 지키는 것을 보고, 젊은 역사가는 다음과 같은 형태로 질문을 바꿨다. 역사라는 것은 옛날에 발생한 사건을 말하는 것인가, 그렇지 않으면 점토판의 문자를 말하는 것인가.

사자 사냥과 사자 사냥 부조를 혼동하는 듯한 점이 이 질문 속에 있었다. 박사는 그것을 느꼈으나 명확히 입으로 말할 수 없으므로 다음과 같이 대답했다. 역사라는 것은 옛날에 있었던 사건으로, 또한 점토판에 기록된 것이다. 이 두 가지는 같은 것이 아닌가.

누락된 것은? 하고 역사가가 물었다.

누락? 웃기지 마라, 적히지 않은 것은 없었던 것이다. 싹이 나지 않은 씨앗은 결국 애초부터 없었다. 역사라는 것은 바로 이 점토판이다.

젊은 역사가는 답답하다는 표정으로 박사가 보여준 기와판을 보았다. 그것은 이 나라 최대의 역사가 나부 샤림 슈누가 기록한 것으로, 사르곤 왕 할디아 정벌의 한 장면이었다. 이야기하면서 박사가 뱉어낸 석류 씨가 그 표면에 더덕더덕 달라붙어 있었다.

이슈디 나부여, 지혜의 신 나부가 부리는 문자 정령들의 무서운 힘을 자네는 아직 모르는 것 같구나. 문자 정령들이 한번 무엇을 붙잡아 이를 자기 모습으로 나타내면, 그것은 곧 불멸의 생명을 가진다. 반대로 문자 정령의 손에 닿지 않는 것은 무엇이라도 그 존재를 상실하게 된다. 태고 이래, 《에누마 아누 엔릴》[5]에 적혀 있지 않은 별은 왜 존재하지 않는가. 그것은 그들이 《에누마 아누 엔릴》에 문자로서 오르지 않았기 때문이다. 대 목성이 천계의 목양자(오리온)의 영역을 침범하면 신들의 분노가 내리는 것도, 월식이 나타나면 후모르인[6]이 화를 입는 것도 모두 고서에 문자로 적혀 있기 때문이다. 고대 수메르인이 말(馬)이라는 짐승을 모르는 것도 그들 사이에 말이라는 글자가 없었기 때문이다.

이 문자 정령의 힘만치 무서운 것은 없다. 나와 자네가 문자를 사용하여 글을 쓴다고 생각하면 오산이다. 우리야말로 문자 정령들에게 부려지는 하인이다. 그러나 또한 그들 정령이 초래하는 해악도 매우 심하다. 나는 지금 그것에 관해 연구 중인데, 자네가 지금 역사를 기록한 문자에 의심을 느끼게 된 것도 결국에는 자네가 문자와 너무 친하여 그 정령의 독기를 쐬었기 때문일 것이다.

젊은 역사가는 이상하다는 표정을 하고 돌아갔다. 노박사는 잠시 문자 정령의 해독害毒이 그 훌륭한 청년을 해친 것을 슬퍼했다. 문자와 너무 친하여 오히려 문자에 의심을 품는 것은 결코 모순이 아니다. 요전에 박사는 생래의 식탐으로 양고기를 거의 한 마리분이나 먹어 치웠으나, 그 후 당분간 살아 있는 양의 얼굴을 보는 것도 피한 적이 있었다.

청년 역사가가 돌아간 얼마 후, 문득 에리바는 숱이 적어진 곱슬머리를 붙잡고 생각에 빠졌다. 오늘 어쩌면 나는 그 청년에게 문자 정령의 위력을 찬미하지 않았나. 울화통이 치미는 일이다, 라고 그는 혀를 찼다. 나까지 문자 정령에게 홀렸구나.

실제로 이미 오래전부터 문자 정령이 어떤 무서운 병을 노박사에게 초래했다. 그것은 그가 문자 정령의 존재를 확인하기 위해 하나의 글자를 며칠이나 가만히 노려보며 지낸 이후의 일이었다. 그때, 지금까지 일정한 의미와 음을 갖던 글자가 홀연 분해되어 단지 직선들의 집합이 되어버린 것은 앞에 말한 바와 같으나, 그 이후 그것과 비슷한 현상이 문자 이외의 모든 것에 관해서도 일어나게 되었다.

그가 집 한 채를 가만히 보는 가운데, 그 집은 그의 눈과 머릿속에서 목재와 돌과 기와와 회반죽의 의미도 없는 집합으로 변해버렸다. 이것이 어째서 인간이 사는 곳인지 알 수 없게 되었다. 인간의 몸을 보아도 그와 같았다. 모두 의미가 없는 기괴한 형태를 한 부분들로 분석되었다. 어째서 이런 모습을 한 것이 인간이라 불리는지 전혀 이해할 수 없게 되었다. 눈에 보이는 것뿐 아니었다. 인간의 모든 일상, 모든 습관이 똑같은 이상한 분석병 때문에 지금까지의 의미를 몽땅 잃어버렸다. 이제는 모든 인간 삶의 근저가 의심스럽게 보였다.

에리바 박사는 미칠 것 같았다. 문자 정령의 연구를 더 계속하다가는 결국 그 정령 때문에 생명을 잃어버릴 것 같다고 생각했다. 그는 무서워져서 곧바로 연구 보고를 정리하여 앗수르바니팔 대왕에게 올렸다. 단, 약간의 정치적 의견도 물론 부가했다. 무武의 나라 아시리아는 이제 보이지 않는 문자 정령 때문에 완전히 잠식되었다. 게다가 이것을 눈치챈 사람은 거의 없다. 지금이라도 문자에 대한 맹목적 숭배를 고치지 않으면 나중에 후회할지도 모른다, 운운.

문자 정령이 비방자를 그냥 놔둘 리 없었다. 에리바의 보고는 대왕의 기분을 크게 상하게 했다. 나부 신의 열렬한 찬양자로 당시 제

일류의 문화인인 대왕이 보건대, 이것은 당연한 일이었다. 노박사는 즉일 근신의 명을 받았다. 대왕의 어릴 적부터의 스승인 에리바가 아니었다면, 아마 살가죽을 벗기는 형에 처해졌을 것이다. 대왕의 불쾌한 반응에 놀란 박사는 곧바로 이것이 간악한 문자 정령의 복수라는 것을 깨달았다.

그러나 복수는 이것으로 그치지 않았다. 며칠 후 니네베 알베라 지방을 덮친 대지진 때, 박사는 마침 자택의 서고에 있었다. 오래된 집이라 지진에 벽이 무너지고 서가가 쓰러졌다. 엄청난 서적이(수백 개의 무거운 점토판이) 문자들의 무서운 저주의 소리와 함께 이 비방자 위에 떨어져, 그는 무참하게도 압사했다.

주

1 문자화 : 문자로 인한 재앙.
2 쐐기 모양의 부호 : 설형문자(楔形文字).
3 필나피슈팀 : 우트나피슈팀을 말하는 듯. 대홍수에서 살아남아 영원한 생명을 얻었다고 여겨지는 인물. '노아의 방주' 노아의 모델.
4 길가메시 : 바빌로니아 영웅 서사시 〈길가메시 이야기〉.
5 《에누마 아누 엔릴》: 천신 아누, 수신 에아, 우주신 엔릴의 3신의 사적을 기록.
6 후모로인 : 아모르(아무르)인를 말하는 듯. 셈족.

<ruby>狐<rt></rt>憑<rt></rt></ruby> 호빙[1]

네우리 부락의 샤크가 귀신이 들렸다는 소문이다. 여러 귀신이 그에게 씌었다고 한다. 매, 늑대, 수달 등의 혼령이 애꿎은 샤크에게 들어가 이상한 말을 뱉게 한다는 것이다.

나중에 그리스인이 스키타이인이라고 부른 미개 인종 중에서도 이 종족은 특히 유별났다. 그들은 호수 위에 집을 짓고 살았다. 야수의 습격을 피하기 위해서였다. 수천 개의 나무 기둥을 호수의 얕은 부분에 때려 박고, 그 위에 판자를 깐 그곳에 집들이 있었다. 그들은 바닥 곳곳에 만들어진 구멍을 열고 바구니를 내려서 호수의 고기를 잡았다. 통나무배를 타고 바다표범이나 수달을 잡았다. 삼베 직조법을 알아서 동물 가죽과 함께 이것을 입었다. 말고기, 양고기, 산딸기, 마름 열매 등을 먹으며, 마유馬乳와 마유주를 즐겼다. 뼈로 만든 대롱을 암말의 배에 꽂아 넣고 노예에게 이것을 불게 하여 젖을 받는 고래古來의 기법이 전승되었다.

네우리 부락의 샤크는 이런 호상민湖上民 중에 극히 평범한 청년이었다.

샤크가 이상해지기 시작한 것은 작년 봄, 남동생 데크가 죽은 후의 일이었다. 그때 북방에서 사나운 유목민인 위구르족 한 무리가 말을 타고 언월도를 휘두르며 질풍처럼 부락에 쳐들어왔다. 부족은 필사적으로 방어했다. 처음에는 호반으로 나와 침략자를 맞아 싸우던 그들도 악명 높은 북방 초원의 기마병을 당해낼 수 없어 호수 위의 거처로 물러났다. 호수와 육지 사이의 다리를 철거하고, 집들의 창을 통해 투석기와 화살로 응전했다. 통나무배 조종에 익숙하지 않은 유목민은 호수 마을의 섬멸을 단념하고, 호반에 남은 가축들을 약탈하여 다시 질풍처럼 북쪽으로 돌아갔다.

피로 물든 호반의 땅 위에는 머리와 오른손이 없는 시체만 몇 구 남았다. 머리와 오른손만을 침략자가 베어서 가져갔다. 두개골은 바깥쪽을 도금하여 해골 잔을 만들고, 오른손은 손톱채로 가죽을 벗겨 장갑으로 만들기 위해서였다. 샤크의 동생 데크의 시체도 그러한 치욕을 당하고 버려졌다. 머리가 없으므로 옷과 소지품으로 구분할 수밖에 없었으나, 혁대의 표시와 도끼의 장식으로 틀림없는 동생의 시체인 것을 알았을 때, 샤크는 잠시 그 비참한 모습을 망연히 바라보았다. 그 모습이 아무래도 동생의 죽음을 슬퍼하는 것과는 무언가 다르게 보였다고, 후에 누가 말했다.

그 후 곧 샤크는 묘한 헛소리를 중얼거리기 시작했다. 무엇이 그에게 씌어 기괴한 말을 뱉게 하는지, 주위 사람들은 처음에 알 수 없었다. 말투로 판단하자면, 그것은 산 채로 가죽이 벗겨진 야수의 넋처럼 생각되기도 했다. 모두가 생각한 끝에, 야만족에게 잘린 동생 데크의 오른손이 말하는 것이 틀림없다는 결론에 도달했다.

네댓새가 지나자, 샤크는 다시 다른 넋의 말을 하기 시작했다. 이번에는 무엇의 넋인지 곧 알 수 있었다. 무운을 세우지 못하고 전장에 쓰러진 전말의 내용으로 보아, 사후에 허공의 신령에게 목덜미를 잡혀 무한의 어둠 저쪽으로 던져지는 내용을 슬프게 이야기하는 것은 분명히 동생 데크를 가리킨다고 모두 알 수 있었다. 샤크가 동생 시체 옆에 망연히 서 있었을 때, 은밀히 데크의 혼령이 형 속으로 숨어들었다고 사람들은 생각했다.

그런데 그때까지 그가 가장 사랑하는 육친이나 오른손 같은 것에 빙의한 것은 이상하지 않았으나, 그 후 일시 평정을 되찾은 샤크가 다시 헛소리를 뱉기 시작했을 때 사람들은 놀랐다. 이번에는 샤크와 전혀 관계없는 동물이나 인간들의 말이었다.

과거에도 귀신이 들린 남자와 여자는 있었지만, 이렇게 잡다한 것이 한 사람에게 들린 전례는 없었다. 어느 때는 부락 밑의 호수를 헤엄쳐 다니는 잉어가 샤크의 입을 빌려 고기들의 즐거움과 슬픔을 이야기했다. 어느 때는 타우르스 산의 송골매가 호수와 초원과 산맥, 또는 건너편에 보이는 거울 같은 호수의 웅대한 조망에 관해 이야기했다. 초원의 암컷 늑대가 희뿌연 겨울 달 아래에서 굶주림에 시달리며 밤새 얼어붙은 땅 위를 돌아다니는 괴로움을 말한 적도 있었다.

사람들은 신기해하며 샤크의 헛소리를 들으러 왔다. 이상한 것은 샤크도, 혹은 샤크에게 깃든 혼령도 많은 청취자를 기대하는 듯했다. 샤크의 청중은 점차 늘어났는데, 어느 때 그들 중 한 사람이 이런 말을 했다. 샤크의 말은 혼령이 떠드는 것이 아니다, 샤크가 생각하고 떠드는 게 아닐까.

들어보니 그럴 법한 것이, 보통 귀신이 들린 인간은 더욱 황홀한 망아忘我의 상태에서 떠들었다. 샤크의 태도에는 그리 광기 같은 점 없이 이야기는 매우 조리가 정연했다. 좀 이상하다고 말하는 사람이 늘어났다.

샤크도 자신이 최근 하는 일의 의미를 알지 못했다. 물론 보통의 소위 신들림과 다른 것 같다는 점은 샤크도 알았다. 그러나 왜 자신은 이런 기묘한 짓을 몇 달이나 계속하면서도 질리지 않는가 알 수 없어, 아무래도 일종의 귀신 탓이 아닐까 생각했다. 처음에는 분명 동생의 죽음을 슬퍼하고 그 머리와 손의 행방을 분하게 생각하던 중에, 어느새 묘한 말을 떠들게 되었다. 이것은 그의 고의가 아니었다.

그러나 이것이 원래 공상적인 경향을 가진 샤크에게, 자기의 상상을 자기 이외의 것으로 바꾸는 재미를 가르쳐주었다. 점차 청중이 늘어나고 그들의 표정이 이야기의 강약과 고저에 따라 안도나 공포를 숨길 수 없게 되는 것을 볼 때마다, 그러한 재미는 멈출 수 없게 되었다. 공상 이야기의 구성은 나날이 교묘해졌다. 상상에 의한 정경 묘사는 더욱 생생한 색채를 더해갔다. 자기도 의외일 정도로, 다양한 장면이 생생하고 섬세하게 상상 속에서 떠올랐다. 그는 놀라면서, 역시 무언가 어떤 귀신이 자기에게 들어왔다고 생각하게 되었다. 단, 이렇게 계속 까닭 없이 나오는 말들을 훗날에도 전하기 위해 문자라는 도구가 있으면 좋겠다는 것에는 생각이 닿지 않았다. 지금 자기가 연기하는 역할이 후세에 어떤 명칭으로 불릴 것인지도 물론 알 리 없었다.

샤크의 이야기가 아무래도 그가 만들어낸 것 같다는 생각이 들기 시작해도 청중은 결코 줄어들지 않았다. 오히려 그에게 계속 새로운 이야기를 만들라고 요구했다. 그것이 샤크가 만든 이야기라고 해도, 원래 평범한 샤크가 그런 멋진 이야기를 하게 만든 것은 귀신이 틀림없다고, 그들은 역시 작자와 같은 생각을 했다. 귀신이 들리지 않은 그들에게, 실제로 본 적도 없는 것에 관해 저렇게 상세히 말하는 것은 도저히 생각할 수 없었다. 호반의 바위 그늘이나, 가까운 숲의 전나무 밑이나, 혹은 산양의 가죽을 드리운 샤크의 집 앞에서 그들은 샤크 주위로 둥글게 둘러앉아 이야기를 즐겼다. 북방 산지에 사는 30명의 도적 이야기나, 숲 속의 밤의 괴물 이야기나, 초원의 젊은 암소 이야기 등을.

젊은이들이 샤크의 이야기에 빠져서 일을 게을리하는 것을 보고, 부락의 장로들이 불만스러운 얼굴을 했다. 그들 중 한 사람이 말했다. 샤크 같은 남자가 나온 것은 불길한 징조다. 만약 귀신이라면 이처럼 기묘한 귀신은 전대미문이고, 만약 귀신이 아니라면 이처럼 터무니없는 황당한 것을 계속 생각해내는 미치광이는 아직 본 적이 없다. 어느 쪽이라도 이런 놈이 튀어나왔다는 것은 무언가 자연에 이긋나는 불길한 징조다. 이 장로는 마침 가문의 표지에 표범 발톱이 그려진 가장 유력한 가문의 사람이었으므로, 이 노인의 말은 모든 장로가 지지하는 바가 되었다. 그들은 은밀히 샤크의 배척을 꾀했다.

샤크의 이야기는 주위의 인간 사회에서 재료를 취하는 것이 점차 많아졌다. 매나 암소 이야기만으로는 청중이 만족하지 않게 되었다. 샤크는 젊고 아름다운 남녀의 이야기나, 인색하고 질투 많은 노파의 이야기나, 타인에게는 으스대지만 늙은 마누라에게는 꼼짝 못하는 추장의 이야기를 하게 되었다. 탈모기의 독수리 같은 대머리 주제에 어떤 청년과 아름다운 처녀를 다투다가 비참하게 패한 노인의 이야기를 했을 때, 청중은 크게 웃었다. 너무 웃어서 그 이유를 물으니, 샤크의 배척을 발의한 그 장로가 최근에 그런 비참한 경험을 했다는 소문이었다.

장로는 화가 났다. 백사 같은 간사한 지혜를 짜서 흉계를 꾸몄다. 최근에 마누라를 빼앗긴 한 남자가 음모에 가담했다. 샤크가 자신을 빗댄 이야기를 했다고 믿었기 때문이다. 두 사람은 백방으로 손을 써서, 샤크가 부락민의 의무를 늘 태만히 하는 것에 모두의 주의가 쏠리도록 했다. 샤크는 낚시를 하지 않는다. 샤크는 말을 돌보지 않는다. 샤크는 숲 속의 나무를 베지 않는다. 수달의 가죽을 벗기지 않는다. 오래전 북쪽의 산맥에서 날카로운 바람이 거위 깃털 같은 눈송이를 몰고 온 이래, 누구든 샤크가 마을 일을 하는 것을 본 자가 있는가.

사람들은 그 말이 맞는다고 생각했다. 실제로 샤크는 아무 일도 하지 않았으니까. 겨울나기에 필요한 물건들을 서로 나눌 때가 되어 사람들은 특히 확실하게 느꼈다. 가장 열성적인 샤크의 청취자까지도. 그래도 사람들은 샤크의 이야기에 빠져 있었으므로, 일하지 않는 샤크에게도 마지못해 겨울 음식을 나누어주었다.

두꺼운 모피 덕분에 북풍을 피하고, 짐승 똥이나 마른 나무를 태우는 난로 옆에서 마유주를 훌쩍거리면서 그들은 겨울을 지냈다. 호숫가의 갈대가 싹트기 시작하면 그들은 다시 밖으로 나와 일하기 시작했다.

샤크도 들로 나갔으나, 왠지 눈빛도 흐리고 멍하게 보였다. 사람들은 이제 그가 이야기를 하지 않는 것을 알게 되었다. 억지로 이야기를 청해도, 이전에 했던 이야기를 되풀이했다. 아니, 그것조차 만족스럽게 말하지 못했다. 말투도 완전히 생기를 잃었다. 사람들은 말했다. 샤크의 귀신이 떨어졌다고. 많은 이야기를 샤크에게 시킨 귀신이 어느새 확실히 떨어져 나갔다.

귀신은 떨어졌으나 이전의 근면한 습관은 돌아오지 않았다. 일도 하지 않고 그렇다고 이야기를 하는 것도 아니면서, 샤크는 매일 멍하게 호수를 바라보며 지냈다. 그 모습을 볼 때마다 이전의 청취자들은 이 바보 얼굴의 게으름뱅이에게 소중한 자신들의 겨울 음식을 나눠준 것을 분하게 생각하기 시작했다. 샤크에게 앙심을 품은 장로들은 회심의 미소를 지었다. 부락에서 유해 무용하다고 모두에게 인정된 자는 협의를 통해 처분하는 것이 가능했다.

옥 목걸이를 목에 건 수염 많은 유력자들이 수시로 상담을 했다. 가족이 없는 샤크를 변호해주려는 자는 아무도 없었다.

마침 뇌우雷雨의 계절이 다가왔다. 그들은 천둥을 가장 두려워했다. 그것은 하늘인 외눈 거인이 화를 내는 저주의 소리였다. 한 번이 소리가 울리면, 그들은 일체의 일을 그만두고 근신하며 나쁜 기운을 물리쳐야 했다. 간사하고 음흉한 노인은 소뿔 잔 두 개로 점술가를 매수하여, 불길한 샤크의 존재와 최근의 빈번한 천둥을 얽어매는 데 성공했다. 사람들은 다음과 같이 결정했다. 모월 모일 태양이 호수 한가운데 하늘을 지나서 서쪽 땅의 큰 밤나무 가지에 걸릴 때까지 세 번 이상 천둥이 울리면, 샤크는 다음 날 조상 전래의 관습에 따라 처분될 것이다.

그날 오후, 어떤 이는 천둥소리를 네 번 들었다. 어떤 이는 다섯 번 들었다고 말했다.

다음 날 저녁, 호숫가의 모닥불을 둘러싸고 큰 향연이 벌어졌다. 큰 솥 안에는 양고기와 말고기에 섞여 가련한 샤크의 살도 부글부글 끓었다. 먹을 것이 그리 풍부하지 못한 이곳 부락민은 병으로 쓰러진 자 이외의 모든 새로운 시체는 당연히 식용으로 했다. 샤크의 가장 열성적인 청취자였던 곱슬머리 청년이 모닥불에 얼굴을 비치면서 샤크의 어깨 살을 한입 가득 넣었다. 그 장로는 미워했던 적의 대퇴골을 오른손에 들고 뼈에 붙은 살을 맛있게 뜯어 먹었다. 다 뜯어 먹은 후 뼈를 멀리 던지자, 퐁당 하며 뼈는 호수에 가라앉았다.

호메로스라고 불린 맹인 음유시인이 아름다운 시들을 노래하기 훨씬 이전에, 이렇게 한 사람의 시인이 잡아먹혔다는 사실은 아무도 알지 못했다.

주

1 호빙 : 여우에게 홀려서(미신에 의해) 일어나는 정신병, 또는 그런 병자.

식민지 조선의 풍경

범
사
냥

1

나는 범 사냥 이야기를 하려고 한다. 범 사냥이라고 해도 타라스콩의 영웅 타르타랭 씨[1]의 사자 사냥 같은 실없는 것이 아니다. 진짜 호랑이 사냥이다.

장소는 조선, 게다가 경성에서 20리밖에 떨어지지 않은 산속, 즉 지금 그런 곳에서는 호랑이가 나올 리 없다며 비웃음을 사겠지만, 어쨌든 지금으로부터 20여 년 전까지는 경성이라고 해도 근교 동소문(혜화문) 밖 히라야마 목장[2]의 소나 말이 한밤중에 자주 습격을 당했다. 당연히 이것은 호랑이가 아니라 조선어로 '늑대'라고 부르는 이리의 일종이었으나, 어쨌든 한밤중에 교외를 혼자 걷는 것은 아직 위험한 시절이었다.

다음과 같은 이야기도 있었다. 동소문 밖 주재소에서 어느 밤 순사가 혼자 탁자 앞에 앉아 있는데, 무언가 갑자기 박박 하고 무서운 소리를 내며 입구의 유리문을 긁어댔다. 놀라서 눈을 들자, 그것이 참으로 놀랍게도 호랑이였다. 호랑이가 (그것도 두 마리가) 서서 앞발 발톱으로 계속 박박 긁어대고 있었다. 순사는 창백해진 얼굴로 곧바로 방 안에 있던 몽둥이를 빗장 대신에 문에 걸고 주위의 모든 의자와 탁자를 안쪽에 쌓아서 입구의 버팀목으로 한 후에, 자신은 허리의 칼을 빼고 방어 자세를 취한 채 무서움에 덜덜 떨었다. 그러나 호랑이들은 한 시간쯤 순사의 간담을 서늘하게 한 후, 이윽고 포기하고 어디론가 사라져버렸다고 한다.

이 이야기를 〈경성일보〉에서 읽었을 때, 나는 웃음을 참을 수 없었다. 평소에 그렇게 뻐기고 다니는 순사가(그 무렵의 조선은 아직 순사가 으스대고 다니던 시대였다) 당황해서 의자와 탁자, 그리고 그 밖의 손에 잡히는 모든 잡동사니를 대청소 때처럼 문 앞에 쌓았다는 걸 생각하면, 소년인 나도 웃음을 참을 수 없었다. 게다가 찾아온 두 마리의 호랑이가, 뒷발로 일어나서 박박 긁으며 순사를 위협한 호랑이 두 마리가 아무래도 나는 실물 호랑이 같다는 생각은 들지 않고, 위협당한 순사 자신처럼 긴 칼을 들고 장화를 신고 팔자수염이라도 쓰다듬으면서 "어이, 이봐"라든가 말하는 유치한 동화 속의 호랑이처럼 생각되었다.

2

범 사냥 이야기 전에 먼저 한 친구에 대해 말하고자 한다. 그 친구의 이름은 조대환趙大煥이라고 한다. 이름을 보면 알 수 있듯 그는 반도인半島人이었다. 그의 모친은 내지인內地人〔일본인〕이라고 모두가 말했다. 나는 그 말을 그의 입으로 직접 들은 것 같기도 하나, 어쩌면 나 자신이 제멋대로 그렇게 생각하고 그렇게 믿어버린 것인지도 모른다. 그렇게 친하게 지냈으면서도 끝내 나는 그의 어머니를 본 적이 없다. 어쨌든, 그는 일본어에 매우 능통했다. 게다가 소설 등도 많이 읽어서 식민지의 일본 소년이 들은 적도 없는 에도시대의 말까지 아는 정도였다. 그래서 언뜻 보아 그를 반도인이라고 간파할 수 있는 이는 아무도 없었다.

조趙와 나는 소학교 5학년 때부터 친구였다. 5학년 2학기에 나는 내지에서 용산의 소학교로 전학 왔다. 부친의 직장 사정 등으로 어릴 때 자주 전학을 다녔던 사람은 기억할 것이다. 다른 학교로 옮긴 초기처럼 괴로운 기간은 없다. 다른 습관, 다른 규칙, 다른 발음, 다른 독본. 게다가 이유도 없이 전학생을 괴롭히는 심술궂은 많은 눈. 뭐 하나를 해도 혹시나 비웃음을 사지 않을까 주뼛주뼛 위축되어버린다.

용산 소학교에 전학 오고 나서 2, 3일이 지난 날, 그날도 국어 시간에 '고지마 다카노리'[3]가 나오는 대목에서 벚나무에 새겨 넣은 시 구절을 내가 읽기 시작하자 모두 크게 웃었다. 얼굴이 벌게져도 열심히 계속 읽자 모두 쓰러질 정도로 웃었다. 결국 선생님까지 입가에 미소를 띠는 사태였다. 나는 완전히 기가 죽어서 수업이 끝나자마자 서둘러 교실을 빠져나왔다.

아직 아무도 없는 운동장 한구석에 우뚝 서서, 울고 싶은 마음에 맥없이 하늘을 쳐다보았다. 지금도 기억하는데, 그날은 맹렬한 모래 먼지가 짙은 안개처럼 자욱이 껴서, 태양은 흐릿한 모래 안개 속에서 달처럼 누르스름한 빛을 희미하게 비추고 있었다. 나중에 알게 되었지만, 조선에서 만주에 걸쳐 한 해에 대략 한 번 정도는 이와 같은 날이 있었다. 즉 몽골의 고비 사막에 바람이 일어나 모래 먼지가 멀리 날아왔던 것이다. 그날 나는 처음 보는 무시무시한 날씨에 어안이 벙벙해져, 운동장 울타리의 키 큰 포플러 나뭇가지가 하얀 먼지 안개 속으로 사라지는 것을 바라보며, 자꾸 입으로 들어와 씹히는 모래를 계속 퉤퉤 내뱉었다.

갑자기 옆에서 놀리는 듯한 웃음과 함께, "어이, 쪽팔려서 계속 침만 뱉는군" 하는 기묘하게 옥죄는 목소리가 들렸다. 돌아보니 마른 몸에 키가 크고 눈이 작고 콧방울이 퍼진 한 소년이, 악의라기보다는 조롱이 가득한 웃음을 보이면서 서 있었다. 과연 내가 침을 뱉는 것은 분명히 공중의 모래 탓이기는 했으나, 그 말을 들으니 다시 아까의 "하늘은 구천勾踐을 버리지 않았도다"[4]를 읽던 때의 창피함과 혼자 있는 것의 멋쩍음 등을 얼버무리는 데 필요 이상으로 퉤퉤 침을 뱉은 것 같기도 했다.

그것을 지적당한 나는 다시 아까보다 두세 배의 창피함을 일시에 느끼고, 발끈하여 앞뒤도 보지 않고 그 소년에게 울먹이며 달려들었다. 솔직히 말해, 나는 그 소년을 이길 수 있다고 생각해 달려든 것은 전혀 아니었다. 몸집이 작고 약한 나는 그때까지 싸움에 이겨본 적이 없었다. 그러므로 그때도 어차피 질 각오로, 그리고 그런 까닭에 이미 반울상으로 덤벼들었다. 그런데 놀랍게도, 내가 엄청나게 얻어맞을 각오로 눈을 감고 대든 상대가 뜻밖에 약했다. 운동장 구석의 기계체조 모래밭에 맞붙어 쓰러진 채로 잠시 밀치락달치락하는 중에, 어렵지 않게 나는 그를 깔아뭉갤 수 있었다.

나는 속으로 이 결과에 다소 놀라면서도, 아직 방심할 여유도 없이 눈을 감은 채 정신없이 상대의 먹살을 쥐고 흔들었다. 그런데 곧 상대가 무저항인 것을 깨닫게 되어 눈을 번쩍 떠보니, 내 손 밑에서 상대의 작은 눈이 진지한 것인지 웃는 것인지 모를 능글맞은 표정으로 올려보고 있었다. 나는 문득 왠지 모욕감을 느껴 서둘러 손을 풀고 일어나 그에게서 떨어졌다. 그러자 그도 따라 일어나서 검은 제복의 모래를 털면서 나를 보지도 않고, 소리를 듣고 달려온 다른 소년들을 향해 어색한 듯이 눈을 찡그려 보였다. 나는 오히려 내 쪽이 진 듯한 거북함을 느껴 묘한 기분으로 교실로 돌아갔다.

그 후 2, 3일이 지나 그 소년과 나는 하굣길에 같은 길을 나란히 걸어갔다. 그때 그는 자기 이름이 조대환이라고 내게 밝혔다. 이름을 들었을 때 나는 아무 생각 없이 다시 물었다. 조선에 왔음에도 나와 같은 반에 반도인이 있으리라고는 전혀 생각도 하지 못했고, 게다가 또 그 소년의 모습이 아무리 봐도 반도인 같지 않았기 때문이다. 몇 번인가 되물어 그의 이름이 확실히 조趙라는 것을 알았을 때, 나는 자꾸만 되물은 것이 미안했다.

아무래도 그 무렵의 나는 조숙한 소년이었던 것 같다. 나는 상대가 반도인이라는 의식을 하지 않도록 (그때만이 아니라 그 후 함께 놀게 되면서부터 죽) 애써 주의를 기울였다. 그러나 그런 배려는 필요 없는 것 같았다. 왜냐하면 조 군은 스스로 전혀 그것에 개의치 않았다. 실제로 스스로 먼저 내게 이름을 밝힌 것을 보아도, 그가 그런 데 신경을 쓰지 않는 것을 알 수 있다고 나는 생각했다.

그러나 실제로는 이것이 잘못된 생각이었음을 깨달았다. 조 군은 사실 (자신이 반도인이라는 것보다도) 친구들이 그것을 항상 의식하며 동정적으로 자기와 놀아주고 있다는 점을 매우 불편하게 여겼다. 때로는 그가 그러한 의식을 하지 않게 하려는 교사와 우리의 배려까지 그를 매우 불쾌하게 만들었다. 즉 그는 스스로 그것에 구애받고 있었기에 역으로 밖으로 드러난 태도에서는 조금도 구애받지 않는다는 모습을 보이며, 더욱 자신의 이름을 밝히거나 했던 것이다. 그러나 이런 사실을 내가 알게 된 것은 훨씬 후의 일이었다.

어쨌든 그렇게 우리 사이는 맺어졌다. 둘은 동시에 소학교를 졸업하고 동시에 경성의 중학교에 입학하여, 매일 아침 함께 용산에서 전차로 통학하게 되었다.

3

그 무렵, 즉 소학교 말에서 중학교 초기에 걸친 시기인데, 그가 한 소녀를 짝사랑하는 것을 알았다. 소학교 우리 반은 남녀 혼반으로 그 소녀는 부반장이었다. 반장은 남학생 중에서 뽑았다. 피부는 그리 흰 편이 아니지만, 키 크고 머리숱이 많고 눈이 서늘한 예쁜 소녀였다. 반의 누군가가 〈소녀 클럽〉이던가 하는 잡지 표지의 가쇼[5]라는 삽화가의 그림을 자주 그 소녀와 비교한 것을 들은 적이 있었다.

조는 소학교 때부터 그 소녀를 좋아했던 것 같으나, 그 소녀도 역시 용산에서 전차로 경성의 여학교를 다니게 되어 등하교하는 전차 안에서 종종 얼굴을 마주치면서부터 다시 마음의 농도가 진해졌다.

언젠가 조는 진지한 표정으로 내게 그 일을 말한 적이 있었다. 처음에는 자신도 대단찮게 생각했지만 연상의 한 친구가 그 소녀의 아름다움을 칭찬하는 것을 듣고 나서는 급작스레 참을 수 없이 그 소녀가 고귀하고 아름다운 존재로 생각되었다고 말했다. 입 밖으로는 내지 않았지만, 신경이 예민한 그가 이 일에 관해 다시 새삼 반도인과 내지인이라는 문제로 끙끙 앓았으리라는 것은 추측하기 어렵지 않았다.

나는 아직도 확실히 기억한다. 어느 겨울 아침, 남대문역 환승 장소에서 우연히 그 소녀로부터 (아마 그쪽도 얼떨결에 무심코 그렇게 된 듯하나) 정면으로 인사를 받고 당황하여 그것에 응답한 그의, 추위에 코끝이 빨개진 얼굴을. 그리고 다시 같은 시간대에 역시 전차에 우리 둘과 그 소녀가 함께 탔던 때의 일을. 그때 우리는 소녀가 앉은 자리 앞에 서 있었다. 소녀의 옆 사람이 자리에서 일어나자 그녀가 옆으로 몸을 살짝 비켜 조 군을 위해 (그러나 동시에 나를 위한 것임도 부정할 수 없으나) 자리를 비워주었는데, 그때의 조 군이 얼마나 난처해하면서도 기쁜 표정을 지었던가…….

내가 왜 이런 하찮은 일을 또렷이 기억하는가 하면(아니, 전혀 이런 일은 아무래도 괜찮은 것인데), 그것은 물론 나 자신도 역시 은근히 그 소녀에게 애틋한 마음을 품고 있었기 때문이다. 그러나 이윽고 그의, 아니 우리의 애처로운 연정은 세월이 흐르며 우리 얼굴에 점차 여드름이 늘어감에 따라 어디론가 사라져버렸다. 우리 앞에 계속 나타나는 삶의 신비 앞에 그 모습이 자취를 감추었다고 하는 편이 더욱 진실에 가까우리라.

그 무렵부터 우리는 점차 기괴하고 매력으로 가득 찬 인생의 많은 사실에 관해 예리한 호기심의 눈을 반짝이기 시작했다. 둘이 (물론 어른들을 따라간 것이나) 범 사냥에 나선 것은 마침 그 무렵의 일이었다. 그러나 말이 나온 김에, 순서는 바뀌게 되지만 범 사냥은 나중에 다시 말하고, 그 후의 그에 관한 것을 좀 더 말해두고자 한다. 그 후 그에 관해 떠오르는 것을 말하자면 단 두세 가지밖에 없으므로.

4

그는 천성적으로 기묘한 일에 흥미를 가진 학생으로, 학교에서

시키는 것에는 조금도 관심을 나타내지 않았다. 검도 시간에도 대개 병을 핑계로 견학만 하며, 투구를 쓰고 열심히 죽도를 휘두르는 우리를 그 작은 눈으로 비웃음을 띠면서 보곤 했는데, 어느 날 4교시 검도 시간이 끝나고 아직 투구도 벗지 않은 내 옆에 오더니, 자기가 어제 미츠코시 백화점〔현 신세계 본점〕 갤러리에서 열대어를 보고 온 이야기를 했다. 매우 흥분한 말투로 그 아름다움을 설명하고, 자기도 한 번 더 갈 테니 꼭 함께 보러 가자고 했다. 그날 방과 후에 우리는 혼마치 거리〔충무로와 명동 일대〕의 미츠코시에 들렀다.

그것은 아마 일본 최초의 열대어 전시였던 것 같다. 3층 진열장으로 들어가자 주위 창가에 나란히 수조를 늘어놓았는데, 장내는 수족관 안처럼 푸르스름하게 희미한 조명이었다. 조 군은 먼저 창가 한가운데에 있는 수조 앞으로 나를 데려갔다. 바깥 하늘이 비쳐 파랗게 투명한 물속에는 엷은 비단의 작은 부채처럼 아름다운, 아주 얇고 납작한 물고기 두 마리가 대여섯 가닥의 수초 사이로 조용히 헤엄치고 있었다. 마치 가자미를 세로로 세워서 헤엄치게 한 모습이었다. 그리고 그 몸체와 거의 같은 크기의 삼각돛 같은 지느러미가 매우 멋졌다. 움직일 때마다 색이 변하는 비단벌레 같은 회백색의 몸에는 화려한 넥타이 무늬처럼 적보라색의 굵은 줄무늬가 몇 줄이나 선명하게 그어져 있었다.

"어때?" 하고 조 군은 열심히 바라보고 있는 내 옆에서 득의양양하게 말했다.

두꺼운 유리 때문에 녹색으로 보이는 공기 방울이 올라가는 행렬. 바닥에 깔린 고운 흰 모래. 그곳에 나 있는 가느다란 수초. 그 사이로 장식풍의 꼬리를 소중하다는 듯 조용히 움직이며 헤엄치는 마름모꼴의 물고기. 이러한 것을 가만히 바라보는 사이에 나는 어느새 요지경으로 남양南洋의 해저라도 들여다보는 기분이었다.

그러나 또한 그때 나는 조 군의 감격이 너무 과장되었다고 생각했다. 그의 '이국적인 미'에 대한 애호는 예전부터 잘 알고 있었지만, 이 경우 그의 감동에는 많은 과장이 포함된 것을 발견하여 나는 그 과장의 기세를 꺾어주려고 생각했다. 그래서 한 바퀴 돌아본 후에 미츠코시를 나와 둘이 혼마치 거리를 내려갈 때, 나는 그에게 일부러 이렇게 말해주었다.

"그거야 멋지지 않은 건 아니지만, 그렇지만 일본의 금붕어도 못 지않게 아름답지."

반응은 곧 나타났다. 입을 다문 채로 똑바로 나를 돌아본 그의 얼굴은(여드름투성이에 작은 눈, 콧방울이 퍼지고 입술이 두툼한 그의 얼굴은) 곧 자신의 섬세한 미를 이해하지 못한 데 대한 비웃음과, 또 그보다는 지금 나의 심술궂은 시니컬한 태도에 대한 항의 같은 것이 뒤섞인 복잡한 표정으로 가득 찼다. 그 후 일주일 정도, 그는 내게 말을 걸지 않았던 것으로 기억한다……

5

나와 그가 교제하는 동안에 더 중요한 일이 많았겠지만, 나는 이러한 작은 사건들만 또렷하게 기억하고 다른 것은 거의 다 잊어버렸다. 인간의 기억이라는 것은 대개 이런 식으로 작용하는 듯하다. 이 밖에 내가 잘 기억하는 것을 말하자면, 그렇다, 3학년 겨울의 연습 날 밤의 일이다.

그것은 필시 차가운 바람이 부는 11월 말이었다. 그날, 3학년 이상의 학생은 한강 남쪽의 영등포 근처에서 발화연습〔총에 화약만 장전하고 쏘는 군사훈련〕을 했다. 척후병으로 나갔을 때, 나지막한 언덕의 성긴 숲 속에서 아래를 내려다보면, 흰 모래밭이 멀리까지 이어지고 그 중간쯤에 흐린 칼날 빛의 겨울 강이 차갑게 흘러갔다. 그리고 저 멀리 펼쳐진 하늘에는 언제나 눈에 익은 북한산의 삐죽삐죽한 청보라색 바위가 하늘로 솟아 있었다. 그처럼 쓸쓸한 겨울 풍경 사이로 우리는 배낭 가죽과 총 기름 냄새, 또는 화약 냄새 등을 맡으며 온종일 이리저리 뛰어다녔다.

그날 밤은 한강변의 노량진 모래밭에 천막을 치게 되었다. 우리는 무거운 총을 어깨에 메고 지친 다리를 끌며 발이 푹푹 빠지는 모래밭을 걸어갔다. 야영지에 도착한 것은 네 시경이었다. 이윽고 천막을 치려고 준비를 시작했을 때, 그때까지 맑았던 하늘이 갑자기 흐려지는가 싶더니 후드득 하고 큰 우박이 세차게 내렸다. 아주 큰 우박 덩어리였다. 우리는 아픔을 참지 못해 아직 치지도 않고 모래 위에 펼쳐놓은 텐트 밑으로 서둘러 기어 들어갔다. 귓가에 텐트의 두꺼운 천을 때리는 우박 소리가 크게 울렸다.

우박은 10분쯤 후에 그쳤다. 텐트 밑에서 머리를 드러낸 우리는

(같은 텐트에 일고여덟 명이 머리를 집어넣고 있었다) 서로 얼굴을 마주 보고 동시에 웃었다. 그때 나와 조대환은 같은 텐트에서 지금 막 머리를 드러낸 동료인 것을 발견했다. 그러나 그는 웃지 않았다. 불안스럽게 창백한 안색으로 고개를 숙이고 있었다. 옆에 5학년 N이라는 선배가 서서 왠지 험악한 표정으로 그를 꾸짖고 있었다. 일동이 황급히 텐트 밑으로 숨었을 때, 조가 팔꿈치로 그 선배를 밀쳐서 안경을 깨뜨려버렸다는 말 같았다.

우리 중학교에서는 선배의 권위가 매우 강했다. 길거리에서 만났을 때의 경례는 당연하고, 그 밖에 무슨 일에서건 선배에게는 절대복종이라는 관례가 있었다. 그래서 나는 그때도 조가 공손히 사과하리라 생각했다. 그런데 뜻밖에도(어쩌면 우리가 옆에서 보고 있던 탓도 있을지 모르지만) 좀체 순순히 잘못을 빌지 않았다. 그는 고집스럽게 입을 다문 채 그대로 서 있었다. N은 잠시 조를 밉살스럽게 내려다보다가 우리 쪽을 힐끗 보더니, 그대로 휙 등을 돌리고 떠나가버렸다.

사실 이때만이 아니라, 조는 예전부터 상급생에게 찍혀 있었다. 우선 조는 거리에서 그들을 만나도 경례를 잘 하지 않았다. 이것은 조가 근시임에도 불구하고 안경을 쓰지 않는다는 사실에서 비롯된 경우가 많은 듯했다. 그러나 그렇지 않아도 원래 나이에 비해 조숙해서, 그들 상급생의 거드름 피우는 행위에 대해 비웃음을 흘리곤 하던 그였으며, 게다가 그 무렵부터 가후(荷風)의 소설을 탐독할 정도로 경파인 우리 입장에서 보아 다소 연파 쪽이었으므로[6] 이 점은 상급생에게 찍히는 것도 당연했다. 조 자신의 말에 따르면, 선배로부터 '건방진 놈, 제대로 하지 않으면 맞을 줄 알아'라는 협박을 두세 번 들었다고 했다. 특히 이 연습 2, 3일 전에는 학교 뒤의 숭정전崇政殿이라고 하는 옛날 이왕조李王朝의 궁전 터 앞으로 끌려가서 호되게 두들겨 맞을 뻔했으나, 마침 그곳에 학생주임 선생이 지나갔기 때문에 위기를 모면했다고 전했다.

조는 내게 그 말을 하면서 입가에는 비웃음을 띠었으나, 그때 다시 급히 진지한 표정으로 바뀌어 이런 말을 했다. 자신은 결코 그들을 두려워하지 않으며 또 맞는 것도 무섭다고 생각지 않으나, 그럼에도 불구하고 그들 앞에 서면 떨린다. 아무것도 아니라고 생각해도 자연스레 몸이 덜덜 떨리기 시작하는데 도대체 왜 그럴까, 하고 그때 그는 진지한 표정으로 내게 물었다.

그는 늘 남들을 무시하는 듯한 웃음을 띠고 남들로부터 업신여김을 당하지 않으려고 항상 마음의 자세를 갖추고 있음에도, 때로는 문득 이런 정직한 면을 자백했다. 그렇게 정직한 면을 드러낸 후에는 반드시 곧 지금의 행위를 후회하는 듯한 얼굴로, 다시 원래의 냉소적인 표정으로 돌아가기는 했지만.

상급생과의 사이에 지금 말한 경위가 예전부터 있었으므로 그도 그때 솔직하게 사과를 하지 못했을 것이다. 그날 저녁, 천막이 쳐진 후로도 그는 여전히 불안한 표정이었다.

수십 개의 천막이 모래밭에 쳐지고 천막 내부에 짚 등을 깔아 준비가 끝나자, 각 천막 안에서 불을 피우기 시작했다. 처음에는 장작이 연기만 나서 안은 따뜻해지지 않았다. 이윽고 연기가 사라지자, 아침부터 배낭 속에서 딱딱하게 굳은 주먹밥 식사가 시작되었다. 그것이 끝나자 모두 밖으로 나와 인원 점호. 그것이 끝난 후, 각자의 천막으로 돌아가 모래 위에 깐 짚 위에서 자게 되었다. 텐트 밖에 선 보초는 한 시간 교대로, 내 차례는 새벽 네 시부터 다섯 시까지였으므로 그때까지 편안히 수면을 취할 수 있었다. 같은 천막 안에 우리 3학년 다섯 명(그중에는 조도 있었다)과 감독의 의미로 두 명의 4학년이 함께 있었다.

모두 처음에는 좀체 잠이 오지 않았다. 한가운데에 모래를 파고 만든 즉석 난로를 둘러싸고 불빛에 붉게 얼굴을 비치면서, 그럼에도 밖과 밑에서 스며드는 추위에 외투 깃을 세우고 목을 움츠리면서 우리는 시시한 잡담에 몰두했다.

그날 우리 교련 교관인 만년 소위님이 자칫하면 낙마할 뻔했던 이야기와, 행군 도중 민가의 뒤뜰로 들어가 그 집 농부들과 싸운 이야기, 척후로 나간 4학년이 빠져나가 품속에 몰래 가져온 포켓 위스키를 마시고 돌아온 후 엉터리 보고를 했다는 등의 시시한 무용담 같은 이야기를 하는 가운데 결국에는 어느새 소년답게, 지금 생각하면 실로 순진한 음담으로 옮겨 갔다.

역시 한 학년 위인 4학년이 주로 그런 화제의 제공자였다. 우리는 눈을 반짝이면서 경험담인지 상상인지 모를 상급생의 이야기를 경청하며, 실로 시시한 것에도 크게 즐거워하는 환성을 질렀다. 단지 그런 가운데에서도 조대환 혼자는 별로 재밌지도 않다는 표정으로 잠자코 있었다. 조로서도 이러한 종류의 이야기에 흥미를 갖지 않을 리 없었다. 단지 그는 상급생의 사소한 농담을 자못 재미있다는 듯이 웃거나 하는 우리의 태도에서 '비굴한 추종'을 발견하고, 그것을 불쾌하게 생각하는 게 틀림없었다.

이야기도 점차 지겨워지고 낮의 피로가 몰려오자, 각자 추위를 막기 위해 서로 몸을 가까이 밀착하여 짚 위에 누웠다. 나도 누운 채로 모직 셔츠 세 장과 그 위에 재킷과 외투를 겹쳐 입었음에도 오싹오싹 다가오는 추위에 잠시 떨었으나, 그래도 어느새 꾸벅꾸벅 잠들었던 것 같다.

문득 뭔가 큰 소리가 나는가 싶어 눈을 뜬 것은 그 후 두세 시간이 지난 후였을까. 그 순간 무언가 심상치 않은 일이 일어난 느낌이 들어 가만히 귀를 기울이자, 텐트 밖에서 다시 묘하게 새된 목소리가 들려왔다. 목소리가 아무래도 조대환 같았다. 나는 깜짝 놀라 밤에 내 옆에 자던 그의 모습을 찾았다. 조는 그곳에 없었다. 아마 보초 시간이 되어 밖으로 나갔을 것이다. 그러나 묘하게 위협받는 듯한 저 목소리는? 그러자 그때, 이번에는 분명히 떨리는 그의 목소리가 천막 밖에서 들려왔다.

"그렇게 잘못했다고는 생각지 않습니다."

"뭐라고? 잘못하지 않았다고?"

하고 이번에는 다른 굵은 목소리가 압박하는 투로 울렸다.

"건방진 놈!"

그와 동시에 분명 짝! 하고 뺨을 때리는 소리가, 그리고 다음으로 총이 모래 위로 쓰러지는 소리와 다시 격하게 몸을 밀치는 둔한 소리가 두세 번 연이어 들렸다. 나는 순식간에 모든 상황을 이해했다. 나에게는 불길한 예감이 있었다. 평소 찍혀 있는 조 군이고, 게다가 낮의 사건도 있어서, 어쩌면 오늘 밤 같은 기회에 당하게 되지 않을까 하고, 어둠 속에서 나는 그런 생각이 들었다. 그것이 지금 실제로 저질러진 듯하다.

나는 천막 안에서 몸을 일으켰으나 어떻게 할 수도 없어, 단지 가슴 두근거리며 잠시 가만히 밖의 상황을 엿들었다. 다른 친구들은 모두 자고 있었다. 이윽고 밖에서는 두세 명이 떠나가는 기척이 나고, 그 후로는 쥐 죽은 듯 정적으로 돌아갔다.

나는 옷을 고쳐 입고 천막 밖으로 나갔다. 밖은 뜻밖에도 하얀 달밤이었다. 그리고 텐트에서 4, 5미터 정도 떨어진 곳, 달빛이 비치는 새하얀 모래밭 위에 홀로 검고 작은 개처럼도 보이는 소년 한 명이 웅크린 채로 가만히 고개를 숙이고는 움직이지 않고 있었다. 총은 옆의 모래에 떨어져 있고, 총에 꽂힌 단검이 반짝반짝 달빛에 빛났다.

나는 옆으로 가서 그를 내려다보고 "N이냐?"라고 물었다. N은 낮에 그와 말다툼을 했던 5학년의 이름이다. 그러나 조는 고개를 숙인 채 대답하지 않았다. 잠시 후 돌연 왁! 소리를 지르고 차가운 모래 위에 몸을 내던지더니, 등을 들썩이면서 엉엉 소리를 내어 아이처럼 울기 시작했다. 나는 깜짝 놀랐다. 10미터 정도 떨어진 곳에 있는 옆 천막의 보초도 보고 있었다. 그러나 평소와 다른 조의 이러한 진솔한 통곡이 나를 울컥하게 했다.

나는 그를 부축하여 일으키려고 했다. 그는 좀체 일어나려고 하지 않았다. 겨우 안아 일으켜서, 다른 천막의 보초들이 보지 못하도록 그를 데리고 강가로 갔다. 18, 9일쯤의 달이 럭비공 같은 모양으로 차가운 하늘에 환하게 떠 있었다. 새하얀 모래밭에는 삼각형의 천막이 늘어서 있고, 천막 밖에는 모두 7, 8개씩 총검이 서로 맞대어 세워져 있었다. 보초들은 새하얀 숨을 뱉으면서 차가운 총의 개머리판을 잡고 서 있었다.

우리는 천막의 그들에게서 떨어져 한강 본류 쪽으로 걸어갔다. 문득 보니 나는 어느새 조의 총을 (모래 위에 떨어진 것을 주워) 그 대신에 메고 있었다. 조는 장갑 낀 양손을 축 늘어뜨리고 아래를 보며 걸어갔으나, 그때 불쑥 여전히 얼굴을 숙인 채로 이런 말을 내뱉었다. 아직 울고 있었으므로 목소리는 흐느낌 때문에 때때로 끊겼으나, 그는 마치 나를 꾸짖는 듯한 어조로 말했다.

"도대체 뭐지? 강한 게 뭐고 약한 게 뭐란 말이지?"

말이 너무 간단하여 그가 말하려는 것을 확실히 알지 못했으나, 말투가 내 가슴을 흔들었다. 평소의 그다운 점은 조금도 보이지 않았다.

"나는 말이야, (하고 여기서 그는 아이처럼 훌쩍이고) 나는 저런 놈들에게 맞았다고 해서 졌다고 생각지 않아. 정말로. 그런데도 여전히 (여기서도 한 번 더 훌쩍거리고) 나는 분하다. 그런데 분한데도 대들지 못해. 무서워서 덤비지 못해."

여기까지 말하고 말을 끊었을 때, 나는 여기서 그가 다시 한 번 큰 소리로 울지 않을까 생각했다. 그 정도로 말투가 급박했다. 그러나 그는 울지 않았다. 나는 그를 위해 적당한 위로의 말을 찾을 수 없는 것을 유감으로 생각하면서, 잠자코 모래 위에 검게 비친 우리 그림자를 보며 걸어갔다. 소학교 교정에 나와 싸웠을 때부터 죽, 그는 여전히 나약한 사람이었다.

"강한 게 뭐고 약한 게 뭐란 말이야. 응? 정말로."

그때, 그는 다시 한 번 그 말을 반복했다. 우리는 어느새 한강 본류 가까이 와 있었다. 강가 일대에는 이미 얇은 얼음이 얼어 있고, 넓게 흘러가는 강 가운데에도 꽤 큰 얼음 덩어리가 몇 개 떠내려가고 있었다. 물이 드러난 곳은 아름답게 달빛에 빛났지만, 얼음이 언 부분에는 달빛이 불투명 유리처럼 뿌옇게 비쳤다.

이제 일주일 정도만 지나면 모두 얼어버리겠지 등을 생각하며 수면을 바라보던 나는, 그때, 문득 그가 아까 한 말을 떠올리고 그 숨겨진 의미를 발견한 듯하여 깜짝 놀랐다. '강한 게 뭐고 약한 게 도대체 뭐지?'라는 조의 말은, 하고 나는 그때 아! 깨달았다고 생각했다. 단지 현재 그 한 개인의 경우에 관한 감개만은 아니지 않은가. 그때 나는 그렇게 생각했다. 물론 지금 돌이켜 생각해보면 그것은 나의 지나친 생각이었는지도 모른다. 조숙하다고는 하지만, 겨우 중학교 3학년 말에 그런 의미까지 생각한 것은 아무래도 그를 과대평가한 것인지도 모르겠다.

그러나 항상 자신의 출생에 둔감한 것처럼 보이면서도 실은 매우 민감한 조 군이고, 또 상급생에게 괴롭힘을 당하는 이유의 일부도 그것에 원인을 돌리곤 하던 그를 잘 아는 나였으므로, 내가 그때 그런 식으로 생각한 것도 반드시 무리한 생각은 아니었다.

그렇게 생각하고 다시 내 옆의 기죽은 조 군의 모습을 보자, 그렇지 않아도 위로의 말이 궁했던 나는 다시 무슨 말을 걸어야 할지 몰라 단지 잠자코 수면을 바라봤다. 그러나 나는 왠지 마음속으로는 기뻤다. 냉소주의자, 거드름쟁이인 조 군이 평소의 격식을 모두 벗어버리고(앞에서도 말했듯, 그때까지 때때로 이런 일도 없지는 않았지만, 오늘 밤처럼 정직한 격정으로 나를 놀라게 한 적은 없었다) 벌거숭이의, 나약자의, 그리고 내지인이 아닌 반도인의 그를 보여준 것에 나는 만족감을 느꼈다. 우리는 그렇게 잠시 추운 강가에 선 채로 달에 비친 건너편 용산에서 독촌현毒村縣[7]과 청량리에 걸쳐 하얗게 펼쳐진 야경을 바라보았다…….

이 야영 밤의 사건 말고 그에 관해 떠오르는 것은 별로 없다. 왜냐하면 그 후 곧, 아직 우리가 4학년이 되기 전에 그는 돌연, 그야말로 돌연 내게조차 한마디의 예고도 없이 학교에서 모습을 감추어버렸다. 말할 것도 없이 나는 곧 그의 집을 찾아가보았다. 그의 가족은 물론 그곳에 있었다. 단지 그만이 없었다. 중국으로 잠시 갔다고 하는 그의 부친의 불완전한 일본어 대답 이외에는 아무런 단서도 얻지 못했다.

나는 매우 화가 났다. 사라지기 전에 무언가 한마디 정도는 해줘도 좋지 않나. 나는 그의 실종 원인을 여러모로 생각해보려고 했으나 허사였다. 야영 날의 사건이 직접적인 동기가 되었을 것인가. 그것만으로 학교를 그만둘 정도의 이유가 되리라 생각할 수 없었으나, 아무래도 어느 정도는 관계가 있다는 생각이 들었다. 그렇게 생각하자, 이윽고 그때 그가 말한 '강하다, 약하다' 운운의 말이 의미 있게 생각되기 시작했다.

이윽고 그에 관한 여러 소문이 들려왔다. 한동안 그가 어떤 종류의 운동〔독립운동을 의미한다〕 단체에 가담하여 활약하고 있다는 소문을 들었다. 다음에는 그가 상해에 가서 방탕에 빠졌다고 하는 이야기도(이것은 좀 지난 후의 소문이나) 들었다. 그 무엇도 가능성 있다는 생각이 들었고, 또한 동시에 그 모두 근거 없는 것처럼 생각되었다. 그리고 중학교를 마치고 곧 도쿄로 나와버린 나는 그 후 전혀 그의 소식을 듣지 못했다.

6

범 사냥 이야기를 한다더니 아무래도 너무 앞질러 간 듯하다. 그럼 이제부터 드디어 본제로 돌아가기로 한다. 그런데 범 사냥 이야기라고 하는 것은, 앞에서도 말했듯, 조가 행방을 감추기 2년 전의 정월, 즉 나와 조가 그 눈이 서늘하게 아름다운 소학교 때의 부반장을 서서히 잊어가던 무렵의 일이었다.

어느 날 학교가 끝나고 여느 때처럼 조와 둘이서 전차 정거장까지 오자, 그는 내게 좋은 이야기가 있으니 다음 정거장까지 걸어가

자고 했다. 그리고 그때 걸으면서 내게 범 사냥에 가지 않겠느냐고 말을 꺼냈다. 이번 토요일에 그의 부친이 범 사냥을 가는데, 그때 그도 데려가준다고 했다. 그리고 예전부터 내 이름은 부친도 알고 있어 틀림없이 허락할 것이니 함께 가지 않겠는가, 라는 말이었다.

나는 범 사냥 같은 것은 그때까지 전혀 생각해본 적도 없을 정도라, 그때 잠시 놀라서 그의 말이 진실인지 의심하는 눈빛으로 그를 되돌아봤던 것 같다. 세상에, 호랑이라는 것이 동물원이나 아동 잡지 삽화 말고 내 가까이에서 현실로 (게다가 내가 승낙만 하면 바로 사나흘 중에) 등장한다는 것은 그야말로 꿈에도 생각하지 못했다. 그래서 나는 우선 그가 나를 속이려는 것이 아닌지 재삼(그가 약간 기분이 상할 정도로) 확인한 후에, 장소와 동행자와 비용 등을 물었다. 그리고 그 결과로 그의 부친이 허락한다면, 아니 그것보다는 내가 꼭 부탁하니 억지로라도 데려가달라고 한 것은 말할 것도 없다.

조의 부친은 오래된 명문가의 신사로, 대한제국 시대에는 상당한 고관 자리에 있었다고 했다. 그리고 관직을 물러난 지금도 소위 양반으로, 경제적으로 풍요로운 것은 아들의 옷차림을 봐도 알 수 있었다. 단지 조는 (자기 집에서의 반도인 생활을 보이기 싫었으리라) 자기 집에 놀러 오는 것을 싫어해서, 나는 끝내 그의 집에, 그 소재는 알고 있었으나 가본 적은 없어 그의 부친도 보지 못했다. 확실히는 모르나 거의 해마다 범 사냥을 하러 간다고 하는데, 조대환이 따라가는 것은 올해가 처음이라고 했다. 그러므로 그도 흥분하고 있었다.

그날, 두 사람은 전차를 내려 헤어질 때까지 이 모험의 예상을, 특히 얼마만큼 우리가 위험에 처할 것인가 하는 점에 관해 이런저런 말을 나눴다. 이윽고 그와 헤어져 집에 돌아와 부모님 얼굴을 보자, 나는 경솔하게도 그제야 이 모험의 최초에 가로놓인 큰 장애를 발견했다. 어떻게 하면 나는 부모님의 허가를 받을 수 있을 것인가. 우선 그것이 곤란했다. 원래 우리 집에서는 아버지 등의 어른들이 스스로 늘 일선융화日鮮融和 등을 말하면서도 내가 조와 친하게 지내는 것을 그다지 좋아하지 않았다. 하물며 범 사냥처럼 위험한 곳에 그런 친구와 함께 가는 것은 절대 허락하지 않을 것이 뻔했다.

이런저런 생각을 하던 끝에 나는 다음과 같은 수단을 취하기로 결심했다. 중학교 근처의 서대문에 나의 친척(시집간 나의 사촌누나)이 있었다. 토요일 오후 그곳에 놀러 간다고 말하고 집을 나오면서, 어쩌면 오늘 밤 친척 집에서 자고 올지도 모른다고 말해놓는다. 내 집에도 친척 집에도 전화는 없으니, 적어도 이것으로 그 밤만은 완전히 속일 수 있을 터이다. 물론 나중에 발각 날 게 뻔하지만, 그때는 아무리 꾸중을 들어도 각오해야지. 어쨌든 그밤만은 어떻게 해서든 속여 넘기기로 생각했다. 나는 흔치 않은 귀한 경험을 얻기 위해 아버지의 꾸지람 정도는 개의치 않을 담력을 가진 작은 향락가였다.

다음 날 아침, 학교에 가서 조에게 그의 부친이 승낙했느냐고 물으니, 그는 뻔한 걸 묻는다는 표정으로 "당연하지"라고 대답했다. 그날부터 우리는 수업 따위는 전혀 귀에 들어오지 않았다. 조는 부친으로부터 들은 여러 이야기를 내게 들려주었다. 호랑이는 밤에만 먹이를 찾아 돌아다닌다는 것, 표범은 나무에 올라갈 수 있지만 호랑이는 나무에 오르지 못한다는 것, 우리가 가는 곳에는 호랑이뿐 아니라 표범도 나올지 모른다는 것, 그 밖에 총은 레밍턴을 사용한다든가 윈체스터로 한다든가, 마치 자신이 아주 옛날부터 알고 있다는 말투로 갖가지 예비지식을 주는 것이었다. 나도 평소라면 "뭐야, 남한테 들은 말 아냐"라고 한 방 먹였을 것이나, 모험의 예상으로 한껏 들떠 있던 때이므로 그가 아는 체하며 떠벌리는 것을 기쁘게 경청했다.

금요일 방과 후, 나는 혼자서 (이것은 조에게도 비밀로) 창경원에 갔다. 창경원이라는 곳은 옛날 이왕李王의 정원으로 지금은 동물원이 된 곳이다. 나는 호랑이 우리 앞에 가서 멈춰 섰다. 스팀이 통하고 있는 우리 안에서, 내게서 1미터도 떨어지지 않은 곳에서 호랑이는 앞다리를 가지런히 모으고 가로누워 눈을 가늘게 감고 있었다. 자고 있는 것은 아닌 듯했으나, 옆으로 다가간 내 쪽으로는 눈길 한 번 주지 않았다.

나는 가급적 그에게 다가가 자세히 관찰했다. 확실히 송아지 정도는 될 법한 솟아오른 등의 살집. 누런 바탕색에, 등에서 복부로 가면서 흐려지는 검은 줄무늬. 눈 위와 귓가에 나 있는 흰 털. 몸뚱이에 어울리는 크기로 튼튼하게 보이는 머리와 턱. 그것에는 라이온의 장식풍의 터무니없는 크기가 아니라 자못 실용적인 사나움이 느껴졌다. 이와 같은 야수가 이윽고 산속에서 내 앞에 튀어나온다고 생각하자 자연스레 가슴이 뛰는 것을 금할 수 없었다.

잠시 관찰하던 나는 그때까지 깨닫지 못한 것을 발견했다. 호랑이의 볼과 턱 아래가 하얗다는 사실이었다. 그리고 또 코끝이 새카맣게 고양이의 그것처럼 아주 부드러운 듯하여, 잠깐 손을 내밀어 만져보고 싶도록 생긴 것도 나를 기쁘게 했다. 나는 그러한 발견에 만족하고 돌아가려고 했다. 그러나 내가 여기에 서 있던 약 한 시간 동안, 이 야수는 나에게 눈길 한 번 주지 않았다. 나는 모욕을 받은 기분이 들어, 마지막으로 으르렁거리는 짐승 소리를 내며 그의 주의를 끌려고 했다. 그러나 소용없었다. 그는 가늘게 감은 눈을 뜨려고도 하지 않았다.

이윽고 토요일이 왔다. 4교시 수학이 끝나자마자 나는 서둘러 집으로 돌아왔다. 그리고 점심을 마친 뒤 평소보다 두 장이나 더 셔츠를 껴입고 두건과 귀마개로 방한 준비를 충분히 갖추고 나서, 이미 계획한 대로 친척 집에서 자고 올지도 모른다고 말하고 밖으로 나섰다. 네 시 기차에는 아직 좀 일렀지만 집에 가만히 앉아 기다릴 수 없었다. 약속한 남대문역의 1, 2등 대합실에 가보니 벌써 조가 와 있었다. 평소의 학생복이 아니라 스키복처럼 위에서 아래까지 검정 일색으로 따뜻한 느낌의 가벼운 차림이었다. 그의 부친과 친구 분도 곧 온다고 했다. 둘이 잠시 말을 나누고 있을 때, 대합실 입구에 사냥복에 각반을 차고 큰 엽총을 어깨에 멘 두 명의 신사가 나타났다. 그들을 보자 조는 살짝 손을 들고, 그들이 옆에 왔을 때 키가 크고 수염이 없는 쪽을 향해 나를 "나카야마 군"이라고 소개했다. 그 사람이 처음으로 보는 조의 부친이었다. 쉰 살이 좀 덜 된 듯한 당당한 체격에 혈색이 좋고, 아들과 닮은꼴로 눈이 작은 아저씨였다.

내가 묵묵히 고개를 숙이자 그는 미소로 대답했다. 말을 하지 않은 것은 아들인 조가 예전에 말했던 것처럼 필시 일본어가 그리 능숙하지 못하기 때문이다. 갈색 수염을 기른, 한눈에도 내지인이 아님을 알 수 있는 다른 남자한테도 나는 꾸벅 머리를 숙였다. 그 남자도 묵묵히 이에 대답하고, 조의 조선어 설명을 들으면서 내 얼굴을 내려다보고 미소를 지었다.

발차는 정각 네 시. 일행은 나를 포함해 네 명 이외의 또 한 사람, 어느 쪽의 하인인지 모르나 주인들의 방한구나 식량, 탄약 등을 짊어진 남자가 따라왔다.

기차에 탄 후에도 나란히 자리에 앉은 조와 나는 둘이서만 말을 계속하고, 어른들과는 거의 말을 나누지 않았다. 조는 내 앞에서 조선어를 쓰는 것을 그리 좋아하지 않는 듯했다. 때때로 건너편에서 전해지는 부친의 주의 같은 말에도 극히 간단하게 대답할 뿐이었다.

겨울의 해는 기차 안에 있는 동안 완전히 저물어버렸다. 철도가 산지에 들어감에 따라 창밖으로 눈이 쌓인 것이 보이기 시작했다. 기차가 목적지 역(사리원 직전의 뭐라고 하는 역이었는데, 그것이 지금 도저히 생각나지 않는다. 하나하나의 정경은 실로 또렷이 기억하고 있지만, 이상하게도 중요한 역 이름은 까맣게 잊어버렸다)에 도착했을 때는 이미 일곱 시가 넘었다. 어두운 등불의 낮은 목조로 된 작은 역에 내렸을 때, 검은 하늘에서 불어오는 바람이 눈 위를 스치고 지나가며 우리의 목을 움츠리게 했다. 역 앞에도 전혀 인가 같은 것은 없었다. 비바람에 노출된 들판 저쪽 달 없이 별이 총총한 하늘에 새까맣게 산

같은 형체가 솟아 있을 뿐이었다.

외길을 2, 3백 미터쯤 간 곳에서 우리는 오른쪽에 홀로 서 있는 낮은 조선 가옥 앞에 멈추었다. 문을 두드리자 곧 안에서 문이 열리고 노란빛이 눈 위로 퍼졌다. 모두 들어갔으므로 나도 낮은 입구로 고개를 구부리고 들어갔다.

집 안은 구석구석까지 기름종이를 바른 온돌로 되어 있어, 갑자기 따뜻한 공기가 후끈 덮쳐왔다. 안에는 7, 8명의 조선인이 담배를 피우면서 대화를 하고 있었는데, 이쪽을 보자 일제히 인사를 했다. 그러자 그중에서 이 집 주인장 같은 붉은 수염의 남자가 나와서, 잠시 조의 부친과 무언가 말을 한 후에 안으로 들어갔다.

미리 말을 전해놓은 듯하여, 이윽고 차를 한 잔 마시자 두 사람의 전업 사냥꾼과 대여섯 명의 몰이꾼이(사냥꾼과 몰이꾼은 비슷한 모습을 하고 있어 구분하기 어려웠으나, 나는 조의 설명을 듣고 그들이 들고 있는 총의 대소로 구별할 수 있었다) 우리를 따라 밖으로 나왔다. 밖에는 개도 네 마리 기다리고 있었다.

밝은 눈빛의 좁은 시골길을 반 리 정도 가자, 길은 이윽고 산에 다다랐다. 성긴 숲 속 사이의 새하얀 눈을 짚신으로 꾹꾹 밟으면서 몰이꾼들이 똑바로 산을 올라갔다. 그들을 앞서거니 뒤서거니 하면서 개가(눈 때문에 털빛은 또렷이 보이지 않으나, 그리 큰 개는 아니다) 옆길로 빠져 곳곳의 나무 밑동과 바위의 냄새를 킁킁 맡으면서 잔달음으로 나아갔다. 우리는 그로부터 조금 뒤처져서 한 무리가 되어 개들의 발자국을 밟아갔다.

지금 곧 옆에서 호랑이가 튀어나오지는 않을까, 뒤에서 덮치면 어떻게 하지, 라는 생각에 가슴 두근거리면서 나는 이미 조와 별로 말도 하지 않고 묵묵히 계속 걸어갔다. 올라가면서 길은 점차 험해졌다. 결국에는 길이 없어져서 뾰족한 나무 밑동이나 돌출한 바위를 넘어갔다.

추위는 매서웠다. 코 안이 얼어서 팽팽히 당기는 느낌이었다. 두건을 쓰고 귀에는 털가죽 귀마개를 했어도 귀가 찢어질 듯 아팠다. 바람이 때때로 나뭇가지를 울리는 소리가 날 때마다 깜짝 놀랐다. 올려다보니 드문드문한 나목의 가지 사이로 별이 총총히 빛나고 있었다.

이러한 산길이 대략 세 시간이나 이어졌던가. 이제 꽤 지친 우리는 동산만큼 큰 바위 밑을 한 바퀴 돌아 숲 속의 작은 빈터로 나왔다. 그러자 우리보다 좀 앞서 그곳에 도착한 몰이꾼들이 우리 모습을 보고 손을 들어 신호를 보냈다. 모두는 그쪽으로 달려갔다. 나도 깜짝 놀라 뒤처지지 않으려고 달려갔다.

그들 중 한 사람이 가리키는 곳을 보자, 과연 눈 위에 또렷하게 직경 20센티미터가 넘을 것 같은 고양이의 그것과 똑같은 발자국이 찍혀 있었다. 그리고 발자국은 조금씩 간격을 두고 우리가 온 방향과는 직각으로 빈터를 가로질러 숲에서 숲으로 이어졌다. 게다가 몰이꾼 한 사람의 말을 조가 통역해준 바에 따르면, 이 발자국은 매우 최근의 것이라고 했다. 조와 나는 극도의 흥분과 공포로 입도 달싹거리지 못하게 되었다. 일행은 잠시 그 발자국을 따라 앞뒤를 주의 깊게 살피면서 수목 사이를 나아갔다.

곧 그 발자국이 숲 속의 다른 하나의 빈터로 이끌었을 때, 우리는 그 숲 언저리에서 많은 나목 속에 섞인 큰 소나무 두 그루를 발견했다. 안내인들은 잠시 양쪽을 살펴보다가, 이윽고 그 구불구불 구부러진 한쪽 나무에 기어올라 등에 지고 온 막대기와 널빤지와 멍석 등을 나뭇가지 사이에 끼워 넣고, 순식간에 그곳에 즉석의 관람석을 만들었다. 지면에서 4미터 정도 높이였을 것이다.

그 안에 짚을 깔고 그곳에서 우리는 기다리기로 했다. 호랑이는 갈 때 지난 길을 돌아올 때도 반드시 지난다고 했다. 그러므로 그 소나무 가지 사이에서 그렇게 기다리다가 호랑이가 돌아오는 것을 맞아 총으로 쏜다는 말이었다.

세 개의 굽은 굵은 가지 사이에 짚이 깔린 관람석은 의외로 넓어, 아까 말한 우리 네 명 이외에 사냥꾼 두 명도 들어갈 수 있었다. 나는 그곳에 올라갔을 때, 이제 적어도 뒤에서 습격당할 염려는 없어졌다고 생각해 마음이 놓였다. 우리가 올라가자, 몰이꾼들은 개를 데리고 각각 총을 어깨에 멘 채 횃불을 들고 어디론가 숲 속으로 사라졌다.

시간은 점차 흘렀다. 흰 눈으로 땅은 매우 환하게 보였다. 우리 아래는 50평 정도의 빈터로, 주위에는 듬성한 숲이 이어졌다. 나뭇잎이 떨어지지 않은 나무는, 우리가 올라간 나무와 그 옆의 소나무 외에는 거의 보이지 않았다. 잎이 다 떨어진 나목의 줄기가 하얀 지상에 새카맣게 뒤섞여 있는 것처럼 보였다. 때때로 센 바람이 불어오면 숲은 일시에 술렁거리는 소리를 내고, 이윽고 바람이 지나가면 그 소리도 바다의 먼 울림처럼 점차 희미해져 추운 하늘 어딘가로 사라졌다. 소나무 가지와 잎들 사이로 보이는 별빛은 우리를 날카롭게 위협하는 듯했다.

그렇게 한동안 잠복을 계속하는 가운데, 아까의 공포는 꽤 사라졌다. 그러나 대신 이번에는 추위가 가차 없이 몰려왔다. 털양말을 신은 발의 끝에서 차가움인지 아픔인지 모를 감각이 점차 올라왔다. 어른들은 계속 말을 나누고 있으나, 나는 때때로 들려오는 '호랑이'라는 조선어 말고는 전혀 알 수 없었다. 나도 무리하게라도 힘을 내려고 캐러멜을 먹으며, 떨면서 조와 이야기를 시작했다.

조는 나에게 작년 이 근처에서 호랑이의 습격을 받은 조선인 이야기를 했다. 호랑이의 앞발 일격으로 그 남자의 머리에서 턱에 걸쳐 얼굴의 반이 베인 듯이 떨어져 나갔다고 했다. 분명 부친에게 들었을 이야기를 조는 마치 자신이 눈앞에서 보고 온 것처럼 흥분하여 말했다. 그 말투는 마치 그가 그런 참극이 지금이라도 눈앞에 벌어지기를 간절히 바라는 것 같았다. 그리고 실은 나도 그 이야기를 들으면서, 내게 위험이 없는 범위에서 그런 사건이 일어나면 좋겠다는 기대를 은밀히 품었다.

그러나 두 시간을 기다려도 세 시간을 기다려도 호랑이 같은 것의 기색은 전혀 보이지 않았다. 이제 두 시간이 지나면 새벽이 밝을 것이다. 조의 부친 말에 따르면, 이렇게 범 사냥을 하러 와도 금세 운 좋게 새 발자국을 발견한다는 것은 매우 드문 일이고 대개는 2, 3

일 산기슭의 농가에 머물게 된다고 하니, 어쩌면 오늘 밤은 나오지 않을지 모른다. 그렇다면 학교와 집의 사정으로 계속 머물 수 없는 나는 아무것도 보지 못하고 돌아가야만 한다. 그렇게 되면 조는 도대체 어떻게 할 것인가. 부친과 함께 호랑이가 나올 때까지 이곳에서 며칠이라도 기다릴 셈일까. 나 혼자 돌아가는 것은 따분한 일이다……. 그런 것을 생각하자, 저녁부터의 긴장이 점차 풀리기 시작했다.

조는 그때, 가져온 가방 속에서 바나나를 한 송이 꺼내 내게도 나누어주었다. 그 차가운 바나나를 먹으면서 나는 묘한 생각이 들었다. 지금 생각하니 실로 웃긴 이야기지만, 그때 나는 진지하게, 이 바나나 껍질을 밑에 흩어놓아 호랑이가 미끄러지게 하겠다는 생각을 했다. 물론 나로서도 반드시 호랑이가 바나나 껍질에 미끄러짐으로써 쉽게 총을 맞으리라고 확신한 것은 아니었으나, 그러나 전혀 있을 수 없는 일도 아닐 것이라는 정도의 기대를 했다. 그리고 다 먹은 바나나 껍질은 가급적 멀리, 호랑이가 지나가리라 여겨지는 곳으로 던졌다. 아무래도 비웃음을 살 것 같아 이 생각은 조에게도 말하지 않았다.

바나나는 다 먹었으나 호랑이는 좀체 나타나지 않았다. 기대에 어긋난 실망과 긴장의 이완으로 나는 졸리기 시작했다. 차가운 바람에 떨면서도 나는 꾸벅꾸벅 졸기 시작했다. 그러자 조의 건너편에 있는 조의 부친이 내 어깨를 가볍게 두드리더니, 웃으면서 서툰 일본어로 "호랑이보다도 감기 들까 무섭군" 하고 주의를 주었다. 나는 곧 미소로 그 주의에 대답했다. 그러나 다시 곧 꾸벅꾸벅 졸았던 것 같다. 그리고 그로부터 어느 정도 시간이 지났던가. 나는 꿈속에서 아까 조에게 들은 이야기인, 조선인이 호랑이에게 습격을 당하는 장면을 보고 있었다…….

그런데 그것이 어떤 식으로 일어났던가. 나는 부주의하게도 그것을 몰랐다. 단지 날카로운 공포의 외침이 귀를 뚫고 들어와서 깜짝 놀라 제정신이 돌아왔을 때 나는 보았다. 바로 눈 아래에, 우리 소나무에서 30미터도 떨어지지 않은 곳에 꿈속의 그것과 똑같은 광경을 보았다. 한 마리의 흑황색 짐승이 우리에게 옆모습을 보이며 눈 위에 낮게 움츠리고 서 있었다. 그리고 그 앞으로 7, 8미터 정도 떨어진 곳에 몰이꾼 같은 사람 하나가 옆에 총을 내팽개치고, 양손을 뒤에 짚고 다리를 앞으로 내민 채 앉은뱅이 같은 모습으로 쓰러져서, 얼빠진 눈으로 호랑이 쪽을 응시하고 있었다.

호랑이는 (보통 상상하는 바와 같이 수그린 채 다리를 모아 덤벼들려는 자세가 아니라) 고양이가 물건을 가지고 놀 때처럼 오른쪽 앞발을 쭉 뻗어 휘두르는 모습으로, 앞으로 나아가려고 했다. 나는 깜짝 놀라면서도 아직 꿈의 연속인지 모른다는 생각에 눈을 비비고 다시 한번 보려고 했다. 그러자 그때였다. 내 귓전에서 탕! 하고 요란한 총성이 나고, 다시 탕! 탕! 탕! 하고 연이어 세 발의 총성이 이어졌다. 강한 화약 냄새가 갑자기 코를 찔렀다. 앞으로 나아가려던 호랑이는 그대로 크게 입을 벌리고 울부짖으면서 뒷발로 잠시 일어났으나 곧바로 쿵 하고 쓰러졌다. 그것이(내가 눈을 뜨고, 총성이 울리고, 호랑이가 뛰어오르고, 다시 쓰러질 때까지) 불과 10초 정도 사이에 일어난 사건이었을 것이다. 나는 단지 어안이 벙벙하여 멀리 필름이라도 보는 듯한 기분으로 멍하니 바라보았다.

곧 어른들은 나무에서 내려갔다. 우리도 따라서 내려갔다. 눈 위에서는 짐승도 그 앞에 쓰러진 사람도 모두 움직이지 않았다. 우리는 먼저 막대기 끝으로 쓰러진 호랑이의 몸을 쿡쿡 찔러보았다. 움직이는 기색도 없으므로 안심하고 모두 그 사체로 다가갔다. 새빨간 피가 주위의 흰 눈을 가득 물들이고 있었다. 얼굴을 옆으로 돌리고 쓰러져 있는 호랑이의 길이는 몸통만 해도 다섯 자 이상은 되었을 것이다. 이미 그때는 하늘도 점차 밝아져서 주위의 나뭇가지도 어렴풋이 보이는 무렵이었으므로, 눈 위에 쓰러진 황색 바탕의 검은 줄무늬는 뭐라 말할 수 없이 아름다웠다. 단지 뜻밖에 등 부위가 생각보다 검었다.

나와 조는 서로 얼굴을 마주 보고 휴 한숨을 쉬고, 이제는 위험이 없는 것을 알면서도 여전히 흠칫흠칫하면서 여태껏 어떤 두꺼운 가죽도 단숨에 찢어버렸을 날카로운 발톱과, 집고양이의 그것과 똑같은 흰 콧수염 등을 살며시 만져보기도 했다.

한편 쓰러져 있던 사람 쪽은 어떻게 되었는가 하면, 이쪽은 단지 공포에 질린 나머지 정신을 잃었을 뿐으로 전혀 상처를 입지 않았다. 나중에 들으니, 이 남자는 몰이꾼의 한 사람으로, 호랑이를 찾다 지쳐서 우리가 있는 곳으로 돌아와 빈터에서 잠시 소변을 보고 있을 때 갑자기 옆에서 호랑이가 나타났다고 했다.

나를 놀라게 한 것은 그때 조대환의 태도였다. 그는 기절하여 쓰러져 있는 남자 쪽으로 가더니, 발로 거칠게 몸뚱이를 툭툭 차면서 내게 이렇게 말했다.

"쳇! 안 다쳤잖아."

그것이 결코 농담으로 하는 말이 아니라 자못 이 남자의 무사함을 분해하는, 즉 자신이 전부터 기대하던 비극의 희생자가 되지 않은 데 대해 화를 내는 것처럼 들렸다. 그리고 옆에서 보고 있는 그의 부친도, 아들이 몰이꾼을 발로 툭툭 치는 것을 말리려고 하지 않았다. 문득 나는 그들 몸에 흐르고 있는 이 땅의 호족豪族의 피를 본 듯했다. 그리고 조대환이 기절한 남자를 분하게 내려다보는, 그 눈과 눈 사이에 떠도는 모질고 박정한 표정을 바라보면서, 나는 언젠가 야담인가 어딘가에서 읽은 적이 있는 '좋은 종말을 맞이하지 못할 인상'이란 이런 것을 가리키는 게 아닐까 생각했다.

이윽고 다른 몰이꾼들도 총성을 듣고 몰려왔다. 그들은 호랑이의 사지를 두 다리씩 묶어 올려서 굵은 막대를 집어넣고 거꾸로 매달아 어느새 밝아진 산길을 내려갔다. 정거장까지 내려온 우리는 잠시 쉰 후에 (호랑이는 나중에 화물로 운반하기로 하고) 곧바로 오전 기차로 경성으로 돌아왔다. 기대보다 결말이 너무 간단하게 끝나버린 게 아쉬웠지만, 특히 꾸벅꾸벅 졸아서 호랑이가 출현하는 장면을 놓친 것이 유감스러웠지만, 어쨌든 나는 내가 특별한 모험을 했다는 생각에 만족하며 집으로 돌아왔다.

일주일 정도 지나 서대문 친척 집 때문에 내 거짓말이 탄로 났을 때, 아버지에게 크게 혼난 것은 말할 것도 없다.

7

이것으로 범 사냥 이야기는 끝난 셈이다. 그런데 이 범 사냥 때부터 2년 정도 지나고, 예의 발화연습 날로부터 얼마 지나지 않은 시점에 그가 우리 친구 사이에서 말도 없이 사라져버린 것은 앞에 말한 바와 같다. 그렇게 그로부터 지금까지 15, 6년 전혀 그를 만나지 못했다. 아니, 그렇게 말하면 거짓이다. 실은 나는 그를 만났다. 게다가 그것이 바로 최근의 일이다. 그러므로 나도 이런 이야기를 시작할 생각이 난 것이지만, 그러나 만남의 모습이라는 것이 매우 기묘하여 과연 만났다고 할 수 있을지 모르겠다. 그 모습이라는 것은 이렇다.

사흘 전쯤 오후, 친구에게 부탁받은 어떤 책을 찾으려고 혼고(本鄕) 거리의 헌책방을 한바탕 찾아다닌 나는, 심한 눈의 피로를 느끼면서 아카몬(赤門)〔도쿄대 정문〕 앞에서 3초메(丁目)〔혼고 3초메, 즉 혼고 3가(街)〕 쪽으로 걷고 있었다. 마침 점심시간이라 대학생이나 고등학생, 기타 학생들이 거리에 가득 찼다. 내가 3초메 가까이 메밀국수집에서 꺾어지는 골목길까지 왔을 때, 사람들의 흐름 속에서 키가 크고(군중 사이에서 머리만 솟은 것처럼 보일 정도니 꽤 컸다) 말랐으며 서른쯤의 로이드안경〔동그란 렌즈의 안경〕을 쓴 남자가 우뚝 서 있는 것이 내 눈을 끌었다.

그자는 키가 남들 이상으로 컸을 뿐 아니라 풍채 또한 사람의 눈을 끌 만했다. 낡아서 검붉은 테가 날름 수그러진 중절모를 뒤로 젖혀 쓰고, 그 아래에는 큰 로이드안경(그것도 한쪽 걸이가 없어서 끈으로 대신한)을 반짝거리며, 여기저기 때 묻은 목닫이 양복[8]은 단추가 두 개나 떨어졌다. 꾀죄죄한 긴 얼굴에는 하얗게 마른 입가에 거친 수염이 부슬부슬 나 있어 얼빠진 표정을 주고 있으나, 그러나 또 좁은 미간 주위는 무언가 방심할 수 없는 느낌을 주었다. 말하자면, 시골 사람의 얼굴과 소매치기의 얼굴을 섞은 얼굴이었다.

나는 10여 미터나 앞에서 이미 군중 가운데 기다란 몸을 주체하지 못하는 이상한 풍채의 남자를 발견하고 눈을 집중하고 있었다. 그러자 그쪽도 내 쪽을 보는 듯했으나, 내가 2미터 정도 앞으로 왔을 때 그 남자의 약간 찌푸린 미간에서 무언가 약간 온화한 표정 같은 것이 나타났다. 그리고 눈에 보이지 않을 정도의 희미한 온화함이 곧 얼굴 전체로 퍼지는가 싶더니, 갑자기 그의 눈이 (물론 미소 하나 없으나) 나를 향해 마치 옛 친구를 알아챘을 때처럼 끔뻑거렸다.

나는 깜짝 놀랐다. 그리고 전후를 돌아보고 그 윙크가 나에게 보내지는 것임을 확인하자, 나는 내 기억의 구석구석을 서둘러 뒤지기 시작했다. 그러는 중에도 한편으로 눈은 상대방에게서 떼지 않고 의아스러운 응시를 계속했으나, 그러한 가운데 내 마음 한구석에 확실하게 알지 못하는 무언가가 매우 오랫동안 잊었던 어떤 것이 발견된 느낌이 들었다. 그리고 그 정체를 알 수 없는 어떤 느낌이 점점 퍼져갔을 때, 내 눈은 이미 그의 눈길에 대답하는 인사를 하고 있었다. 그때는 이미 이 남자가 옛 친구의 하나라는 것을 확신했다. 단지 그가 누구인지는 여전히 의문으로 남았다.

상대방은 나의 인사를 보자, 나도 자신을 떠올렸다고 생각한 듯 내 쪽으로 다가왔다. 그러나 별로 말을 하는 것도 아니고 웃는 얼굴을 보이는 것도 아니고, 잠자코 나와 나란히 서서 자기가 지금 온 길을 반대로 걷기 시작했다. 나도 입을 다문 채 그가 누구인지 계속 떠올리려고 노력했다.

대여섯 걸음 걸었을 때, 그 남자는 내게 쉰 목소리로(내 기억 속 어디에도 그와 같은 목소리는 없었다) "담배 한 대 주게"라고 말을 꺼냈다. 나는 포켓을 뒤져서 반 정도 남은 배트⁹ 담뱃갑을 그 앞에 내밀었다. 그는 그것을 받아 들고 다른 손을 자신의 포켓에 집어넣더니, 갑자기 묘한 얼굴로 다시 배트 갑과 내 얼굴을 보았다. 잠시 그렇게 바보 같은 얼굴로 배트와 나를 돌아본 후, 그는 잠자코 내가 준 배트 갑을 그대로 내게 돌려주려고 했다. 나는 말없이 그것을 받으면서도 무언가 여우에 홀린 듯한 알 수 없는 기분과, 또 약간 무시를 당한 듯한 쾌씸한 생각이 섞인 기분으로 그의 얼굴을 올려다보았다. 그러자 그는 그때 비로소 희미한 미소를 입가에 띠고 이렇게 혼잣말처럼 말했다.

"말로 기억하고 있으면 이런 실수를 자주 저지르지."

물론 나는 무슨 말인지 이해할 수 없었다. 그러나 이번에는 그가 극히 흥미 있는 사정을 말하는 듯 힘차고 빠른 말투로 설명을 시작했다.

그 말에 따르면, 그가 나에게서 배트를 받아 들고 성냥을 꺼내려고 오른손을 포켓에 넣었을 때 같은 담뱃갑을 찾아냈다고 한다. 그때 그는 깜짝 놀라서, 자기가 구한 것이 담배가 아니라 성냥이었다는 것을 깨달았다. 그래서 그는 자신이 왜 이런 바보 같은 실수를 저질렀는가 생각해보았다. 단순한 착각이라고 해버리면 그만이지만, 그렇다면 그 착각은 어디에서 왔는가.

그것을 여러모로 생각한 끝에 그는 이런 결론을 내렸다. 즉 그것은 그의 기억이 모두 말에 의한 것이기 때문이라고. 그는 처음에는 자신에게 성냥이 없는 것을 발견했을 때, 누군가를 만나면 성냥을 얻으려고 생각하여, 그 생각을 "나는 남에게서 성냥을 얻어야 한다"라는 말로 기억 속에 저장해두었다. 성냥이 정말로 필요하다는 실제적인 요구의 마음으로, 전신적 요구의 감각(이상한 말이지만, 이 경우 이렇게 말하면 잘 알 것이라고 그는 덧붙였다)으로서 기억 속에 저장하지 않았다. 이것이 실수의 원인이다. 감각이라든가 감정이라면 흐려지긴 해도 혼동하는 수는 없으나, 말이나 문자의 기억은 정확한 대신 자칫 엉뚱한 다른 것으로 변해버리는 수가 있다. 그의 기억 속 '성냥'이라는 말 혹은 문자는, 어느새 그것과 관계있는 '담배'라는 말 혹은 문자로 치환되어버렸던 것이다…….

그는 그렇게 설명했다. 이 발견이 매우 재미있다는 말투로, 덤으로 마지막에는 이런 습관은 모두 개념만으로 사물을 생각하게 된 지식인의 폐해다, 라는 뜻밖의 결론까지 덧붙였다. 솔직히 말하자면, 나는 그동안 그가 매우 흥미를 느끼는 이 문제의 설명에 대해 그다지 귀를 기울이지 않았다. 단지 덤벙대는 빠른 지껄임을 들으면서, 확실하게 이것은 (목소리는 다르지만) 내 기억의 어딘가에 있는 말투라고 생각하여 계속 누구인지 생각해내려고 했다. 그러나 마치 극히 쉬운 글자가 잘 떠오르지 않는 것처럼, 완전히 안다는 느낌이 들면서도 소용돌이의 바깥쪽을 흐르는 쓰레기처럼 빙글빙글 문제의 주위를 돌고 있을 뿐 좀체 그 중심으로 뛰어들 수 없었다.

그러는 가운데 우리는 혼고 3초메의 정거장까지 왔다. 그가 그곳에 멈춰 섰기에 나도 따라서 멈췄다. 그는 전차를 탈 생각이었던가. 우리는 나란히 선 채로 무심하게 앞에 있는 약국의 유리창을 바라보았다. 그는 그곳에서 무언가 발견한 듯, 큰 걸음으로 창 앞으로 걸어갔다. 나도 그를 따라가 들여다보았다. 그것은 신발매된 성기구 광고로, 견본 같은 것이 검은 천 위에 진열되어 있었다. 그는 그 앞에 서서 미소를 띠고 잠시 들여다보았다. 그러한 그를 나는 옆에 서서 바라보았다.

그러자 그때, 그의 히쭉거리는 엷은 웃음을 옆에서 들여다보았을 때, 돌연 나는 모두 떠올랐다. 지금까지 내 머릿속에서 소용돌이 주위의 먼지처럼 빙글빙글 돌기만 하던 기억이 그때 순식간에 소용돌이의 중심으로 뛰어들었다. 빈정거리는 투로 입술을 비쭉거리는 그 엷은 웃음. 안경을 쓰고는 있지만, 그 속에서 보이는 작은 눈. 선량과 시기가 뒤섞인 그 눈매. 아아, 그것이 그 말고 누구이겠는가. 호랑이에게 죽임을 당하지 않은 몰이꾼을 발로 차며 분하게 내려다본 그 아닌 누구의 눈매이겠는가. 그 순간 일시적으로 나는 범 사냥과 열대어와 발화연습 등을 모두 다 떠올리면서, 그라는 것을 생각해내는 데 어째서 이렇게 고심했는지 나로서도 어처구니가 없었다. 그래서 나는 그제야 진심의 기쁨으로 뒤에서 그의 어깨를 치려고 했다.

그런데 그때, 마사고초(眞砂町) 쪽에서 온 한 대의 전차가 정거장에 섰다. 그것을 본 그는 내 손이 아직 그의 높은 어깨에 닿기도 전에, 그리고 내 동작을 전혀 눈치채지도 못하고 황급히 몸을 돌려 전차 쪽으로 달려갔다. 그리고 휙 올라타자, 차장대車掌臺[10]에서 이쪽을 향해 오른손을 살짝 들어 내게 인사를 하고, 그대로 긴 몸을 수그려 차 안으로 들어가버렸다. 전차는 곧 움직이기 시작했다. 이렇게 나는 십 몇 년 만에 만난 내 친구 조대환을, 조대환으로서는 한마디도 나누지 못하고 다시 대도쿄의 인파 속에서 놓쳐버렸던 것이다.

주

1   타라스콩의 영웅… : 알퐁스 도데의 소설 〈타라스콩의 타르타랭〉.
2   히라야마 목장 : 일본인 히라야마 마사주(平山政十)가 경영한 목장.
3   고지마 다카노리 : 兒島高德(1312?~1382?). 남북조시대의 무장. 에도시대(1603년~) 이후 충신으로 칭송되었다.
4   하늘은 구천을… : 고지마 다카노리가 천황에 대한 충성심을 나타내기 위해 벚나무에 썼다고 하는 시구절. 구천은 중국 춘추시대 월나라 왕. 하늘은 구천을 버리지 않았고, 때가 되면 범여 같은 충신이 도와줄 것이라는 말.
5   가쇼 : 다카바다케 가쇼(高畠華宵, 1888~1966년). 소녀 그림으로 추정되는 표지화 및 그의 작품은 다음 참조. http://blog.naver.com/japanliter/220546441273.
6   게다가 그 무렵부터… : 소설가 나가이 가후(永井荷風, 1879~1959년)의 작품에는 유곽

여인과의 이야기가 많다. 일본 근대에서는 여자와 연애를 하거나 유곽을 찾아다니는 학생을 연파, 그 반대로 남색을 추구하는 쪽을 경파라고 불렀다. 이에 관해서는 모리 오가이의 단편 〈성적 인생〉(원제 : 비타 섹슈얼리스)에 상세히 묘사되어 있다. 역자의 다른 역서 《기러기》에 수록되어 있다.

7 독촌현 : 한강 뚝섬의 한자가 독도(纛島)로, 이 지역을 가리키는 것으로 추정.

8 목달이 양복 : 목까지 옷깃이 올라와 있는 옛날 학생복, 혹은 그런 스타일의 양복.

9 배트 : Golden Bat. 1906년 출시되어 지금도 팔리는 저가 담배 상표.

10 차장대 : 전차에 차장이 서 있는 곳.

1

포석鋪石 위에는 얼어버린 고양이 사체가 굴처럼 달라붙어 있다. 그 위로 휘몰아치는 세찬 바람에 붉은색 단밤(甘栗) 가게 광고지가 갈가리 찢기며 날아갔다.

길모퉁이에 있는 대여섯 개의 포장마차에서는 하얀 김이 무럭무럭 피어오르고 있다. 지저분한 두루마기¹ 밖으로 검붉고 단단한 유방을 드러낸 여자가 그 앞에 서서 뜨거운 김을 불어대며 고춧가루를 빨갛게 뿌린 우동을 먹고 있다.

서署에서 퇴근하는 순사 조교영趙敎英은 전차를 기다리면서 그것을 멀거니 바라보았다. 그의 앞으로 연두색 옷을 입은 중국인 두 사람이 멜대를 어깨에 메고 서둘러 지나갔다. 그들의 바구니 안에는 팔다 남은 무가 하얗게 빛났다. 이제 슬슬 밀물처럼 인파가 밀려오기 시작하는 시간이다. 엷게 얼어붙은 듯한 저녁 하늘 아래, 프랑스 성당의 종이 차갑게 울리기 시작했다.

조교영은 추위에 코를 훌쩍이고 목을 움츠리더니 제복의 목단이 앞을 다시 채우고 전선에서 튀는 푸르스름한 불꽃을 올려다보았다. 전차가 지나가고 난 선로에 키 큰 남자가 성큼성큼 걸어왔다. 그가 근무하는 서의 과장이었다. 그가 공손하게 경례를 하자, 그 남자도 의젓하게 슬쩍 손을 들더니 다시 인파 속으로 들어가버렸다.

전차에 타자, 직업상 무임승차인 그는 늘 그렇듯 운전수대[2]에 서서, 양손을 바지 주머니에 집어넣은 채 유리창에 기댔다. 그는 전차에 타고 있을 때면 늘 어느 일본 중학생이 떠올랐다…….

어느 여름날 아침, 서에 출근할 때 언제나 그렇듯 그가 운전수대에 서 있는데, 등굣길의 중학생이 올라탔다. 그리고 아마 시원한 바람을 쐬고 싶었던 듯, 중학생은 운전수대에 선 채로 안으로 들어가지 않았다. 그러나 원래 승객이 서 있는 곳도 아니며 운전에도 방해되므로, 운전수는 중학생에게 안으로 들어가달라고 말했다. 그런데 그는 당돌하게도 운전수에게 대들었다.

"어이, 저 사람을" 하고 중학생은 그곳에 서 있던 순사인 그를 가리키고,

"저 사람을 안으로 들여보내지 않으면, 나도 싫어." (물론 운전수도 조선인이었기 때문이다.) 그리고 당혹한 운전수와 순사의 얼굴을 흥미

롭게 돌아보면서 그곳에 계속 서 있었다……. 그는 지금도 그 중학
생의 눈초리가 떠올라 불쾌해졌다.

전차 안은 혼잡했다. 스케이트를 든 학생. 코가 빨간 회사원 같은
남자, 시장 보자기를 껴안은 부인. 아이를 업은 오모니[3], 두꺼운 갈
색 모피로 목덜미를 감싼 양반들.

잠시 후에 돌연 그 안에서 무언가 말다툼하는 소리가 들려왔다.
승객의 시선은 일제히 그쪽으로 쏠렸다. 자리에 앉아 있는 누추한
차림의 일본 여자와, 그 앞의 가죽 손잡이를 잡고 흰 한복을 입은 학
생 같은 청년이 말싸움을 하고 있었다.

"기껏 친절하게 앉으세요, 라고 말해줬는데도"라고 여자는 불만
스럽게 말했다.

"근데 뭐요, 요보[4]라니. 요보가 대체 뭐야."

"그래서, 요보 상이라고 했잖아."

"둘 다 똑같아. 요보란 건."

"요보라고 안 그랬어. 요보 상이라고 했다니까."

여자는 아무것도 모른다. 그리고 의아스럽다는 표정을 지으며, 다
른 사람들의 응원을 얻으려는 듯 주위를 둘러보고,

"요보 상, 자리가 비었으니 앉으세요, 라고 친절하게 말해줬는데
왜 화를 내는 거죠?"

차 안 여기저기서 웃음이 터졌다. 청년은 이미 체념하고 잠자코
그 무지한 여자를 노려보았다. 교영은 또다시 우울해졌다. 왜 이 청

년은 저런 논쟁을 하는가. 이 온건한 항의자는 왜 자신이 타인이라는 것을 영광으로 생각하는가. 왜 자신이 자신인 것을 부끄러워해야 하는가……. 그는 그날 오후의 시간을 떠올렸다.

그날 오후, 부회의원(경성부 의회) 선거 연설을 감시하기 위해 그는 같은 서의 다카기라는 일본인 순사와 함께 연설회장인 어느 유치원으로 갔다. 몇 명인가의 내지인 후보 연설에 이어, 단 한 명인 조선인 후보의 연설이 시작되었다. 상업회의소 회장도 지낸 적이 있고 내지인 사이에서도 상당히 인망이 있는 이 후보자는 능숙한 일본어로 자신의 포부를 열심히 설명하고 있었다.

그런데 도중에 가장 앞에 앉은 청중 한 명이 일어나서, "닥쳐, 요보 주제에"라고 외쳤다. 스물도 되지 않은 지저분한 차림의 청소년이었다. 다카기 순사는 급히 그자의 멱살을 붙잡고 장외로 끌어냈다. 그러자 그때, 이 후보는 더욱 목소리를 높여 외쳤다.

"저는 지금 대단히 유감스런 말을 들었습니다. 그러나 저는 우리도 또한 영광스런 일본인인 것을 굳게 믿고 있습니다."

그러자 곧 장내 한구석에서 큰 박수가 일어났다…….

그는 지금 이것을 떠올렸다. 그리고 그 후보를 저 청년과 비교해보았다. 그리고 다시 한 번 일본이라는 나라를 생각해보았다. 조선이라는 민족을 생각해보았다. 자신이라는 존재도 생각해보았다. 다시 자신의 직업을, 그리고 지금 돌아가려고 하는 집의 아내와 자식을 떠올렸다.

사실 그의 기분은 최근 '무언가 물건을 잃어버렸을 때 사람이 느끼는' 어딘지 마음이 가라앉지 못하는 불안한 상태였다. 완수되지 않은 의무의 압박감이 늘 머리 어딘가에 무겁게 자리 잡은 느낌도 있었다. 그러나 그 숨 막히는 압박이 어디에서 오는지는 규명해보려고 하지 않았다. 아니, 그것이 두려웠다. 스스로 자신을 자각하는 것이 두려웠다. 스스로 자신을 자극하는 것이 두려웠다.

그럼 왜 두려운가. 왜인가.

그 대답으로서, 그는 창백한 얼굴을 한 자신의 처자를 들었다. 그가 자신의 직업을 잃는다면 그들은 어떻게 되는가. 그러나 "그렇군, 그건 맞아. 그러나 그것뿐인가. 두려움의 원인은 단지 그것뿐인가"라고 누가 묻는다면······.

그는 소름이 끼쳐서 목을 움츠리고는 급히 유리창 너머로 거리의 흔들리는 등불과, 그 속을 흘러가는 인파를 바라보았다. 석간신문을 파는 방울 소리. 자동차의 경적. 얼어붙은 보도를 비추는 환한 등불. 그 위를 흘러가는 모피의 무리. 어두운 길모퉁이에 멈춰 선 붉은 수염의 지게꾼, 소가 매여 있지 않은 거름 수레, 쓰레기 수레······.

창경원 앞에서 전차를 내렸다.

골목길에는 강한 아세틸렌 등불 아래, 폐병 걸린 점쟁이의 얼굴이 어둠 속에서 떠올랐다. 헌책방 앞에서 노인이 손을 덜덜 떨면서 소리 내어 언문諺文을 읽고 있었다.

모퉁이를 하나 돌자, 돌연 그는 저쪽에서 온 한 남자의 인사를 받았다. 그도 습관적으로 고개를 숙인 후에 쳐다보니, 해달 털 깃의 외투를 입은 훌륭한 신사였다.

"말 좀 묻겠습니다만" 하고 그 사람은 매우 정중한 말투로, ××
씨(총독부 고관) 댁을 물었다. (×× 씨 댁에 간다면 이 사람도 고관일지 모
른다.) 신사에게 그렇게 정중한 말을 들은 적이 없는 그는, 잠시 당황
하면서 ×× 씨 댁을 알려주었다. 그 대답을 듣자, 신사는 다시 한
번 정중하게 머리를 숙이고 알려준 쪽으로 길을 굽어 걸어갔다…….

그러자 그때였다. 그는 하나의 대발견을 하고 경악했다.

'나는, 나는 지금 모르는 사이에 기뻐하지 않는가'라고 그는 흠칫
하면서 자신에게 물었다.

'일본 신사에게 정중한 대우를 받아서 극히 약간이지만 기뻐했다.
마치 아이가 어른에게 조금이라도 진지한 대우를 받으면 대단히 기
뻐하듯이, 나도 지금 무의식중에 기뻐했다…….' 이젠 아까의 청년
도 비웃을 수 없다. 부회의원 후보에 대해서도 뭐라 말할 수 없다.

'이것은 나 혼자의 문제가 아니다. 우리 민족은 옛날부터 이런 성
질을 가지도록 역사적으로 훈련됐던 것이다.'

문득 옆을 보자, 남자가 길가에 쭈그리고 소변을 보고 있었다. 그
는 가만히 서서 소변보는 법[5]을 모르는 반도 사람들의 풍습을 생각
해보았다.

'이 작은 습관 속에도 영원히 비굴한 우리의 정신이 숨어 있을지
모른다.' 그는 그런 것을 멍하니 생각해보았다.

2

구릿빛 태양은 얼어붙은 12월의 궤도를 따라 떨면서 벌거벗은 붉은 산속으로 지고 있었다. 회색빛 하늘에 톱 모양의 북한산은 푸르스름하게 얼어붙은 듯했다. 산 정상에서 바람이 빛처럼 날아와서 날카롭게 사람의 볼을 후렸다. 뼈도 으스러질 듯한 강한 추위였다.

매일 아침, 길에서 얼어 죽은 시체 몇 구가 남대문 아래에서 발견되었다. 그들 중 누구는 손을 뻗어 성벽의 바싹 마른 담쟁이덩굴을 붙잡은 채 죽었다.

누구는 보라색 반점이 있는 얼굴을 위로 향하고 자는 것처럼 쓰러져 있었다.

한강의 얼음 위에서는 노인들이 얼음 구멍을 뚫고, 긴 곰방대로 담배를 피우며 추위 속에서 잉어 낚시를 하고 있었다. 강가의 숲에서는 가난한 사람들이 온돌을 지피는 땔감을 몰래 마구 베어 갔다. 파르스름한 산처럼 얼음을 가득 싣고 끌고 가는 소의 턱에는 침이 고드름으로 얼어 매달려 있었다.

눈은 조금밖에 내리지 않았다. 길은 꽁꽁 얼어붙었다. 그 길 위로 이런저런 발들이 미끄러지거나 구르거나 하며 걸어갔다.

조선인의 배 모양 나막신. 일본 아가씨의 반짝반짝 빛나는 조리〔일본 짚신, 샌들〕. 중국인의 곰발 모양의 털신. 곧 넘어질 듯한 일본 서생의 게다. 반짝거리는 조선 귀족 학생의 구두. 원산에서 도망 온 백계白系 러시아인의 굽 높은 적갈색 구두. 그리고 다리가 많이 드러난 지게꾼(물건을 등에 지고 운반하는 조선인)의 낡은 신발. 간혹 앉은뱅이 거지의, 무릎 아래가 잘린 대퇴부. 그 다리는 길거리에서 추위로 붉게 부르텄다.

1923년. 겨울은 더럽게 얼어 있었다.

모든 것이 더러웠다. 그리고 더러운 채로 얼어붙었다. 특히 S문[서대문] 밖의 골목에서는 더욱 심했다.

중국인의 아편과 마늘 냄새, 조선인의 싸구려 담배와 고추가 섞인 냄새, 으깨진 빈대와 이의 사체 냄새, 길거리에 버려진 돼지 내장과 고양이 가죽 냄새, 그것들이 그 냄새를 보존한 채 길 위에 얼어붙은 것처럼 보였다.

그래도 아침에는 공기가 다소 맑았다. 날이 밝아 마른 아카시아 가지에서 까치가 울기 시작할 때가 되면, 다소 시원한 호흡도 할 수 있었다. 항상 그 무렵이 되면, 많은 남자가 멍한 표정으로 추운 듯이 손을 비비면서 골목을 떠나갔다.

그곳에는 많은 여자가 모여 있었다. 김동련金東蓮도 그런 여자 중 하나였다. 그녀는 아직 신참이라 친구가 없었다. 그녀와 사이가 좋은 이는 복미福美라고 하는 여자뿐이었다. 성은 아무도 몰랐다. 그녀는 늘 아주 창백한 얼굴을(그녀들은 모두 그랬지만 특히) 하고 있었다.

"저 아가씨는 참 대단해" 하고 그녀에 대해 이웃집 할머니가 그녀들에게 말했다. 그러나 뭐가 대단한지 아무도 몰랐으며, 그녀 또한 말하려고 하지 않았다. 그리고 매일 꼭 네 시경이 되면 팔뚝을 걷고 주사를 놓았다.

동련은 어떻게 이 여자가 그런 돈을 가졌을까 이상하게 생각했다. 그래서 언젠가 물어보았다. 그러자 그녀는 쓸쓸하게 웃으면서 말했다.

"너는 애, 아직 초짜니까 나만큼 벌겠어?"

3

한강 인도교 위로 포차가 덜컹덜컹 소리를 내며 기세 좋게 달려갔다. 영등포 모래사장에서는 용산 사단 군인들의 총검이 파르스름한 얼음에 비치며 겨울 햇빛에 차갑게 반짝였다. 매일 밤 훈련의 야간 진영이 모래밭에 펼쳐져 새빨간 모닥불이 환하게 타올랐다.

노루를 짊어진 학생들이 길거리를 미끄러지듯 달려갔다. 쇼윈도 안에는 토우土偶 지하여장군의 붉은 얼굴이 위엄스레 웃고 있었다. 반 이상 공사가 진척된 조선신사朝鮮神社[6]의 망치 소리가 깡깡 마른 하늘 아래 높이 울렸다.

고등보통학교 교정에서는 새로 내지에서 부임한 교장이 엄숙하게 종순從順의 덕을 말하고 있었다(지금까지 재직하던 내지의 중학교에서 그가 교훈의 하나로서 독립자존의 정신을 말했던 것을 좀 겸연쩍게 떠올리면서).

보통학교의 일본역사 시간, 젊은 교사는 다소 당혹스러워하며 조심스럽게 정한征韓의 역役〔임진왜란〕을 이야기했다.

"이리하여 히데요시는 조선으로 쳐들어갔던 것입니다."

그러나 아동들 사이에서는 마치 어딘가 다른 나라의 이야기에나 있는 것처럼 둔한 반향이 돌아올 뿐이다.

"그리하여 히데요시는 조선으로 쳐들어갔던 것입니다."

"그리하여 히데요시는 조선으로 쳐들어갔던 것입니다."

× × ×

그날 오후는 차갑게 맑았다.

마른 갈색의 가시만 남은 아카시아 나무가 북풍 속에서 흔들리며 울었다.

남대문역〔서울역〕 앞에는 군중이 바람을 맞으며 서 있었다. 그들은 모두 역 입구를 주시하고 있었다. 자동차는 기세 좋게 승강구로 달려가 마중 나온 고관들을 뱉어냈다.

"총독[7]이 돌아오신다."

"총독이 도쿄에서 돌아오신다."

경관은 허리에 찬 칼을 덜거덕거리며 엄중하게 주위를 경계했다. 조교영도 그들 속에 섞여 사람들의 등 뒤에서 주위를 돌아보았다. 그는 바람에 날아온 신문지를 밑창이 다 닳은 구두로 밟으면서, 언젠가 본 적이 있는 총독의 백발동안을 떠올렸다. 총독은 과거 총독들처럼 군인 출신이기는 하지만 과거의 누구보다도 가장 평판이 좋은 듯했다. 조선인들 사이에서도 심복하는 자가 꽤 있었다. 그러나…….

그때, 두꺼운 검은 외투에 싸인 비만한 총독의 온화한 동안이 승강구에 나타났다. 그러자 마중 나온 관리들은 일제히 기계처럼 머리를 숙였다. 총독은 의젓하게 그에 가볍게 답례하고 준비된 자동차에 탔다. 뒤를 이어, 매우 마르고 빈약한 정무총감[8]도 다음 차에 탔다. 그리고 곧 두 대의 차는 세브란스병원[9] 모퉁이에서 남대문 쪽으로 미끄러져 갔다.

그러자 그때였다. 돌연 군중 속에서 흰옷에 사냥모를 쓴 남자가 뛰어나오는가 싶더니, 갑자기 피스톨을 든 손을 뻗어 앞차를 겨냥하고 방아쇠를 당겼다. 탄환은 나가지 않았다. 남자는 당황하여 다시 방아쇠를 당겼다. 이번에는 굉장한 음향과 함께 탄환이 뒤차의 유리창을 깨고 비스듬하게 차 안을 가로질러 작렬했다. 그러자 상황을 알아챈 두 대의 자동차는 급히 속력을 올려서 질주하며 사라졌다.

일순간 군중은 깜짝 놀라 이 사건을 지켜봤다. 그러나 다음 순간에 경관들은 본능적으로 폭한의 주위로 달려갔다. 그러나 흉한은 아직 피스톨을 들고 있었다. 그들은 흉한과 서로 노려보았다. 흉한은 스물너덧 정도의 마른 청년이었다. 그도 피스톨을 쥔 채 핏발 선 눈으로 잠시 경관 쪽을 바라보았다. 그러나 돌연 모자를 벗어 바닥에 힘 있게 내던지고는 껄껄껄 자포자기적으로 웃기 시작하더니, 갑자기 손에 든 무기를 군중 속으로 던져버렸다. 군중은 순식간에 뒤로 물러났다. 경관들도 얼떨결에 뒤로 물러나 내던져진 피스톨을 보았다……. 그러나 다음 찰나에 그들은 이미 흉한에게 달려들어 제압했다. 그는 조금도 저항하지 않았다. 창백하게 다소 가늘게 떠는 입가에 경멸하는 듯한 미소를 띠고 경관들을 보았다. 창백한 얼굴에는 흐트러진 머리가 길게 늘어뜨려져 있었다. 눈에는 이미 당황과 흥분의 흔적이 사라지고, 절망한 안정과 연민의 조소가 떠 있을 뿐이었다.

그의 팔을 붙잡고 있던 조교영은 도저히 그 눈빛을 견딜 수 없었다. 범인의 눈은 분명한 것을 말하고 있었다. 교영은 최근 느끼고 있는 압박감이 20배나 되는 무게로 자신을 누르는 것을 느꼈다.

'잡힌 자는 누구인가?'

'잡은 자는 누구인가?'

4

손님을 유혹하는 여자가 네댓 명, 분이 벗겨진 얼굴을 떨면서 골목길의 벽에 기대고 있다. 굴절된 가로등 빛 속에 세워놓은 토관土管 그림자가 그녀들처럼 말없이 나란히 있다.

"당신, 어때? 잠깐만요."

"안 돼, 안 돼" 하고 남자는 바지 주머니에 손을 넣고 뒤돌아보며 웃었다. 털모자를 쓴 청년의 얼굴이 서둘러 가로등 빛 속에서 사라졌다. 사람의 통행이 없어지자 쥐 죽은 듯 조용한 공기 속에서, 어디선가 벽이 갈라지는 소리가 쩍 하고 들려왔다.

× × ×

"나? 아무것도 아니야. 남편이 죽어 기댈 데가 없어져서, 돈을 벌어야 하잖아."

"남편은 뭐를 했지?"

"종로에서 모피를 팔았죠."

매음부 김동련의 방에서는 온돌 장판 위에 깐 꾀죄죄한 이불 밑에 발을 집어넣고, 얼굴이 흰 직인職人 풍의 남자가 말하고 있었다.

"근데 왜 죽었지?"

"이번 가을에. 정말 느닷없이."

"뭐지? 병인가?"

"병 같은 게 아니고, 지진(관동대지진, 1923년 9월 1일)이에요. 지진으로 느닷없이 죽었어요."

남자는 손을 뻗어 술병을 들고 꿀꺽 한 모금 마셨다.

"그럼 뭐지. 남편은 그때 일본에 있었나?"

"여름에. 아마 장사 일이 좀 있어서 친구와 함께, 그것도 곧 돌아온다고 동경으로 갔어요. 그러자 곧 그게 터졌던 거죠. 그러곤 돌아오지 않았죠."

남자는 움찟 눈을 올려 그녀의 얼굴을 보았다. 그러자 잠시의 침묵 후, 그는 돌연 매섭게 말했다.

"어이, 그럼 아무것도 모르는군."

"에? 뭐를?"

"자네 남편은 필시…… 가련하게도."

한 시간 후, 동련은 혼자 얇은 이불을 덮고 어둠 속에서 울고 있었다. 그녀의 눈앞에는 겁에 질려 도망칠 바를 몰라 갈팡질팡하는 남편의, 피에 젖어 불빛에 비춰진 얼굴이 어른거렸다.

"입에 올리면 좋지 않아. 조심해야 해" 하고 떠날 때 남긴 남자의 말도 머리 한구석에서 아렴풋이 떠올랐다.

몇 시간 뒤, 이제 막 날이 밝은 회색의 보도를 동련은 미친 듯이 뛰어다녔다. 그리고 지나가는 사람들에게 호소했다.

"모두 알아요? 지진 때의 일을."

그녀는 큰 소리를 지르며 어젯밤 들은 이야기를 사람들에게 들려주었다. 그녀의 머리는 흐트러지고 눈에는 핏줄이 섰으며, 게다가 이 추위에 잠옷 바람이었다. 통행인은 그 모습에 놀라 그녀의 주위로 몰려들었다.

"그래서요, 놈들은 모두, 그것을 숨기고 있었어요. 정말로 놈들은."

마침내 순사가 와서 그녀를 체포했다.

"어이, 조용히 하지 못해? 조용히."

그녀는 순사에게 달려들더니 갑자기 슬픔에 복받쳐 눈물을 펑펑 흘리며 외쳤다.

"뭐야, 너도 같은 조선인이잖아, 너도 너도……."

그녀가 형무소에 끌려간 뒤로도 S문 밖의 골목에서는 여전히 시커먼 생활이 썩은 상태로 계속되었다.

춥다기보다는 아팠다. 몸 안의 심장 외에는 모두 동사해버린 느낌이었다. 길가에는 버려진 생선의 붉은 아가미가 흐트러져 있고, 웅덩에 쌓인 눈 위에는 비릿한 돼지 머리가 물어뜯긴 채 흩어져 있었다. 집 안의 사람들은 도랑에서 올라오는 가스 같은, 부추와 마늘로 썩은 공기를 쇠약한 폐로 호흡하며 간신히 살아갔다.

모든 것이 변하지 않았다.

매일 네 시경이 되면, 동련의 친구 복미가 여느 때처럼 팔뚝을 걷고 주삿바늘을 꽂았다. 그러한 때만 그녀는 어디론가 사라진 동련을 희미하게 떠올렸다. 그리고 밤이 오면, 늘 그렇듯, 넝마를 입은 젊은 일본인이 바이올린으로 기름 떨어진 차바퀴의 삐걱거리는 소리를 내며 거리를 돌아다녔다.

새벽이 오면, 아직 어두운 가운데 자주 이곳에 오는 키 큰 중국인이 골목에서 나왔다.

"무서운 별이로군."

그는 아직 어두운 하늘을 올려다보고 이렇게 말했다. 그리고 주머니에 손을 집어넣고 돈을 뒤져보았다.

"흠, 무서운 별이야."

한 번 더 무의미하게 반복하고 그는 다시 얼어붙은 길을 구두 소리 크게 울리며 비틀거리며 돌아갔다.

5

조교영은 멍하니 어두운 옛 미국 영사관 앞을 걸어갔다. 그는 별생각 없이 어젯밤 사건을 생각하였다.

…… 어젯밤 집에 돌아온 후, 다시 갑자기 서장의 호출이 있었다. 그는 서둘러 경찰서로 가서 주뼛주뼛 서장실로 들어갔다. 서장은 잠자코 그에게 종이 한 장과 일당의 급료 봉투를 건넸다. '아아, 올 것이 왔구나' 하고 생각했다. 네댓새 전, 휘문고보 학생과 K중학[10] 학생이 패싸움을 벌였다. 그 징계에 관해서 그는 과장과 잠시 언쟁을 벌였다.

그는 묵묵히 종잇조각을 받아 들고 밖으로 나왔다. 그 후 집에는 돌아가지 않고, 가로등 속에서 잠시 헤매다가 그 돈을 쥔 채로 비틀거리며 S문 밖의 매음굴로 들어갔다. 그리고 오늘 밤이 되어서야 나왔다…….

그는 지금 그것을 먼 옛날처럼 떠올렸다.

희미한 안개가 낮게 깔렸다. 가로등 빛이 가로수의 나뭇가지를 통해 줄무늬가 되어 보도에 떨어졌다.

"도대체, 어떻게 하라는 거지" 하고 그는 어지러운 머릿속에서 무언가 남의 일처럼 생각하려 했다.

"그들은 어떻게 되는 거지?" 처자의 창백한 얼굴이 눈앞에 어른거리기 시작했다.

그리고 문득 그는 알고 있는 뒷골목의 어느 이층집의 한 방을 떠올렸다.

그곳에는 허름한 의자 대여섯 개와 수제 테이블이 하나 놓여 있다. 테이블 위에는 촛대가 두 개 서 있다. 촛불은 그곳에 모인 동지들의 얼굴을 희미하게 비추었다. 붉은 얼굴로 탁자를 두드리는 자. 머리칼을 쥐어뜯으며 고민하는 자. 잠자코 종이 위에 연필로 무언가 쓰는 자. 모두가 앞길의 희망에 타올랐다. 이윽고 그들 사이에서 은밀한 상담이 흘러나왔다.

"경성…… 상해…… 동경."

"……."

"……."

그는 멍하게 이런 모습을 그려보았다. 그리고 자기 자신의 비참함을 그것과 비교해보았다.

"어떻게라도 해야 한다. 어쨌든."

정신을 차리자 어느새 식산은행(현 산업은행) 옆에 와 있었다. 차가운 문이 차갑게 닫힌 커다란 석조 건물의 기둥에는 지게꾼들이 지게를 옆에 버려둔 채 돌멩이처럼 자고 있었다.

"이봐, 이봐." 그는 담배 냄새 나는 그들 속으로 몸을 던지고 그중 한 사람을 흔들어 깨우려고 했다.

"……."

무슨 말인지 모를 말을 하면서 지게꾼은 눈곱이 잔뜩 낀 눈을 졸린 듯이 잠시 뜨는가 싶더니 다시 곧 감아버렸다. 귀찮다는 듯이 말라빠진 손을 움직여 교영의 손을 물리치고 한 번 몸을 뒤척이자, 하얀 버짐이 가득한 입에서 긴 곰방대가 땅 하고 보도에 떨어졌다.

"너는, 너희는."

돌연 무언가 알 수 없는 격한 감정이 그의 안에서 끓어올랐다. 그는 한 번 몸을 떨고, 그들의 누더기 사이로 머리를 집어넣고 울기 시작했다.

"너희는, 너희는. 이 반도는⋯⋯ 이 민족은⋯⋯."

주

1 두루마기 : '저고리'의 오류로 보인다. 두루마기는 외출 시 가장 겉에 입는 한복이다.
2 운전수대 : 전차의 운전수 쪽.
3 오모니 : '어머니'. 일본인은 'ㅓ' 발음이 어려워 'ㅗ'로 발음한다. 본래의 뜻도 있지만, 당시 일본인 집에 고용되어 식모 등으로 일하는 조선 여자를 '오모니'라고 불렀다.
4 요보 : '여보세요'가 줄어 '여보'가 되었는데, 발음상 '요보'가 되어 조선인을 비하하여 가리키는 속칭으로 쓰였다.
5 서서 소변보는 법 : 한복은 서양 옷과 구조가 달라 바지의 앞트임도 없고, 서서 소변을 보면 옷이 젖게 된다. 조선 시대나 근세를 배경으로 한 영화(예컨대 〈분례기〉(유현목, 1971년))에 가끔 나온다.
6 조선신사 : 남산의 한양 공원(식물원, 안중근의사기념관, 과학전시관 자리)에 1920년 5월 27일 기공, 1925년 신궁으로 격상하고 10월 15일 완공.
7 총독 : 제3내(1919~1927년) 총독인 해군대장 출신의 사이토 마코토(齋藤實, 1858~1936년). 제5대(1929~1931년) 총독도 지냈으며, 일본에서는 제30대(1932~1934년) 내각총리대신을 역임했다. 내대신 시절, 2·26 군사정변 때 암살당했다.
8 정무총감 : 아리요시 주이치(有吉忠一, 1873~1947년). 도쿄제국대학을 졸업하고 총독부 총무부장관(1910~1911년), 총독부 제3대 정무총감(1922~1924년), 요코하마 시장(1925~1931년)을 지냈다.

9 세브란스병원 : 서울역 앞 세브란스빌딩 자리.

10 K중학 : 경성중학(현 서울고). 일본인이 다니는 중학교는 조선인의 고등보통학교에 해당한다.

풀장 옆에서

1

운동장에서는 럭비 선수들이 연습을 하고 있었다. 그들은 검은 바탕에 황색 줄무늬 유니폼을 입고 있었다. 그것은 왠지 벌떼 같은 느낌을 주었다. 열 명 정도 옆으로 나란히 서 있다가 일제히 운동장을 달리며 계속 옆으로 공을 패스하는, 스윙패스 연습을 시작했다. 그리고 곧 다시 그들은 모여서 드리블 연습으로 옮겨 갔다. 해는 비스듬하게 언덕 위에 있는 옛 한국〔대한제국. 1897년 10월 12일~1910년 8월 29일〕 시대의 붉은 프랑스 영사관 건물[1] 위로 떨어지고 있었다. 아직 저물기에는 좀 시간이 남았다.

운동장에서 이어진 언덕을 조금 오르면 작은 풀장이 만들어져 있었다. 산조(三造)가 이 중학교의 학생이던 시절, 그곳은 분명 파밭이었다. 교련을 마치고 총기름과 가죽이 뒤섞인 냄새를 맡으면서 총기고 쪽으로 돌아갈 때면, 그는 늘 그 장소에 가늘고 파란 파가 심어져 있던 것을 기억한다. 그것이 지금 풀장으로 바뀌었다. 아주 최근에 생긴 것이 틀림없었다. 길이 25미터에 세로 10미터의 작은 풀이었다. 주위에는 둥근 자갈이 깔려 있었다. 물은 그리 맑지 않았다. 코르크 부표는 모두 위로 올려져 자갈 위에 길게 널려 있었다. 산조보다 훨씬 큰 체격을 가진 새카만 얼굴의 중학생이 서 있었다. 위는 해수욕복에 아래는 학생복 바지를 입고 있었다. 산조가 다가가자, 소년은 꾸벅 머리를 숙였다.

"선배님이신가요?"

"응" 하고 대답하고, 산조는 좀 겸연쩍은 생각이 들었다.

"이제 수구 연습도 끝났으니 수영하셔도 됩니다."

왠지 군대 냄새가 나는 무뚝뚝한 말투에 문득 산조는 옛날 학교생활의 냄새를 맡았다. 그는 대답을 입 안에서 우물거리면서 상의 단추를 풀기 시작했다. 그 중학생에게 허옇게 마른 몸을 보이는 것이 창피하여 옷을 벗자마자 물로 뛰어들었다. 물은 미지근하고 뜻밖에 얕았다. 꼭 그의 키 높이였다. 이렇게 키가 닿는 곳에서 수구 연습을 할 수 있을까. 그는 그 말을 하려고 위에 있는 아까의 중학생을 찾았다. 그러나 소년은 이미 사라졌다. 럭비라도 보러 간 것이리라.

산조는 물 위에 떠서 드러누웠다. 그는 깊게 숨을 쉬었다. 하늘은 파랗다. 서서히 저녁의 투명한 쪽빛이 짙어지고, 저 한쪽 구석에는 햇빛에 노랗게 물든 구름 한 조각이 떠 있다. 그는 푸 하고 숨을 뱉

었다. 미지근한 물이 찰랑찰랑 소리를 내면서 귀를 간질인다. 그는
가만히 눈을 감았다. 아직 몸이 출렁출렁 흔들리는 느낌이다. 지난
일주일 동안 매일 기차에 흔들리던 느낌이 아직 남아 있었다. 만주
여행에서의 귀로 방향을 조선으로 잡은 산조는 8년 만에 경성 땅을
밟았다. 그리고 곧바로 자신이 4년의 세월을 보낸 중학교 교정을 찾
아왔다.

그제 대낮, 봉천역 대합실은 참기 어려울 만큼 더웠다. 더운 공기
속에서 쉬파리가 붕붕 소리를 내며 날아다녔다. 복숭아나무 아래,
열네댓 살의 러시아 소년이 포스터를 보고 있었다. 포스터에는 앞머
리를 늘어뜨린 중국 미인이 서 있었다. 소년의 머리칼은 아름다운
금색으로, 반바지 밑에 보이는 곧게 뻗은 정강이가 가늘었다. 그것
은 왠지 남색男色을 연상케 하는 아름다움이었다. 러시아 소년도 산
조도 포스터에 적힌 중국 문자가 무슨 의미인지 몰랐다. 단지 포스
터 맨 아래에 크게 가로로 MUKDEN[`봉천`의 만주어]이라고 적혀 있었
다. 그것만은 소년도 읽을 수 있는 듯, "무크덴, 무크덴" 하고 혼자
큰 소리로 반복했다. 그리고 문득 뒤를 돌아보고 산조의 시선과 마
주치자, 혼잣말을 들키기라도 한 것처럼 황급히 눈을 돌렸다. 아름
다운, 거지와 같은 잿빛의 눈이었다.

산조 옆에는 붉은 원피스를 입고 검은 바탕의 구멍 뚫린 모자를
쓴 열예닐곱의 소녀가 앉아 있었다. 중국의 부자처럼 보이는 노인과
중년의 러시아 여성이 산조 맞은편 의자에 앉아 있었다. 두 사람 다
비만하고, 둘 다 콧등에 땀이 맺혀 있었다. 돌연 러시아 여자가 일어

나 이쪽으로 오더니, 산조 옆의 소녀에게 영어로 시간을 물었다. 소녀는 당혹스러운 얼굴로 묘하게 얼빠진 웃음을 띠고, 어쨌든 질문의 의미는 알아차린 듯했다. 그녀는 대답 대신에 자신의 손목시계를 상대에게 보였다. 상대는 그것에 만족하여 탱큐, 라고 말하고 돌아갔다. 소녀는 산조를 보더니, 얼굴을 붉히면서 겸연쩍은 미소를 보이려고 했다. 산조는 고개를 돌렸다. 그곳 벽에는 小心爾的東西(수하물 주의)라는 더러운 종이가 붙어 있었다. 피스톨 케이스를 허리에 찬 일본 헌병이 입구 쪽에 있다가 때때로 안쪽으로 들락거렸다.

갑자기 코로 물이 조금 들어왔다. 콧속이 찌를 듯이 아팠다. 그는 바닥에 발을 딛고 서서 코를 꼭 쥐었다. 그리고 다시 헤엄치기 시작했다. 한 번 턴을 하고 원래 자리로 돌아와서, 다시 물 위에 드러누웠다. 멀리서 종소리가 들렸다. 기숙사의 저녁 종소리치고는 좀 이른 듯했다. 하늘에는 아까의 노랗고 작은 구름이 사라져버렸다. 잠자리가 휙 그의 얼굴 바로 위를 스쳐 지나갔다.

산조의 기억 속에서는 그제 지나온 봉천과, 8년이나 전에 그가 중학교 학생 시절에 수학여행 갔던 봉천이 혼동되었다. 역의 식당에서 노란 가사를 입은 늙은 일본 스님이 이제 막 머리를 깎은 듯한 동승과 함께 능숙하게 나이프와 포크를 움직이면서 비프스테이크를 먹고 있었다. 그것이 그제의 일인가. 아니면 8년 전의 기억인가. 그는 지금 그것을 생각하는 것조차 귀찮았다. 그는 눈을 감고, 조금 전까지 물가의 아카시아 잎을 뚫고 희미하게 떨어지던 저녁 햇살이 슥 사라지더니 주위가 갑자기 희미한 푸른빛으로 바뀐 것을 눈꺼풀 안으로 어렴풋이 느끼면서 물에 떠 있었다.

수학여행은 중학생인 그들에게 적잖은 용돈을 받고 집에서 떠나 자유롭게 행동할 수 있는 거의 최초의 기회였다. 그들은 흥분하여 신 나게 떠들었다. 여행지 곳곳에는 그들에 비하여 자신들의 약간의 우월을 항상 드러내고 싶어하는 선배들이 있었다. 그들은 후배 소년들을 데리고 요릿집과 술집을 돌아다녔다. 여러 형태의 다양한 색깔의 라벨을 붙인 술병이 어두컴컴한 선반에 늘어서 있고, 그 앞에 검붉게 빛나는 소시지가 걸려 있었다. 그리고 그 밑에는 검은 갈색 수염 속에 큰 파이프를 물고 있는, 망명 백계 러시아인 같은 붉은 얼굴의 노인이 회색 상의를 입고 서 있었다. 그러한 이국적인 술집의 풍경이 중학생 산조에게는 매우 큰 매력이었다. 어린 그에게는 말도 건네지 않고 선배만 상대하는 러시아 여자의, 검고 굵은 가짜 속눈썹과 녹색으로 깊게 들어간 눈과 암내 나는 어깨부터 드러낸 여자 팔뚝의 은갈색 털 등을 자못 소년다운 흥분으로 그는 바라보았던 것 같다. 한바탕 모험이라도 한 기분이 되어 밖으로 나서자, 흥분한 눈에 들어온 초여름의 별이 무척 아름다웠다.

그 무렵 그들 사이에는 '해부'라는 성적 장난이 유행했다. 술과 흥분에 취한 얼굴을 가리면서 교사의 눈을 피해 살며시 방에 돌아오면, 그 장난으로 난리였다. 그것을 두려워한 소년은 여행 중에 기차 안에서도 선반 위로 올라가 잤다. 교사도 할 수 없이 묵인하고 쓴웃음을 지었다. "선생님도 해주자"라고 누가 말했다. "그만둬. 더럽기만 해" 하고 누가 대답해 모두 웃었다.

봉천을 떠난 밤은 아름다운 저녁이었다. 역전에 집합하는 시간 조금 전, 그는 가장 친한 친구와 단둘이서 뒷골목의 레스토랑에 들어갔다. 무척 맛있는 비프스테이크였다. 육즙이 줄줄 흐르고 두께가 한 치나 되는 듯했다. 레스토랑을 나오자, 밖은 아주 늦은 석양이었다. 역에서 곧바로 펼쳐진 교외의 들판은 넓디넓고 하늘은 아직 훤했다. 교사가 부는 집합의 호각이 텅 빈 역전 광장에 애달프게 울렸다.

2

풀장 옆을 걸어가던 누가 자갈을 던진 듯, 퐁당 하고 작은 소리가 그의 발끝에서 들렸다. 그러자 물에 떠서 가슴 위로 팔짱을 끼고 멍하니 하늘을 바라보던 그의 시야 한구석으로 기다란 장대 그림자가 지나갔다. 슥 고개를 돌려 보니 장대높이뛰기의 장대였다. 키 큰 소년이 소매가 없는 유니폼을 입고 장대를 짊어진 채 풀장 옆을 지나가고 있었다. 그 뒤로 또 한 사람, 안경을 쓴 키 작은 소년이 양손에 하나씩 원반을 들고 따라갔다.

산조는 중학 4학년 때, 우연한 기회로 격에 맞지 않게 갑자기 장대높이뛰기의 고수가 되고 싶다고 생각해 혼자 연습을 시작한 것을 떠올렸다. 그 경기의 아름다운 폼이 변덕스러운 그를 매료했으리라. 남의 비웃음을 사는 것이 싫어, 그는 아무에게도 배우려고 하지 않왔다. 혼자서 살며시 자기 집의 빨래 장대를 갖고 나와, 사람 없는 시간에 근처 소학교 운동장에서 연습했다. 물론 친구 아무에게도 말하지 않았다. 3미터 정도 뛸 수 있게 되면 모두 놀라게 해주겠다고 생각했다. 그러나 결국 빨래 장대의 가시에 몇 번이나 찔린 뒤에도 장대높이뛰기는 2미터 정도에 그치고 말았다.

그 무렵, 그는 처음으로 하모니카 부는 법을 익혔다. 저녁이 되면, 식민지의 신개발지 같은 변두리 이층 창에서 붉은 하늘을 바라보며 금속의 차가운 촉감을 즐기면서 하모니카를 불었다. 그는 열일곱 살이었다. 한 마리의 검은 고양이를 예외로 하고 그는 아무도 사랑하지 않았으며, 또 아무도 그를 사랑하지 않는다고 생각했다. 그것은 중학 4학년, 봉천 여행에서 좀 지난 때의 일이었다.

산조는 그를 낳은 여자를 알지 못했다. 첫 번째 계모는 그가 소학교 고학년 때 딸을 낳자마자 죽었다. 열일곱이 된 그해 봄, 두 번째 계모가 집으로 왔다. 처음에 산조는 그녀에게 묘한 불안과 호기심을 느꼈다. 그러나 이윽고 그녀의 오사카 사투리를, 그리고 젊게 치장했기에 더욱 눈에 띄는 추한 용모를 격하게 미워하기 시작했다. 그리고 아버지가 자신에게는 한 번도 보인 적이 없는 미소를 새엄마에게 보인다는 이유로 아버지도 경멸했다. 그 무렵 다섯 살쯤 된 이복 여동생에 대해서는 그 자신을 닮은 그녀의 못난 얼굴 때문에 미워했다. 마지막으로 그는 자신을(못난 용모를) 가장 증오했다. 근시로 슴벅거리고 찌부러질 듯한 눈, 납작하고 끝만 변명하듯이 위로 향한 작은 코, 코보다 돌출한 커다란 입, 누렇게 난잡한 치열, 그것들 하나하나를 그는 매일 거울을 보면서 저주했다. 게다가 검푸르게 퍼석퍼석한 얼굴에는 곳곳에 여드름이 나 있었다. 때때로 화가 난 그는 아직 새파란 여드름을 무리하게 짜서 피고름을 내기도 했다.

어느 날 아침, 새엄마가 만든 된장국을 아버지가 칭찬하는 것을 듣고, 산조는 얼굴빛을 바꿨다. 예전에 아버지는 된장국을 전혀 좋아하지 않았다는 것을 산조는 잘 알고 있었다. 그는 자신이 창피한 경우를 당한 느낌에, 갑자기 젓가락을 놓으며 물도 마시지 않고 가방을 들고 밖으로 뛰어나왔다. 이제 집 사람들과는 말도 하지 않겠다고 생각했다. 가족과 말을 한 뒤로는 매번 후회인지 수치인지 모를 감정을 느끼지 않은 적이 없다고 생각했다.

밤이 되면 그는 소학교 때부터 기르던 큰 검은 고양이를 안고 잤다. 새카만 동물이 그렁그렁 목을 울리는 것을 들으면서, 부드러운 털의 감촉을 목과 턱 언저리에 느끼면서 그는 매일 밤 잠들었다. 그런 때만 그는 육친에 대한 경멸이나 증오를 간신히 잊을 수 있었다.

결심한 대로 그는 결코 가족과 말을 나누지 않았다. 그는 어떻게 해서든 그들의 파렴치에 대한 벌을 주겠다고 생각했다. 그 하나로, 그는 학교 성적을 떨어뜨리고자 했다. 그는 이상하게 학교 성적만은 좋았다. 아버지는 그것을 남에게 자랑했다. 그것조차도 그는 화가 났다. 아버지가 그를 학교에 다니게 하는 것은 그 작은 허영 때문이라고 생각했다. 게다가 아버지의 용모가, 특히 매부리코가, 그리고 말 더듬는 버릇이 그대로 자기에게 유전된 것이 견딜 수 없이 불쾌했다. 그는 눈앞에 자기의 추함을 보는 것 같아 참을 수 없었다.

그렇지만 모든 이러한 주위의 압박적인 상황에도 불구하고, 산조 내부의 청춘은 점차 싹을 키우고 있었다. 때로는 어찌할 수 없는 폭발적인 힘이, 날뛰고 싶은 충동이 그의 몸 안에 충만했다.

이것은 그만이 아니었다. 그의 친구들도 똑같았다. 그들은 몸에 넘치는 힘을 주체하지 못했다. 그 활력은 터무니없는 장난과 난폭으로 변했다. 그들은 까닭도 없이 갑자기 상대에게 덤벼들었고, 숨을 헐떡이면서 남을 넘어뜨리거나 교실에서 갑자기 큰 비명을 질러 신임 교사를 놀라게 하기도 했다. 공중전화의 수화기 선을 끊어버리고 그 대신에 돌멩이를 매달아놓고 온 소년도 있었다. 그 소년은 또 밤에 물리 실험실에 몰래 들어가 망원경과 필름 등을 훔쳐내어 모두에게 나누어주었다.

유월이 되자, 학교 뒷산에는 버찌가 열렸다. 소년들은 점심시간에 그것을 따러 가서 모두 보라색 입술이 되어 돌아왔다. 새총으로 참새를 떨어뜨려 직접 털을 뽑고 학교 옆 중국요릿집에서 구워달라고 하여, 먹으면서 교실에 들어온 아이도 있었다. 어떻게 입수했는지 누가 춘화를 갖고 왔다. 교실은 곧 들끓었다. 점심시간에도 아무도 밖에 나가지 않았다. 그림은 손에서 손으로 넘겨졌다. 소년들은 숨을 헐떡거리며 그 모습을 남에게 보이는 것도 부끄러워하지 않으며 넋을 잃고 주시하면서 군침을 삼켰다. 한 소년이(얼굴에 엷은 투명 왁스를 먹이고 그 위에 분을 뿌린 듯한 매끈한 피부를 가진 소년이었는데) 지갑을 책상 위에 놓고, 벌겋게 된 눈에 쑥스러운 웃음을 띠면서 과감한 어조로 말했다.

"팔지 않을래? 3엔 어때?"

그러나 그림을 가지고 온 소년은 교활하게 웃으며 좀체 받아들이려 하지 않았다.

그즈음 그들은 늑대라는 별명이 있는 소위 출신의 군사교관 말고는 어느 교사도 무서워하지 않았다. 그들이 무서워한 것은 단지 상급생(그렇다고 해도 그때는 5학년밖에 없었으나)의 제재뿐이었다.

집에서는 단단하게 자신의 껍데기 안에 처박혀 있는 산조도 학교에 오면 자연스레 주위에 동화되어 다른 사람처럼 쾌활해졌다. 그는 이윽고 그즈음부터 학업을 게을리하는 것을 배웠다. 이것은 그의 계획인 '성적을 떨어뜨리는 것'을 위해서도 필요했다. 그는 몇 명의 친구들과 함께 점심시간에 뒷산 구덩이에 가서 몰래 담배를 피우는 연습을 했다. 그들 중 한 친구는 매우 능숙하게 동그란 원을 뿜어냈다. 그것이 왠지 무척 멋진 것처럼, 즉 그 친구가 다른 소년들보다 성인이라는 증거라도 되는 것처럼 생각되었다.

바로 그 조금 전 무렵부터 그는 부자연스러운 성행위를 알게 됐다. 누가 가르쳐준 것도 아니라, 어느 날 밤 침상에 들어간 후 정말 어쩌다 무심결에 알았다. 처음에는 그것이 무엇인지 몰랐다. 단지 그것은 한없이 유쾌했다. 나중에 그 의미를 알게 된 뒤로도, 그리고 그것을 행한 후에 반드시 수치와 자기혐오에 휩싸이게 된 뒤로도 그는 유혹에서 빠져나올 수 없었다. 때로는 대낮에 거리에서 그 욕망에 대한 격심한 충동을 느낄 때가 있었다. 자연히 호흡이 가빠지고 모든 관절 부위에서 맥박이 심하게 고동쳤다. 그것과 싸우는 표정은 추하게 일그러졌다. 그런 때 올려다본 여름 하늘은 번쩍번쩍 파랗게 번들거려 무척이나 눈부셨다. 그는 도서관에서 이런저런 사전을 끄집어내어 외설스런 의미의 단어를 찾아 그 뜻을 읽으면서 은밀한 흥분을 느꼈다. 그는 또한 헌책방 등에서 그 방면의 삽화가 있는 해설서를 찾아 선 채로 열심히 읽기도 했다. 그것이 그에게는 무엇보다도 내심에서 갈망된 지식이었을 뿐 아니라, 그것에 관해 조금이라도 많이 아는 것이 그들 사이에서 우월을 나타내는 것이기도 했다.

그들의 학교는 학생의 영화 관람을 금했다. 그래서 금기를 범하고 영화관에 가는 것이 그들 사이의 자랑거리가 되었다. 오후 수업을 빼먹고 그들은 종종 영화관에 갔다. 그도 물론 그중 한 사람이었다. 영화가 재미있다기보다도 금기를 깼다고 하는 의식이 그들에게 만족을 주었다. 학교는 옛날 조선의 궁전 터에 있었다. 담쟁이덩굴이 달라붙은 오래된 성벽을 따라 몰래 학교를 빠져나오거나, 여름 대낮의 강한 빛 아래에서 야한 색채의 간판을 바라보거나 하는 기분이 소년다운 미약한 모험심을 불러일으켰다.

그러나 그보다 더욱 참을 수 없이 그의 기분을 부추긴 것은 밤거리의 등불이었다. 밤이 되어 가로등에 불이 켜지면 그는 도저히 가만히 있질 못했다. 그는 얼굴의 여드름이 마음에 걸려 몰래 계모의 화장품을 바르고 어슬렁어슬렁 거리로 나갔다. 밤의 공기 속에는 가슴을 부풀게 하는 무언가가 들어 있는 듯했다. 유리창의 장식도, 광고등도, 조선인의 야시장도 등불 아래서는 모두 아름답게 보였다.

그런 밤, 젊은 여자와 스쳐 지나간 때의 달콤한 분 냄새는 소년 산조를 터무니없는 공상으로 치닫게 했다. 그러나 친구와 우연히 만나도 돈이 없는 그들은 결국 변변한 것 뭐 하나 제대로 할 수 없었다. 최상의 호화로운 놀이는 카페에 들어가 모두 한 병의 맥주를 마시는 것이었다. 하지만 연상의 여급이 옆에 오기라도 하면 묘하게 모두 어색하게 입을 다물어버렸다.

이러한 회상은 물 위에 가볍게 떠 있는 그를 기분 좋게 조용히 흔들었다. 그는 눈을 가늘게 뜨고 바로 위에 가로놓인 저녁 하늘을 보았다. 소년 때의 파란 하늘은 지금 바라보는 하늘보다도 더 산뜻하고 아름다운 윤기가 있지 않았던가. 공기 속에도 더욱 화려하고 경쾌한 냄새가 있지 않았던가. 문득 생각난 듯이 불어오는 바람이 때때로 젖은 얼굴을 기분 좋게 쓰다듬고 갔다. 산조는 여행의 피로에서 오는 나른함과 귀향의 마음과 비슷한 정서가 뒤섞인 달콤하고 씁쓸한 기분으로 길게 물 위에서 기지개를 켰다.

중학 4학년의 그는 편집적으로 검은 고양이를 사랑했다. 그는 입으로 씹은 것을 입으로 고양이에게 넘겨주었다. 검은 고양이가 실종된 어느 일주일만큼 순수한 불안과 절망에 빠진 그를 집 사람들은 본 적이 없었다. 그것은 이미 늙은 고양이로, 예전에는 아름다웠던 까만 털도 많이 빠지고 지저분해져 윤기를 잃었다. 게다가 자주 감기에 걸려 재채기를 하거나 침을 흘리기도 했다. 그러므로 집 사람은 모두 고양이를 무척 싫어했다. 그것이 또한 그에게는 고양이를 가엽게 생각하게 하는 하나의 이유가 되었다. 그가 학교에서 돌아올 때쯤이면 검은 고양이는 항상 개처럼 문 앞에 나와 기다렸다. 그가 안아 올리면 고양이는 젤리 속에 식물 씨가 들어간 듯한 수정 같은 눈동자로 바라보며 응석 부리는 소리로 반응했다.

어느 날, 여동생과 하녀하고 저녁을 먹고 있는데 아버지와 계모가 밖에서 돌아왔다. 그들은 함께 어딘가 물건을 보러 갔다가 돌아오는 길에 식사도 하고 왔다고 했다. 그것을 들으면서 그는 묘하게 기분이 예민해지는 것을 느꼈다. 왜 여동생을 데리고 가지 않았는가. 그는 여동생을 사랑하지 않음에도 불구하고 순간적으로 그렇게 생각했다. 분명 시샘이라는 것을 스스로 느꼈지만, 그래서 더욱 화가 났다. 그들은 선물이라면서 장어꼬치구이 상자를 산조에게 주었다. 그것이 또 까닭 없이 마음에 거슬렸다. 그는 쓴 얼굴로 그것을 한 입 먹었다. 그리고 나머지를 탁자 밑에 있던 고양이에게 주었다. 갑자기 아버지가 말없이 일어났다. 그리고 목구멍을 울리면서 먹고 있는 고양이를 발로 차고, 산조의 옷깃을 왼손으로 잡더니 오른손으로 연달아 그의 머리를 서너 번 때렸다. 그리고 아버지는 비로소 노여움에 떨리는 목소리로 더듬거리면서 외쳤다.

"뭐, 뭐 하는 짓이야. 애써 사 온 걸."

산조는 가만히 있었다. 아버지는 다시 한 번 반복했다. 자식은 못나게 얼굴을 찡그리면서 억지로 웃었다.

"일단 받은 이상, 그다음엔 어떻게 처분해도 제 마음대로 아닌가

요?"

격한 분노가 다시 그의 아버지를 사로잡았다. 아버지는 주먹이 아플 정도로 세차게 아들의 머리를 때렸다. 때리는 중에 점차 병적인 흉포함이 더해지는 것을, 맞고 있는 산조도 느꼈다. 그러나 그는 조금도 막으려고 하지 않았다. 오히려 맞는 것을 즐기는 기분조차 어딘가에 있었다. 그는 그보다도 아버지가 고양이를 발로 찬 것에 분노를 느꼈다. 분명히 이것은 고양이가 관계된 일이 아니다. 계모는 어안이 벙벙해져 말리는 것도 잊었다. 늙은 하녀도 똑같았다. 고양이는 뜰로 도망치고, 여동생은 눈물을 글썽거리며 떨었다.

이윽고 아버지는 손을 멈췄다. 그리고 잠시 망연하게 산조를 내려다보며 서 있었다. 마치 꿈에서 깬 모습이었다. 산조는 일부러 냉정하게 아버지의 얼굴을 올려다보았다. 그 시선에 부딪히자, 아버지는 분명한 낭패의 빛을 보이고 눈을 옆으로 돌렸다. 이제는 아버지가 완전한 패배자였다. 아들은 아들대로 심술궂은 생각을 했다. 이래도 아버지는 평소처럼 "부모가 자식을 꾸짖는 것은 자식을 사랑하기 때문이다"라고 할 수 있겠는가. 자기의 감정에 져서 자식을 때리는 것이 아니라고 말할 수 있겠는가.

그리고 그 후로 꽤 시간이 지나서야 그의 마음속에는 "부모 자식이라는 관계 앞에서는 어떠한 인격도 무시된다"라는 사실에 대한 순수한 분노가 서서히 솟아났다.

이번에는 그 추억이 쓰리게 그의 마음을 할퀴었다. 갑자기 그는 물 위에서 몸을 뒤집더니, 얼굴을 물에 담근 채 다리를 파닥거리며 자유형 흉내를 내기 시작했다. 15미터도 가지 않았는데 호흡을 지속하기 힘들었다. 그는 얼굴을 들고 바닥에 발을 딛고 섰다. 그러자 물로 흐려진 안경 앞에, 언제 나타났는지 여자 같은 누런 옷이 보였다. 안경 유리에 맺힌 물방울을 손가락으로 닦고 다시 보니, 누렇게 더러운 조선 옷을 입은 여자아이가 풀장에서 2미터 정도 떨어져서 그의 우스꽝스러운 헤엄을 보고 있었다. 나이는 열하나 둘 정도일 것이다. 머리를 땋아 늘어뜨리고 빨간 리본을 묶고 있었다.

산조는 입에서 하마터면 '기지베'라는 말이 나오려고 했다. 기지베라는 것은 '여자아이'라는 뜻의 조선말이었다. '그래도 아직 조선어를 조금은 기억하고 있군' 하는 생각이 그를 미소 짓게 했다.

그의 집에서도 예전에 여동생이 갓난아기일 때, 이 나이 또래의 조선 소녀를 쓴 적이 있었다. 그때, 그는 소녀를 기지베라고 부르거나 간나나〔간난아〕라고 불렀다. 간나나도 기지베와 같은 의미의 말이었다.

누런 옷의 소녀는 산조에게 발각되어 당혹스러운 듯 뒤로 돌아서서 무언가 그가 알 수 없는 말로 누구를 불렀다. 그러자 저 건너편 나무 그늘에서 세 살가량의 벌거숭이 사내아이가 아장아장 걸어 나왔다. 무엇보다 먼저, 불쑥 튀어나온 큰 배꼽이 그를 웃게 했다. 소녀는 사내아이의 머리를 꽁 하고 살짝 때리더니 손을 거두고 멀어져 갔다. 더러운 여자아이의 뒷모습이 그에게 과거 최초의 야한 경험을 떠올리게 했다.

어느 밤, 산조는 한 친구와 함께 거리를 걷고 있었다. 친구는 춘화를 사겠다고 하던 미소년이었다. 목욕탕에서 갓 나온 듯한 매끈한 소년의 얼굴에는 작은 뽀루지 하나가 마치 칠한 듯이 빨갛게 입가에 나 있었다. 그것은 묘한 성욕적인 아름다움이었다.

산조는 집에 돌아가고 싶지 않았다. 매일 늦게 귀가하는 그에게는 절망적으로 슬픈 아버지의 얼굴과 쭈뼛쭈뼛 난처해하는 계모의 얼굴이 기다리고 있을 뿐이었다. 아버지는 더 이상 그를 때리지 않았다. 그럴수록 아버지의 슬픈 얼굴을 보는 것이 싫었다. 그는 가급적 언제까지나 걸어 다니고 싶었다.

길은 대로에서 벗어나 언덕으로 이어졌다. 그들은 언덕을 올라갔다. 그것이 어떠한 장소로 이끄는 길인지, 그도 친구도 어렴풋이 알고 있었다. 산조는 문득 멈춰서 친구의 얼굴을 보았다. 친구도 그를 돌아보았다. 둘은 아무 말 없이 미소를 지었다. 순간 그들의 눈빛에서는 두려움과 주저와 호기심이 뒤섞여 나타났다. 다음 순간에 둘은 다시 한 번 미소를 나누고 잠자코 다시 언덕을 오르기 시작했다. 유카타(浴衣) 차림의 그 친구는 얼굴의 뽀루지에 신경을 쓰면서. 아직 학생복인 산조는 주머니에 붉은색 소형 베르테르 총서를 넣고서. 그 책은《폴과 비르지니》[2]였다.

그러한 거리가 그 방면에 있다는 것은 알고 있었지만, 그곳에 발을 들여놓은 것은 그들에게 처음 있는 일이었다. 아카시아 가로수가 이어진 어두운 언덕을 다 오르자, 이미 그곳에는 그런 집들이 환하게 늘어서 있었다. 산조는 갑자기 가슴이 두근거리는 것을 느꼈다.

이런 경험은 처음이 아니라는 것을 보이고 싶다는 서로의 의식에서 둘은 묵묵히, 대충 어두운 골목길 하나를 골라 들어갔다.

흙으로 지어진 낮은 조선 가옥의 문마다 새하얗게 분을 바른 여자들이 네댓 명씩 서 있었다. 그녀들은 모두 조선인이었다. 그곳 주위의 처마에 달린 등은 모두 고풍스러운 푸른 가스등을 사용하고 있었다. 그 흰 빛 아래에 그녀들의 빨강, 초록, 황색의 다양한 치마가 언뜻언뜻 눈에 비칠 뿐 한 사람 한 사람의 얼굴은 전혀 식별할 수 없었다.

여자들은 두 사람을 보자, 서툰 일본어로 손님을 불렀다. "아간나 사이 안타(들어오세요, 당신)"라든가, 단지 "안타 안타(당신, 당신)"라든가, 때로는 "혼토니 이로오토고다네(정말로 잘생겼네)"라든가 하는 서툰 말이었다. 마지막 말이 분명히 친구만을 향해 말해진 것을 알자, 산조는 흥분과 낭패 속에 있으면서도 또한 어렴풋한 불쾌감을 느꼈다. 여자들은 결국 밖으로 뛰어나와 집요하게 그들을 붙들었다. 그들은 완전히 당황했다. 친구는 유카타의 소매가 뜯기자 먼저 혼자서 달아났다. 뒤에 남은 산조도 여자들을 뿌리치고 친구의 뒤를 쫓았다. 꽤 당황했는지 친구는 멀리까지 달아난 듯했다. 산조는 구불구불 굽은 골목길을 헤맸다. 그러나 어쨌든 처마 등이 없는 곳까지 왔으므로 이제 괜찮겠지 생각했다. 그런데 모퉁이를 한 번 돌아간 곳에 뜻밖에 다시 작고 낮은 흙문이 있고 파란 가스등이 켜져 있었다. 그리고 그 밑에 한 사람, 이번에는 단 한 여자가 서 있었다.

그곳까지 와서, 어떤 힘 때문이었는지, 그때 산조는 무심코 웃었다. 그게 사단이었다. 여자도 미소로 대답했다. 그리고 척척 다가와서 작은 손으로 꼭 그를 붙잡고, 다시 한 번 웃으면서 일본어로 "이키마쇼〔가시죠〕"라고 말했다. 그는 반사적으로 손을 뿌리쳤다. 여자는 의외로 약하게 비틀거렸으나, 학생복 상의를 잡은 손은 놓지 않았다. 산조는 한 번 더 세차게 여자를 밀치고 몸을 뺐다. 부지직 하고 천이 찢어지는 소리가 났다. 상의 단추가 두세 개 땅 위로 떨어져 굴러갔다. 그 바람에 여자는 놀라서 손을 놓고, 순간 용서를 바라는 듯한 공손한 표정을 지었다. 그러나 곧 이번에는 서둘러 단추를 주웠다. "단추 돌려줘"라고 그는 손을 내밀면서 말했다. 여자는 환하게 웃으며 머리를 옆으로 저었다. "돌려줘"라고 그는 정색을 하고 한 번 더 말했다. 여자는 다시 웃으며 단추를 보이면서 뒤쪽의 집을 가리키고 서투른 말투로 말했다. "아간나사이〔들어오세요〕."

산조는 잠시 여자를 노려보았다. 여자는 집에 들어가려는 몸짓을 했다. 그는 정말로 화를 냈다.

"필요 없어. 그런 것. 마음대로 해."

그는 그렇게 말하고 뒤로 돌아 걷기 시작했다. 그리고 여자 쪽은 돌아보지도 않고 빠른 걸음으로 친구의 뒤를 쫓았다.

친구는 골목길을 하나 굽은 곳에 서서 기다리고 있었다. 둘은 나란히 아까 올라온 한적한 언덕을 내려가기 시작했다. 그들은 서로 자기의 당황한 모습을 보인 것이 부끄러운 듯 거의 입을 열지 않고 계속 걸어갔다. 그들이 50미터나 걸었는가 생각될 때, 뒤에서 종종 걸음으로 뛰어오는 발소리가 들렸다. 산조는 뒤를 돌아다보았다. 뜻밖에 아까의 여자였다. 여자는 큰 눈으로 산조의 얼굴을 똑바로 보면서 다가왔다. "보탄〔단추〕" 하고 여자는 말했다. 그리고 아까의 단추 세 개를 작은 손바닥에 올려 앞으로 내밀고 "고멘나사이〔미안해요〕"라고 말했다. 달려와서 그런지 가쁘게 숨을 쉬고 있었다. 그곳은 언덕 중간으로 아카시아 가로수가 없고 어두운 가로등이 서 있는 곳이었다. 그는 이번에는 침착하게 상대를 볼 수 있었다.

여자는 몸이 작았다. 아직 어리다고 생각했다. 눈썹도 엷고 코도 엷고 입술도 엷고 귀도 살집이 없고 작았으나, 조선인답지 않게 크고 동글동글한 눈매가 비교적 얼굴을 화려하게 보이게 했다. 치마는 엷은 주홍색으로, 오른쪽 허리 주위로 크게 나비 모양으로 매듭이 지어 있었다. 싸구려인 듯 반짝반짝 빛나는 상의 소매에서 가냘픈 팔이 나와 있었다.

단추를 건네기 위해 여자는 산조의 손을 청했다. 그는 손을 내밀었다. 소녀는 단추를 놓고 그대로 자기의 손을 그의 손 안에 쥐게 했다. 부드럽고 차갑게 촉촉함이 있는 감촉이었다. 소녀는 그 자세로 가만히 똑바로 산조의 눈을 올려다보고 말했다.

"기나사이〔오세요〕."

그것은 조금도 교태가 섞인 태도가 아니었다. 당연한 것을 요구하는 듯한 태도였다. 산조는 묘한 혼란을, 아까와는 다른 혼란을 느꼈다. 그는 손 안에 있는 작고 부드러운 손을 꽉 쥐고 "사요나라〔안녕〕"라고 말했다. "사요나라, 이야〔안녕은 싫어요〕"라고 눈 깜짝할 사이에 소녀는 그렇게 반사적으로 말을 되받고 그의 손을 꼭 잡았다. 살짝 머리를 기울여 까만 눈동자로 그를 올려다보았다. 그 표정에 그때 비로소 교태 같은 것이 나타났다. 산조는 고개를 저으며 다시 한 번 "사요나라"라고 말했다. 그리고 받은 단추를 바지 주머니에 넣고 10여 미터 정도 앞에서 기다리는 친구 쪽으로 걷기 시작했다. 둘이 나란히 언덕을 내려오기 시작할 때, 겨우 평소의 평정으로 돌아온 태도로 친구는 산조의 등을 가볍게 치며 (그러나 그답게 여성적으로) 웃었다.

"잘하는군. 꾼이네, 자네는."

그리고 그 자신도 뜯어진 소매를 보이고 재미있다는 듯이 웃었다. 30보쯤 걸은 후 뒤돌아보자, 아까의 가로등 밑에 아직 그 소녀가 서 있는 것이 작게 보였다. 언덕을 내려와 내지인 동네의 대로로 나온 후, 친구는 이제 집에 돌아간다고 말했다.

"너도 이제 돌아가는 거지?"

"응"하고 산조는 대답했다.

친구와 헤어진 후, 그러나 그는 집에 돌아가지 않았다. 그는 속주머니에서 지갑을 꺼내 안을 살피고 다시 집어넣었다. 그리고 자신의 흥분과 두근거림을 가라앉히려고 일부러 큰 걸음으로 지금 내려온 언덕길을 다시 오르기 시작했다.

방은 천장이 낮은 다다미 석 장 정도의 온돌이었다. 온 바닥에는 적갈색의 기름종이가 깔려 있었다. 안뜰을 향해 네모난 작은 창이 열려 있고, 문 대신에 파란 발이 내려져 있었다. 방 안에는 아무런 장식도 없었다. 구석에 이불이 개여 있고, 그 옆에 붉은색이 벗겨진 경대가 있었다. 황과 적과 녹색의 현란한 새 거울이 그곳에 걸려 있었다. 그것은 참으로 조선인다운 취향이었다. 거울 옆에는 앞머리를 늘어뜨린 일본 아이 인형이 놓여 있었다. 그것이 이 방의 유일한 장식물이었다.

소녀는 그를 데리고 방에 들어가더니, 딱딱한 방바닥에 털썩 주저앉아 거울을 보고 연지를 입에 발랐다. 그리고 뒤를 돌아보고 산조를 향해 앉으라는 손짓을 하면서 조선어로 무언가 말했다. 앉으려고 해도 딱딱한 흙 온돌 위에 방석도 없었다. 그는 할 수 없이 방바닥처럼 종이를 바른 벽에 기대고 쭈그리고 앉았다. 그는 처음으로 "오르마요〔얼마요〕"라고 물었다. 그것은 그가 알고 있는 소수의 조선어 중 하나였다. "이쿠라 가마와나이〔얼마든 괜찮아〕"라고 역으로 소녀는 일본어로 대답했다. 그리고 잠시 생각하고 다시 "야스이요〔싸요〕"라고 덧붙였다.

가녀린 몸매와 얼굴의 소녀가 부드러운 표정을 지으면서 서툰 일본어를 쓰는 것이 그에게 묘한 기분을 불러일으켰다. 서투른 말씨는 서투른 대로 아름다움이 있는 경우도 있지만, 남자가 쓰는 거친 말이나 상스런 말인 줄도 모르고 말하는 것이 그녀의 표정과 짝이 맞지 않는 우스꽝스러움을 느끼게 했다.

그녀는 일어나 이불을 깔기 시작했다. 그녀는 아직 그가 돌아가지나 않을까 두려워하는 듯했다. 그는 오늘 밤 손님은 자기 하나인지 물었다. "히토리데나이, 닥상〔한 사람이 아니야, 많아〕"이라고 그녀는 대답했다. 그것은 아무래도 그가 원한 대답이 아니라, 이 집에는 그녀의 동료가 많다는 의미인 듯했다. 그는 단념하고 질문을 그만뒀다.

이불을 다 깔고, 여자는 묻는 듯한 눈매로 그를 올려다보았다. 그는 자신의 의도를 전하느라 고생을 했다. 그는 단지 이러한 곳을 보러 왔을 뿐이다. 그러니 그는 알아서 혼자 잘 테니 그녀도 혼자 자도록 해라. 이러한 의미에 대해 그는 알고 있는 모든 조선어를 일본어와 섞어 쓰면서 설명하려고 했다. 그러나 결국 허사였다. 무언가 알 수 없는 말을 열심히 떠드는 손님을 앞에 두고 여자는 매우 당혹한 듯했다. 결국 그는 잠자리를 가리키며 말했다.

"어쨌든, 너는 자라."

간신히 그것만은 알아들은 듯했다. 그녀는 그가 말한 그대로 옷도 벗지 않고 벌렁 이불 위에 드러누웠다. 그는 등을 돌리고 방구석의 어두운 전등 밑에 앉아, 주머니에서 《폴과 비르지니》를 꺼냈다. 밖의 처마 등은 가스인데도 실내는 전등이었다. 그는 상의를 벗고 읽다 만 그 슬픈 연애 이야기의 다음을 읽으려고 했다. 정신이 산만하여 같은 곳을 몇 번이나 읽어도 좀체 의미가 머리에 들어오지 않았다. 그래도 그는 계속 읽는 체했다.

발 사이로 서늘한 밤바람이 들어왔다. 잠시 있자 뒤에서 여자가 바스락거리더니 일어나 다가왔다. 그는 모르는 척하고 책을 읽는 체했다. 여자는 그의 옆에 와서 앉았다. 그는 여전히 모르는 척했다. 잠시 후 "아카이 혼〔빨간 책, 음서〕"이라고 여자가 혼잣말처럼 말했다. 산조는 그제야 얼굴을 들고 여자를 보았다. 여자는 무엇을 해야 할지 몰라 당혹한 표정이었다. "자라고" 하고 그는 다시 이불을 가리키며 말했다. 여자는 더욱 곤혹스럽다는 듯, 우는 건지 웃는 건지 모를 표정을 지었다. 그녀는 아무래도 손님의 마음이 이해되지 않았다. 그녀는 얼빠진, 매우 난처한 미소를 띠고 옆으로 고개를 갸웃하면서 아양을 떨어도 좋을지 손님의 안색을 살폈다. "자라고"라고 다시 한번 이번에는 약간 강한 말투로 그는 말했다. 그녀는 무서운 듯이 몸을 뺐다. 그가 기분 나빠할 때 그에게 아양을 떨려고 하는 그의 검은 고양이의 눈매가, 지금 이 여자의 표정과 닮았다. 돌연 그는 상의 속주머니에서 지갑을 꺼내서, 50전 은화를 네 개 꺼내 그녀의 경대 위에 놓았다. 그녀는 더욱 두려운 듯이 산조와 은화를 돌아보면서 손을 내밀려고 하지 않았다. 그는 문득 그녀가 가련하게 느껴져 부드러운 말투로 말했다.

"괜찮아. 무서워하지 마. 괜찮으니 돈을 받아, 자네만 자면 돼."

여자는 아직도 의아스런 표정이었다. 그것을 보고 있자니 점차 이번에는 다시 화가 날 듯하여, 그는 여자에게 신경 쓰지 않고 《폴과 비르지니》를 읽기 시작했다. 그러나 역시 읽히지 않았다. 같은 곳을 몇 번이나 계속 반복하고 있었다. 그러는 중에 여자는 일어나서 이번에는 정말로 옷을 갈아입고 잠자리로 들어간 듯했다.

풀장 위를 지나가는 바람이 서서히 차가워지는 듯하다. 상반신을 물 위로 내고 서 있던 산조는 재채기를 한 번 하자 이제 나가야겠다고 생각했다. 일부러 철사 다리 쪽으로 가지 않고 물에서 50센티미터 정도 높은 시멘트 바닥에 손을 대고 올라가려고 하는데, 지친 탓인지 이상하게 팔에 힘이 들어가지 않았다. 간신히 올라갔을 때, 오른손이 미끄러져서 시멘트 모서리에 살짝 팔꿈치가 스쳐 벗겨졌다. 처음에는 좀 하얗게 된 피부가 점차 분홍빛으로 변하더니 새빨간 핏방울이 한 곳에서 비어져 나오고, 순식간에 그것이 크게 번져 이윽고 줄줄이 흘러 똑 하고 땅 위에 떨어졌다. 그는 남의 일인 양 피가 아름답다고 생각했다.

그는 마른 수건으로 몸을 닦으면서 바로 눈앞의 배나무 가지에 까치가 한 마리 앉아 이쪽을 보고 있는 것을 알았다. 부리가 검고 가슴이 하얗고 양 날개가 보랏빛인 조선 까마귀(까치)였다. 내지에 있을 때 오랫동안 이 새를 보지 못했던 그는 정말 몇 년 만이었다. 산조는 수건을 흔들어 쫓는 시늉을 해보았다. 그러나 좀체 도망가려고 하지 않았다. 그는 서서히 배나무 쪽으로 걸어갔다. 산조가 그 나무에서 5미터 정도에 이르렀을 때, 까치는 짧고 탁한 소리를 남기고 날아가버렸다.

그 최초의 모험이, 혹은 모험 미수가 어떻게 소문이 났는지 산조는 알 수 없었다. 사흘쯤 지난 어느 날 점심시간에 5학년생 두 사람이 산조를 강제로 뒷산으로 데리고 갔다. 둘 다 비교적 경파이며 정의파라고 불리는 학생들이었다. 그들은 모두 체격이 크고 완력도 강했다. 산조는 어쩔 수 없이 그들을 따라갔다.

학교 뒤에는 옛 궁전 터가 남아 있었다. 누런 칠이 벗겨진, 높은 지붕 밑에 '숭정전崇政殿'이라고 적힌 현판이 정면을 향하고 있었다. 지붕 꼭대기에는 봉황이나 사자 등 기괴한 형태의 기와가 나란히 열지어 있었다. 그 안에는 항상 학교의 망가진 의자나 책상이 보관되어 있었다.

용 문양의 오래된 돌계단을 올라가 상급생들은 산조를 숭정전 뒤로 데리고 갔다. 풀냄새가 코를 찔렀다. 여름의 잡초가 돌담을 덮을 정도로 새까맣게 나 있었다. 유월의 태양이 벚나무 잎 사이를 통과해 환하게 그 위를 비추었다.

"공부 좀 한다고 너무 건방진 행동 하는 거 아니야?"라고 5학년 하나가 그에게 말했다. 다른 하나는 아무 말도 하지 않았다. 산조 역시 아무것도 변명하지 않았다. 그는 분명히 공포에 휩싸여 있었다. 까짓것 맞아주면 되지, 라고 생각하고 억지로 마음을 가라앉히려고 했다. 그럼에도 자연스레 가슴의 고동이 높아지고 안색이 파랗게 되는 것을 느꼈다. 그리고 눈만은 돌리지 않고 강하게 그들의 하나를 노려보았다.

"안경 벗어"라고, 그가 눈을 향하고 있지 않은 쪽이 말했다. 때릴 때 안경을 깨뜨리지 않기 위해서다. 산조는 심한 근시로 두꺼운 안경을 쓰고 있었다. 그는 크게 위협을 받고 있음에도 불구하고, 말하는 대로 안경을 벗는 것은 기개가 없다고 느꼈다. 그래서 잠자코 두 상급생을 계속 노려보았다.

돌연 한 사람이 팔을 뻗어 그의 안경걸이를 잡았다. 그것을 막으려고 한 산조는, 그 순간 손바닥으로 오른뺨을 세게 얻어맞고 안경을 떨어뜨렸다. 욱하는 분노에 그는 정신없이 그들에게 덤벼들었다. 곧 그는 풀 위로 내던져졌다. 일어나려고 할 때 둘이 덮쳐서 마구 때렸다. 어지간히 때리고 나서 둘은 말없이 돌아갔다.

산조는 풀 위에 쓰러진 채 한동안 꼼짝도 하지 않았다. 전혀 아프다고 느끼지 않았다. 눈물방울이 그의 눈에서 풀 위로 떨어졌다. 나는 패기 없는 남자다, 라고 그는 생각했다. 적어도 자신이 스스로 안경을 벗지 않았던 것만이 다소 그의 자존심을 위로했다.

문득 자신이 무언가 신통력이라도 얻어 호되게 지금의 두 사람을 괴롭히는 장면을 그는 머릿속에서 공상해보았다. 그 공상 속에서 그는 손오공처럼 여러 요술을 부려 실컷 그들을 괴롭혔다. 공상은 한동안 이어졌다.

그리고 그것이 깨자 다시 새로운 분노가 솟아올랐다. 완력이 없다고 하는 것이 현재의 그에게 얼마나 치명적인가를 그는 생각했다. 그 앞에는 학교 성적 따위는 아무런 가치도 없었다. 그것은 참으로 분한 일이었다. 게다가 그것은 그도 어찌할 수가 없었다. 눈물이 다시 그의 뺨을 흘러내렸다. 안경은 그의 얼굴 바로 앞에 떨어져 있었다.

그는 등이 햇빛을 받아 뜨거워지는 것을 느꼈다. 돌담 사이에서 도마뱀이 쪼르르 나와서 그의 코앞까지 오더니, 신기하다는 듯이 작은 눈동자를 동글동글 굴리며 그를 바라보았다. 그리고 다시 무성한 풀 사이로 들어갔다. 훅 하는 풀의 열기와 흙냄새 사이에 얼굴을 갖다 댄 채, 그는 오랫동안 울었다……

3

럭비 선수들이 이미 모두 돌아가버려 운동장에는 아무도 없었다. 두 개의 봉에 횡목을 걸친 골대만이 쓸쓸하게 남아 있었다. 해는 이미 떨어지고, 구 프랑스 영사관과 그 숲의 검은 실루엣이 또렷하게 노란 하늘을 물들이고 있었다. 밖의 전찻길과 운동장을 갈라놓은 담은 옛날의 성벽이 그대로 이용되었다. 먼 운동장 구석의 입구도 역시 주홍과 노랑으로 칠한, 옛날 조선 궁전의 문이었다. 그 문에서 조선인이 긴 담뱃대를 물고서 물통을 들고 들어왔다. 문 안쪽에 샘이 솟고 있어 그들은 물을 길러 왔다. 몇 년 전인가, 여름 교련으로 지친 산조는 자주 그곳의 물을 손으로 떠서 먹었다.

하늘의 빛은 점차 검은색을 띤 감색으로 변해갔다. 풀에서는 세명의 중학생이 나란히 헤엄치고 있었다. 경영競泳 선수인 듯 모두 훌륭한 수영 실력이었다. 그들은 매우 좋은 체격이었다. 그 새카만 몸을, 쭉 뻗은 다리를, 근육이 붙은 어깨를 산조는 무척 부럽게 생각했다. 그는 자신의 허연 팔을 바라보고 그들에 비해 열등감을 느끼지 않을 수 없었다. 마치 몇 년 전인가 상급생에게 맞았을 때 느낀 '육체에 대한 굴복'과 '정신에 대한 멸시'를 그는 다시 새삼스레 느끼는 것이었다.

주

1 프랑스 영사관 건물 : 정동 28번지 창덕여중 자리에 있었다. 서대문 성벽 밖으로 우뚝 솟은 5층 건물로, 멀리서도 잘 보였다. 1896년에 건립. 원래 공사관이었으나 1905년 에는 영사관으로 축소되어 1910년에 이전했다. 1914년 서대문소학교가 세워지고 운 동장 한가운데 존재하다가, 1935년에 철거되었다. 1973년에 서대문국민학교가 폐교 되고 재동에 있던 창덕여중이 옮겨 왔다.

2 《폴과 비르지니》: Paul et Virginie. 프랑스 작가 베르나르댕 드 생 피에르의 소설(1787 년). 자연 속에서 펼쳐지는 순진하고 소박한 소년과 소녀의 사랑 이야기.

해
설

나카지마는 한문 교사인 부친의 장남으로 1909년에 태어났다. 1920년에 용산중학 교사로 부임한 부친을 따라 경성으로 건너와 용산소학교를 거쳐 경성중학(5년제)에 수석으로 입학, 중학교 내내 수석(자동으로 급장)의 성적을 거두고 4학년 수료 후 1926년 도쿄의 제일고등학교 문과에 입학했다. 그 후 1933년 도쿄제국대 국문과를 졸업하고, 1933~1941년 요코하마고등여학교의 교사를 거쳐 일본 식민지 팔라우 남양청南洋廳에서 서기로 교과서 편찬 작업을 하다가 1942년 귀국하여 작품을 발표하기 시작했으나, 지병인 기관지 천식으로 33세에 요절했다.

같은 고교와 대학을 나온 아쿠타가와 류노스케(1892~1927년)처럼 중국의 고전에서 제재를 가져다가 번뜩이는 지성으로 작품을 빚어내어, 일본에서는 제2의 아쿠타가와로도 불린다. 이제 막 작가로서의 활동을 시작할 무렵 요절하는 바람에 많은 작품을 남기지 못했지만, 중국 고전에 대한 해박한 지식을 근대소설로 훌륭하게 새로 빚어냄으로써 그만의 독특한 영역을 개척한 작가로 지금까지 사랑받고 있다.

그러한 나카지마 문학의 세계성은 높은 평가를 받아, 우리나라에서도《이문열 세계명작산책》(2003년, 살림)에서 '병든 시심이 빚은 끔찍한 진주'라는 소제목으로 〈산월기〉가 소개된 바 있다. 그러나 정작 우리나라 출판사의 '세계문학전집'에는 여태껏 그 어디에도 소개되지 않았으니, 이번에 문예출판사를 통해 '세계문학'적 작가로서의 나카지마를 소개하게 된 것은 만시지탄晩時之歎이나 다행으로 생각한다.

중국의 고담

나카지마 아쓰시의 작품 중에서 가장 널리 알려진 것은 〈산월기〉이다. 1942년 2월《문학계》에 〈문자화〉와 함께 '고담'이라는 타이틀로 발표되었다. 당나라의 기담 〈인호전人虎傳〉에서 제재를 가져와 작품으로 승화시킨 짧은 단편이지만, 일본에서는 1951년 처음 교과서에 게재된 이래 지금까지 '국민 교재'의 위상을 잃지 않고 있다. 2013년에 나온《산월기는 왜 국민 교재가 되었는가》* 라는 책에 따

---

* 《〈山月記〉はなぜ国民教材となったのか》(佐野 幹, 2013, 大修館書店).

르면, 〈산월기〉는 현재 고교 2학년 검인정 국어 현대문B 교과서에서 100퍼센트의 채택률을 기록한 최다 게재 작품이라고 한다. 청소년들에게 어떻게 살아야 하는지에 대한 화두를 던져주는, 짧지만 강렬한 작품이기 때문이다.

〈산월기〉의 주제는, 아무리 수재라고 해도 절차탁마와 각고의 노력을 하지 않고 '소심한 자존심'과 '거만한 수치심'을 그대로 방치할 때, 그 사람은 더는 사람이 아니게 된다는, 즉 호랑이가 되어버린다는 말이다. '소심한 자존심'이란 자존심이 강하므로 상처 받는 것을 극도로 두려워하는 (소심한) 마음이고, '거만한 수치심'이란 수치심이 강하므로 수치를 당하지 않으려고 (거만한 체하며) 상황을 피하고자 하는 마음이다. 어감 크기의 조합으로 보면 小(소심)와 大(자존), 大(거만)와 小(수치)가 절묘하게 대조를 이룬다.

내 안의 호랑이(소심한 자존심과 거만한 수치심)를 키우면, 그 내부의 악이 나를 지배하게 되어 인간이 아닌 짐승의 모습으로 짐승의 소리를 내며 사람을 해치게 된다. 아무리 뛰어난 시를 지어도, 그 시에는 인간의 감성이 부족하다. 마지막 순간에도 친구에게 처자보다는 자신의 시를 먼저 부탁하는, '문자화文字禍'에 빠진 이징. 그래서 그는 산꼭대기에서 달을 보며 포효하는 짐승일 수밖에 없다. 호랑이의 울부짖음은 이 세상의 모든 시인 혹은 시인이 되고자 하는 이에게 들려주는 경각의 소리다.

〈이릉〉은 사후인 1943년 7월 《문학계》에 발표된 것으로, 1944년에는 중국에서도 번역 출간되었다. 작가는 흉노에 잡혀 생을 마감한 한나라의 장수 이릉과, 그 이릉을 두둔했다가 궁형을 받은《사기》의 저자 사마천, 그리고 끝내 절개를 지키다 귀국한 소무라는 세 인간상을 보여준다. 갑자기 닥친 일생의 큰 고난 앞에서 어느 인물은 어떤 생각으로 어떻게 살아갔는지에 대한 이야기는, 우리 관점에서는 친일 인사와 독립지사 등의 인물로 대치해서 읽어봐도 좋을 것이다.

한나라 장수 이릉은 나라를 위해 싸웠지만 잡혀서 흉노의 회유를 받는다. 내심으로는 언젠가 선우를 죽여 돌아가리라 생각하지만 차일피일 시간을 보내는 가운데 선우의 아들과 친해지고, 가족이 무제에게 참살당한 소식을 듣고는 선우의 딸과 결혼도 한다. 그리고 이릉 자신을 돌아보는 거울로서 소무가 존재한다. 사신으로 왔다가 억류되었지만 끝내 항복을 하지 않고 고난의 유배 생활을 마친 소무는 결국 한나라로 돌아가지만, 다시 돌아가지 못하는 이릉은 그곳에서 생을 마친다. 그러한 한편, 이릉을 두둔하다 궁형을 당하고《사기》편찬에 여생을 보낸 인물 사마천이 별도의 트랙으로 등장하여 그의 삶의 모습 이외에도 역사란 무엇인지, 역사의 서술이란 어떠한 것인지를 설명한다.

이 작품에 나온 역사 속 인물들을 통해 새삼 느끼는 것은, 세상과 사람은 단적으로 잘라 드러내지 못한다는 복잡다단성이다. 흑과 백으로 단순하게 나누고 싶고 또 단지 하나만 역사로 기록하고 싶지만, 실제 인간 세상은 그렇지가 않다. 사회에서 사람들이 갈등하는 것은 그런 복잡성을 받아들이지 못한다는 데 큰 원인이 있다. 흑과 백뿐만 아니라 노랑과 빨강 등 많은 색이 그 사이에 존재한다는 것을 알 때에야 비로소 타인에 대한 이해가 가능해지고, 그 이해는 화해와 통합으로 연결된다. 역사는 그렇게 복잡한 것을 구체적으로 기록하지 못한다. 그래서 인물의 복잡성을 이해하는 데 문학, 즉 '사람의 이야기'가 좋은 교재가 된다. 문학이 우리 삶에 필요한 이유가 여기에 있다.

〈제자〉는 1943년 2월 《중앙공론》에 발표된 것으로, 공자의 수제자인 자로에 대한 작가의 애틋한 마음이 드러나는 작품이다. 사제 간의 뜨거운 정에 대한 이야기이며, 기회주의자처럼 교활한 머리는 갖지 못했지만 순수한 열정으로 맡은 일에 열정을 다 바치고 산화한 인물 자로를 새롭게 조명하고 있다.

좋은 비유가 될 수 있는 망우리의 비문 하나를 소개한다. "깊이 감추고 팔지 않음이여 지사의 뜻이로다. 한 조각 붉은 마음이사 백일白日이 비치리라."(독립지사 박찬익의 비문) 〈이릉〉과 〈제자〉, 그리고 〈산월기〉 등에 일관적으로 흐르는 작가의 생각은 바로 이것이다.

이릉은 자신의 공이 인정받지 못할 수 있다는 걱정 때문에 거사를 하지 않았다. 사마천은 단지 자신과 처자의 안위만을 생각하는 신하들을 꾸짖었다. 자로는 기회주의적 신하들의 돌팔매를 맞고 장렬하게 죽었다. 예나 지금이나 정관계에는 '전구보처자신全軀保妻子臣'들이 많다. 하지만 그런 신하가 없는 세상 또한 인간 세상이 아닐 테니, 그 숫자의 다소가 나라의 흥망을 결정할 것이다.

〈영허盈虛〉는 《춘추좌씨전》의 정공定公 14년 등에서, 〈명인전名人傳〉은 《열자列子》 〈탕문湯問편〉 등에서, 〈우인牛人〉은 《춘추좌씨전》의 소공昭公 4년 등에서, 〈요분록妖氛錄〉은《춘추좌씨전》의 선공宣公 4년 등에서 제재를 찾을 수 있다.

식민지 조선의 풍경

그의 인생 편력 때문에 나카지마는 일본 작가 중에서는 특이하게도 작품의 대부분이 일본이 아닌 중국과 조선, 남방을 배경으로 한다. 특히 감수성이 가장 예민한 소년 시절을 조선의 경성에서 보낸 나카지마는 우리에게는 매우 흥미로운 세 작품을 남겼다. 〈범 사냥〉, 〈순사가 있는 풍경〉, 〈풀장 옆에서〉이다.

이 작품들은 조선 거주 경험을 바탕으로 작가의 시선이 이 땅의 조선인과 일본인의 내부까지 들여다보고 있다는 점에서, 더 나아가 일본 제국주의의 모순에 대한 지적과 비참한 조선에 대한 동정이라는 색깔을 함께 지니고 있다는 점에서 크게 주목된다.

즉 이러한 성격 때문에 당시 일본에서는 거의 주목받지 못했고, 지금도 전집 이외의 모든 단행본에서 이 작품들은 늘 빠져 있다. 남방 체험 소설인 〈빛과 바람과 꿈〉에서도 작가는 R. L. 스티븐슨이라는 작가의 눈을 통해 제국주의에 대한 비난과 식민지 토착민에 대한 동정을 담담하게 서술하는데, 이러한 작가의 태도는 조선을 배경으로 한 상기 세 작품에서도 일관적으로 나타난다.

〈범 사냥〉은 1934년《중앙공론》의 신인 작가 현상에서 선외가작選外佳作으로 뽑힌 작품이다. 군국주의 시절 일본에서는 결코 부각시킬 수 없는 분위기 속에 태어난 작품이다.

호랑이가 없는 일본이므로 '범 사냥'이라는 흥미로운 제목을 내세운 것으로 생각되지만, 내용은 조선인 친구 조대환에 대한 이야기다. '나'의 부친은 집에서는 일선융화를 말하면서도 '내'가 조대환과 친하게 지내는 것을 그리 좋아하지 않았다고 하는, 겉과 속이 다른 식민지 지배자의 내면을 드러내고 있다. 조대환이 학교 선배에게 맞은 후에 내뱉은 말을 '나'는 이렇게 기억한다.

나는, 그때, 문득 그가 아까 한 말을 떠올리고 그 숨겨진 의미를 발견한 듯하여 깜짝 놀랐다. '강한 게 뭐고 약한 게 도대체 뭐지?'라는 조의 말은, (…) 단지 현재 그 한 개인의 경우에 관한 감개만은 아니지 않은가…….

이 문장은 선배와 조대환이라는 중학생끼리의 문제가 아니라 강한 일본과 약한 조선의 문제라는 것을 암시한다. 선배라는 지위로 강하면 때려도(강점해도) 되고 약하면 맞아야(지배당해야) 하는 것인지, 작가는 에둘러 묻고 있다.

하지만 작가는 시선을 조선 내부로도 돌리고 있다. 조대환은 양반 아들이지만, 호랑이에게 다칠 뻔했던 몰이꾼을 발로 툭툭 치며 오히려 다치지 않은 것을 아쉬워한다. 일제에 대해서는 '강한 게 뭐고 약한 게 뭐냐'고 분노하는 양반의 자제 조대환은 똑같은 모습으로 하층민 몰이꾼을 대하는 것이다. "그들 몸에 흐르고 있는 이 땅의 호족의 피를 본 듯했다"며 조선이 일제에 당하게 된 내부 원인의 하나인 조선 양반을 비판한다.

그리고 조대환이 학교 중퇴 후에 중국에 가서 모종의 운동(독립운동)을 한다거나 방탕에 빠졌다는 소문을 '나'는 듣게 되지만, 오랜 세월이 지난 후 도쿄에서 우연히 만난 조대환은 '나'의 눈앞에서는 "감각이라든가 감정이라면 흐려지긴 해도 혼동하는 수는 없으나, 말이나 문자의 기억은 정확한 대신 자칫 엉뚱한 다른 것으로 변해 버리는 수가 있다"라며, 이 책의 〈문자화〉에서도 말하는 것처럼 문자에 빠져 행동하지 못하는, 그리고 거리의 쇼윈도에 진열된 성기구에 관심을 나타내는 타락의 모습을 보인다.

이는 반도인이라는 한계 때문에 현실에 좌절하여 방탕과 문약에 빠질 수밖에 없는 조선 청년에 대한 동정의 모습인 동시에, 강한 일본에 당할 수밖에 없는 나약한 식민지의 실상으로도 비친다.

〈순사가 있는 풍경〉은 1929년에 제일고의 《교우회잡지》에 발표된 것으로, '1923년의 한 스케치'라는 부제를 붙여 조선인 순사의 눈을 통해 당시의 풍경을 스케치한 작품이다.

전차 안에서 일본 중학생이 조선인 운전수와 순사를 깔보고 아무것도 모르는 일본 부인이 조선인에게 '요보'라는 호칭을 써서 갈등하는 장면, 경성부 의회 의원 선거 유세장에서 친일 조선인이 연설을 하고 한 일본 청년이 욕하는 장면, 일본 신사로부터 정중한 대접을 받아 우쭐해진 조선인 순사, 1919년 9월의 사건이지만 강우규 의사의 사이토 총독에 대한 의거를 연상케 하는 장면, 창녀의 입을 통해 관동대지진(1923년 9월 1일) 때 학살된 조선인의 진상을 밝히는 장면, 조선인이 다니는 고등보통학교 교정에서 (일본에 있을 때는 독립자존의 정신을 말하던) 새로 부임한 일인 교장이 종순의 덕을 말하는 장면 등으로 스케치된 몇 가지 이야기를 통해, 지배자 일본인과 피지배자 조선인의 갈등 양상과 그 가운데 끼인 조선인 순사의 내면, 일본 제국주의의 모순 등을 담담히 보여주고 있다.

순사 조교영은 마지막 장면에서 지게꾼들이 식산은행 옆에서 '돌멩이'처럼 자고 있는 모습을 바라보며, 그들의 누더기 사이로 머리를 집어넣고 반도와 민족의 참혹한 모습을 한탄하며 울었다. 포석 위에 달라붙은 고양이 사체, 남대문 밑에 얼어 죽은 시체, 무릎 아래가 잘린 거지 등으로 '더럽게 얼어붙은 1923년의 겨울 풍경'은 지금의 우리로서는 받아들이고 싶지 않은 당시 조선의 엄연한 현실이었다. 단 이러한 내용은, 그리고 〈범 사냥〉 등에서의 동정적 묘사는 그 부분만 강조될 경우 일제 지배의 당위성을 말하는 것으로도 읽힐 수 있다는 점은 간과할 수 없다.

〈풀장 옆에서〉는 1932~1933년에 탈고한 것으로 추정되는 미발표 작품이다. 위의 두 작품과는 달리, 조선인과 일본인의 관계가 아니라 경성에서의 작가 자신의 소년기에 초점을 맞춘 성장소설이다. 아버지와의 갈등, 중학 생활, 수학여행, 첫 유곽 체험, 선배의 폭행 등이 추억의 장면으로 스쳐 지나간다. 중학 졸업 후 오랜만에 찾은 교정에는 풀장이 있었다. 그 풀장에 들어가 물에 드러누운 채 떠오르는 회상의 몇 장면이 이어진 후, 풀장을 나와 후배들의 수영을 바라보며, 여기서도 작가는 '육체에 대한 굴복'과 '정신에 대한 멸시'를 새삼 말하며 끝을 맺는다. 요즘의 소설이나 영화와 비교해도 손색없는 기법의 작품이다.

1909년　　　도쿄에서 부친 다비토(田人)와 모친 지요 사이에서 장
　　　　　　남으로 출생. 조부는 유명한 한학자이고, 부친은 중학
　　　　　　교 한문 교사.

1910년(1세)　2월에 부모 이혼, 아쓰시는 부친의 고향 사이타마 현
　　　　　　에서 조부모 밑에서 자람.

1914년(5세)　부친 재혼.

1916년(7세)　부친 근무지인 나라 현 고리야마 심상소학교 입학.

1918년(9세)　부친이 시즈오카로 전근하여, 아쓰시도 3학년 1학기
　　　　　　를 마치고 7월에 시즈오가 현 하마마쓰니시 심상소학
　　　　　　교로 전학.

1920년(11세)　9월, 부친이 조선의 용산중학교로 전근함에 따라 경
　　　　　　성시 용산공립심상소학교 5학년으로 전학.

1922년(13세)　3월, 용산소학교 졸업. 4월, 공립 경성중학교 입학.

1923년(14세)　여동생 스미코 출생. 계모 사망.

1924년(15세)　4월, 부친이 두 번째 재혼.

1925년(16세)　3월, 부친은 용산중학을 의원 퇴직. 초여름 만주 수
학여행. 10월, 부친은 다롄 제2중학교로 전근. 아쓰
시는 고모 집에서 통학.

1926년(17세)　경성중학(5년제) 4학년을 수료하고, 4월에 도쿄제일
고등학교에 입학. 기숙사 생활.

1927년(18세)　8월, 만성늑막염으로 다롄의 만철병원에 입원, 1년간
휴학. 후에 벳푸, 지바 현 등에서 요양. 11월,《교우회
잡지》에 〈시모타의 여자〉 게재.

1928년(19세)　이 무렵부터 천식 발작이 시작.

1929년(20세)　문예부 위원으로《교우회잡지》편집에 참여. 6월,
《교우회잡지》에 〈순사가 있는 풍경─1923년의 한
스케치〉 게재.

1930년(21세)　도쿄제국대학 문학부 국문과에 입학. 10월부터 1년
간 영국 대사관 무관의 일본어 지도. 이해에 댄스와
마작에 열중.

1931년(22세)　3월, 하시모토 다카와 교제 시작. 10월, 다롄 제2중학
교를 퇴직한 부친이 귀국.

1932년(23세)　다카와 결혼(입적은 다음 해). 8월, 뤼순에 거주하는 숙
부에 의지하여 남만주, 중국 북부를 여행. 가을, 아사

히신문사 입사 시험을 치르나 신체검사에서 불합격. 취직난이 심했던 시절로, 동급생 38명 중 세 명만이 취직했다고 함.

1933년(24세) 졸업 논문 〈탐미파의 연구〉로 대학 졸업. 4월, 동대학원 입학. 연구 테마는 '모리 오가이의 연구'. 동월 조부의 문하생이었던 이가 요코하마고등여학교 이사장인 인연으로, 동교의 교사로 부임. 국어, 영어, 역사, 지리를 가르침. 여가로 영문학, 중국 문학 연구. 4월, 장남 다케시(桓)가 처의 고향에서 출생. 11월, 처자 상경.

1934년(25세) 3월, 대학원 중퇴. 〈범 사냥〉을 2월 탈고하여 《중앙공론》 현상에 응모, 7월에 선외가작으로 발표됨.

1936년(27세) 4월, 계모 고우 사망. 8월, 중국 여행. 11월, 〈낭질기狼疾記〉 탈고.

1937년(28세) 장녀 마사코 출생 후 곧 사망.

1939년(30세) 천식 발작이 심해짐. 스모, 천문학, 음악에 열중. 〈오정탄이悟淨歎異〉 탈고.

1940년(31세) 차남 노보루(格) 출생. 아시리아, 고대 이집트 역사 공부, 플라톤을 읽음.

1941년(32세) 전지요양을 위해 요코하마고등여학교 휴직. 4월, 〈산월기〉 탈고. 6월, 남양청南洋廳 취직이 결정되어 학교를 사직. 7월, 팔라우 도착. 남양청 편집 서기가 되어 식민지용 국어 교과서 제작 준비와 조사 업무 담당.

1942년(33세) 2월, 〈산월기〉가 〈문자화〉와 함께 '고담'이라는 제목으로 《문학계》에 게재됨. 3월, 도쿄로 출장. 7월, 《정계왕래》에 〈우인〉, 〈영허〉를 발표. 첫 소설집 《빛과 바람과 꿈》 출간(지쿠마쇼보). 9월, 남양청 사직. 10월, 〈이릉〉 탈고. 11월, 심한 천식 발작과 심장 쇠약으로 입원. 두 번째 소설집 《남양담南洋談》 출간(오늘의 문제사). 12월, 《문고》에 〈명인전〉 발표. 기관지 천식으로 12월 4일 오전 6시 별세. 다마 묘지에 안장.

1943년 2월, 《중앙공론》에 〈제자〉 게재. 7월, 《문학계》에 〈이릉〉 게재.

1944년 〈이릉〉의 중국어판이 상하이의 태평유한공사에서 발간.

1948년 《나카지마 아쓰시 전집》(전3권) 발간(지쿠마쇼보), 마이니치출판문화상 수상.

옮긴이 **김영식**

작가·번역가. 중앙대 일문과를 졸업했다. 2002년 계간 리토피아 신인상(수필)
을 받았고 블로그 '일본문학취미'는 2003년 문예진흥원 선정 우수문학사이트로
선정되었다. 역서로는《라쇼몽》(아쿠타가와 류노스케, 2008),《나는 고양이로소
이다》(나쓰메 소세키, 2011),《기러기》(모리 오가이, 2012, 이상 문예출판사),《무사시
노 외》(구니키다 돗포, 올유, 2011),《조선》(다카하마 교시, 소명, 2015) 등이 있고, 저
서로는《그와 나 사이를 걷다-망우리 사잇길에서 읽는 인문학》(호메로스, 문광부
우수교양도서)가 있다. 산림청장상(2012, 한국내셔널트러스트), 리토피아문학상
(2013, 계간 리토피아), 서울스토리텔러 대상(2013, 서울연구원) 등을 수상했다.
블로그: blog.naver.com/japanliter

나카지마 아쓰시 단편선

산월기

1판 1쇄 발행 2016년 10월 10일
1판 6쇄 발행 2023년 7월 1일

지은이 나카지마 아쓰시 ｜ 옮긴이 김영식
펴낸곳 (주)문예출판사 ｜ 펴낸이 전준배
출판등록 2004. 02. 12. 제 2013-000360호 (1966. 12. 2. 제 1-134호)
주소 04001 서울시 마포구 월드컵북로 21
전화 393-5681 ｜ 팩스 393-5685
홈페이지 www.moonye.com ｜ 블로그 blog.naver.com/imoonye
페이스북 www.facebook.com/moonyepublishing ｜ 이메일 info@moonye.com

ISBN 978-89-310-1015-2 03830

◦ 잘못 만든 책은 구입하신 서점에서 바꿔드립니다.